더블린 사람들

더블린 사람들

제임스 조이스 지음 | 김병철 옮김

문예출판사

DUBLINERS

James Joyce

차 례

자매

이번만큼은 그도 살아날 희망이 없었다. 세번째 졸도였기 때문이다. 밤마다 그 집 앞을 지나면서(마침 방학 때였다) 불빛이 비친 그 네모난 유리창을 자세히 살펴보았다. 그리고 밤마다 그 불이 그대로 똑같이 희미하게 골고루 비치고 있음을 알았다. 만일 그분이 돌아가셨다면 어둡게 해놓은 차일에 촛불이 비치는 것도 보이리라 생각했다. 시체 머리맡에는 반드시 양초를 두 자루 세워놓는다는 사실을 나도 알고 있었기 때문이다. "나도 저세상이 멀지 않았다"라고 그분은 나에게 자주 말했지만, 그때마다 나는 그 말을 실없는 말이라고 생각했었다. 이제야 나도 그 말이 정말임을 알았다. 밤마다 창을 눈여겨 쳐다볼 때마다 나는 중풍이라는 말을 혼자 나직이 중얼거려 보았다. 이 말은 언제나 유클리드 기하학에 나오는 노면[평행사변형의 한 각을 포함하여 그 닮은꼴을 끊어낸 나머지 꼴]이라는 말이나, 교리문답서 속의 성직 매매죄란 말과 같이 내 귀엔 신기하게만 들렸다. 그러나 지금은 이 말이 무슨 해롭고 죄 많은 존재의 이름처럼만 나에게는 들렸다. 그 말에 나는 공포에 가득 차면서도 좀더 가까이 다가가서 그 사람을 죽이는 치명적인 위력을 눈여겨보고 싶었다.

저녁을 먹으려고 아래층으로 내려가보니 코터 영감이 그때까지 담배를 피우며 난롯가에 앉아 있었다. 아주머니가 나에게 국자로 오트밀을 떠주고 있는 동안, 영감은 아까 하던 어떤 이야기로 되돌아가는 듯이 이렇게 입을 열었다.

"아니, 꼭 그렇다는 건 아니지만 …… 좀 이상야릇한 데가 있었습니다 …… 좀 수상한 데가 있었던 말예요, 그분에겐. 내 의견을 말해 보면……."

마음속에서 그 의견이라는 것을 가다듬고 있는 듯 그는 파이프를 뻐끔뻐끔 피우기 시작했다. 따분한 바보 영감 같으니라구! 우리가 처음 그를 알게 되었을 때에는 하등품 알코올이니 증류기의 나선관 이야기를 해주는 등 오히려 재미있는 편이었으나, 나는 그라는 인간이며, 증류 주조장에 대한 그의 그칠 줄 모르는 이야기에 금방 싫증이 나버렸다.

"거기에 대해선 나 나름대로 생각한 바가 있습죠" 하고 그는 말을 이었다. "내 생각엔 말이야, 아, 그 있지 않습니까 …… 그 유별난 병세의 하나 말예요……. 원 참 설명하기 힘들군."

그는 자기 생각이라는 것을 끝끝내 우리에게 들려주지 않은 채 또다시 파이프만 뻐끔뻐끔 피우기 시작했다. 내가 그를 노려보고 있는 것을 보고 아저씨가 끼어들었다.

"글쎄, 저 말이야, 너의 그 노인이 돌아가셨단다. 섭섭한 얘기지만."

"누구 말예요?" 하고 나는 물었다.

"플린 신부님 말이다."

"돌아가셨어요, 그분이?"

"여기 계신 코터 영감님한테 방금 들었다. 그 얘길. 마침 그 집 앞을 지나오셨단다."

　여러 사람이 주시하고 있다는 것을 알았으므로, 나는 그런 소식
쯤 아랑곳없다는 듯 그냥 먹기만 하고 있었다. 아저씨가 코터 영감
에게 설명해주었다.

　"이애하고 그 어른은 사이가 여간 좋지 않았답니다. 그 노인은
이애에게 이만저만 가르쳐준 게 아니랍니다. 아시겠지요. 그리고
소문에 의하면 이애한테 대단한 희망을 걸고 있었다는 거예요."

　"천주님, 그분의 영혼에 자비를 베푸시옵소서!" 하고 아주머니
가 경건하게 말했다.

　코터 영감이 잠시 나를 쳐다보았다. 그의 염주 같은 조그만 까만
두 눈이 나를 찬찬히 뜯어보고 있다는 것을 느꼈으나, 구태여 접시
에서 눈을 들어 그를 바라봄으로써 그에게 만족감을 줄 생각은 전
혀 없었다. 그는 다시 담배를 피우기 시작했고, 이윽고 교양없이 벽
난로 아궁이에다 침을 탁 뱉었다.

　"나 같으면 내 아이들이 그런 사람과 마구 이야기하도록 내버려
두지 않을 텐데" 하고 그는 말했다.

　"그건 무슨 말씀이죠, 코터 영감님?" 하고 아주머니가 물었다.

　"그건 무슨 애긴가 하면," 하고 코터 영감이 대답했다. "애들에
게 해롭단 말입니다. 내 생각은 바로 이거예요, 아이들이란 자기 또
래의 아이들끼리 뛰어놀아야지……. 어때 내 말이 옳지, 잭?"

　"내 원칙도 바로 그것입니다" 하고 아저씨가 맞장구를 쳤다. "아
이들이란 아이들 분에 맞도록 해야죠. 이건 내가 밤낮 여기 이 장미
십자회원에게 하는 말입니다. 운동을 하라고. 글쎄, 난 어렸을 때엔
언제나 아침마다 냉수욕을 했답니다. 겨울 여름 할것없이. 그리고

내가 이제 몸의 효과를 보고 있는 것도 그 때문입니다. 수양이란 물론 모두 훌륭하고 좋은 일이지만 ……. 여보, 코터 영감님에게 그 양다리 고길 좀 권하구려" 하고 그는 아주머니에게 덧붙여 말했다.

"아 아니, 난 괜찮아요" 하고 코터 영감이 펄쩍 뛴다.

아주머니는 찬장에서 접시를 꺼내 테이블 위에다 놓으며 물었다.

"그런데 왜 그것이 아이들에게 좋지 않다고 생각하시는 거죠, 코터 영감님?"

"아이들한테 나쁘죠" 하고 코터 영감은 대꾸했다. "그 까닭은 말입니다, 아이들의 마음이란 아주 감수성이 예민해서 그런 걸 보게 되면…… 아시겠죠, 영향을 받게 됩니다……."

나는 홧김에 소리라도 버럭 지르게 될 것만 같아 오트밀을 마구 입 속에다 가득 틀어넣었다. 따분한 코빨갱이 늙은 천치 바보 같으니라구!

나는 늦게서야 잠이 들었다. 코터 영감이 은근히 나를 아이로 대한 것도 화가 났지만, 그가 하다 만 말에서 어떤 의미라도 알아내려고 나는 머리를 썼다. 내 방의 어둠 속에서 그 중풍 환자의 맥없는 창백한 얼굴이 다시금 눈앞에 떠오르는 것만 같았다. 나는 담요를 머리 위까지 뒤집어쓰고서 크리스마스 생각이라도 해보려고 애썼다. 그러나 그 창백한 얼굴은 여전히 나에게서 물러가지 않았다. 그 얼굴은 뭐라고 중얼거리고 있었다. 그래서 나는 그가 무엇인가를 고해하려는 생각이라는 것을 알았다. 내 영혼이 무슨 즐겁고도 사악한 곳으로 빠져 들어가는 듯싶었다. 그런데 거기서도 역시 그 얼굴이 나를 기다리고 있음을 알았다. 그 얼굴은 나를 보자 중얼중얼하는 목소리로 나에게 고해하기 시작했다. 그 얼굴이 왜 자꾸만 날

보고 미소를 지으며, 왜 입술이 저렇게 촉촉할까, 그 까닭을 알 수 없었다. 그러나 그때, 그는 중풍으로 세상을 떠난 것이로구나 하는 생각이 머리에 떠올랐으며, 마치 성직 매매자로서의 그의 죄를 씻어주려는 듯이 나도 한없이 미소를 짓고 있음을 느꼈다.

다음날 아침 식사를 끝마친 후에 나는 그레이트 브리튼 가에 있는 그 조그만 집을 보러 갔다. 그것은 '포목점'이라는 막연한 간판이 붙은 수수한 가게였다. 포목이라고는 하지만 주로 있다는 것이 아이들의 털장화와 우산 등이며, '우산 천을 바꿔 씌움'이라는 패가 언제나 유리창에 걸려 있었다. 오늘은 덧문이 닫혀 있으므로 그 패도 눈에 띄지 않았다. 검은 상장(喪章)을 단 꽃다발 리본이 도어 노커[문 두드리는 쇠]에 매어 있었다. 가난해 보이는 두 여인과 전보 배달부 아이가 그 상장에 핀으로 꽂아놓은 카드를 읽고 있었다. 나도 가까이 가서 읽어보았다.

1895년 7월 1일
제임스 플린 신부(전 미드 가(街) 성 캐더린 성당 사제), 향년 65세, 영면.

이 카드를 읽고 나니 그가 세상을 떠났다는 사실이 비로소 실감이 나서, 나는 별안간 길이 막힌 것만 같아 그 집 안으로는 들어가지 못하고 잠시 망설였다. 그가 죽지만 않았던들 나는 가게 뒤 조그만 컴컴한 방으로 들어가, 벽난로 옆에 놓인 안락의자에 헐렁한 외투 속에 거의 파묻힐 정도로 앉아 있는 그를 보았을 것이다. 아마 아주머니가 그에게 전하라고 하이 토스트 담배 한 봉지를 주었을 것이고, 그러면 이 선물을 보고는 그는 얼빠진 듯한 졸음에서 깨어났을 것이다. 그의 까만 코담배 갑에 이 봉지의 담배를 비워주는 것은 언제나 나였다. 왜냐하면 손이 너무도 떨려서 그는 그 절반이나 마룻바닥에 흘리게 마련이었기 때문이다. 그가 떨리는 커다란 손을 코 앞에까지 쳐들었을 때에도 코담배가 손가락 사이로부터 마치 조그만 구름처럼 그의 외투 앞자락으로 흘러내렸다. 그 오래된 법의가 색이 바래서 푸르스름하게 보인 것도 이렇게 쉴새없이 코담배가 소나기처럼 늘 쏟아져서 그렇게 된 것인지도 모른다. 왜냐하면 언제 보아도 시꺼멓지만 일주일 분의 코담배 가루로 더욱 시꺼메진 빨간 손수건으로 떨어진 담배가루를 털어보려고 해보았지만 아무 효과가 없었으니 말이다.

나는 집 안으로 들어가 그를 보고 싶었지만 문에 노크할 용기가 나지 않았다. 그곳을 떠나 거리의 양지쪽을 천천히 걸어가면서 내가 지나치는 가게의 진열장 안에 걸린 극장 광고를 모조리 읽었다. 나 자신이나 그 하루가 죽음을 슬퍼하는 기분 속에 잠겨 있는 것 같지 않아 어쩐지 이상했고, 또 그의 죽음으로 해서 내가 무엇에서 해방된 것처럼 일종의 해방감마저 느낄 수 있어 나는 마음이 괴롭기까지 했다. 어젯밤에 아저씨가 말한 것처럼 신부가 나에게 가르쳐준 것이 이만저만이 아닌데 왜 이런 생각이 들까 하고 나는 도무지 이상하기만 했다. 그는 왕년에 로마의 아일랜드계 신학교에서 공부를 한 적이 있어 나에게 올바른 라틴어 발음법을 가르쳐주었다. 지하 묘지와 나폴레옹 보나파르트에 관한 여러 가지 이야기도 들려주었고, 또 여러 가지 미사 의식의 의미와 신부가 입는 여러 가지 제의(祭衣)의 의미도 설명해주었다. 어떤 때는 나에게 어려운 질문을 들고 나와, 이런 경우엔 사람은 어떻게 해야 할 것인가, 또 이러이러한 죄는 대죄인가 소죄인가, 그렇지 않으면 그저 결점에 지나지 않는가 하는 질문을 하고는 혼자 좋아한 적도 있었다. 이러한 질문을 통하여 나는 아직까지 늘 가장 단순한 행사라고만 생각했던 성당의 어떤 관습이 사실은 얼마나 복잡하고 신비스러운 것인가를 알게 되었다. 성찬식과 고해의 비밀에 관한 신부의 여러 가지 의무가 나에게는 엄숙하게 생각되어서 그것을 감히 감당할 용기가 있는 사람이 누구일까 하고 의아스럽게 생각했으며, 따라서 성당의 신부들이 우체국 지명부처럼 두껍고, 신문의 법률 공고처럼 깨알만 하게 인쇄한 책을 써서, 이 모든 까다로운 문제를 설명해 놓았다는 이야기를 그가 해줄 때도 나는 조금도 놀라지 않았다. 나는 이런 문제를 생각할 때 전혀 대답을 못하거나 대답을 하더라도 아주 얼빠진 대답을 하거나, 우물쭈물하며 겨우 대답을 하는 경우가 많았다. 그러면 그는 미소를 짓거나 머리를 두서너 번 끄덕이곤 했다. 이따금씩 미리 나에게 암송시킨 미사의 응답 성가를 외워보게 하는 일도 있었다. 그리고 내가 빠르게 그것을 외워나갈라치면 그는 생각에 잠긴 듯 미소를 짓고 고개를 끄덕이며, 가끔 코담배를 손가락으로 크게 집어서 번갈아 콧구멍에다 밀어넣곤 했다. 그가 미소를 지을 때에는 그의 크고 더러운 이빨이 늘 누렇게 드러나 보였고, 아랫입술 위로 축 늘어져 있었다 ── 그것은 내가 그를 잘 알기 전 우리가 처음 사귀었을 때 나를 불안하게 만든 그의 버릇이었다.

양지쪽을 걸어가면서 나는 코터 영감의 말들을 생각해보았고, 또 내 꿈의 결말이 어떻게 되었는가도 생각해보려고 애썼다. 꿈속에서 기다란 벨벳 커튼과 고풍의 거는 램프가 보였다는 기억도 난다. 습관들이 이상한 어떤 나라 —— 아마 페르시아였을까 —— 로 멀리 간 듯도 했다 ……. 그러나 꿈의 종말은 끝내 머리에 떠오르지 않았다.

저녁 때에 아주머니가 나를 데리고 그 상갓집으로 갔다. 해가 저문 뒤였으나, 서향 집들 유리창마다 황갈색어린 황금빛의 커다란 구름 봉우리가 비치고 있었다. 내니가 우리를 현관에서 맞아들였다. 그리고 그녀에게 큰소리를 지른다는 것도 이런 경우 어울리지 않는 일이라 아주머니는 그냥 내니의 손만 잡고 말았다. 노파는 이쪽 의향을 묻는 듯 그냥 위쪽을 손으로 가리켰는데, 아주머니가 고개를 끄덕이자, 계단 난간 위를 넘을락말락하게 고개를 숙인 채, 우리 앞에 서서 좁다란 계단을 힘들여 오르기 시작했다. 첫 층계참까지 오자 그녀는 걸음을 멈추고서, 우리에게 손짓을 하며 시체를 모신 방의 열린 문으로 어서 들어가라고 재촉했다. 아주머니는 안으로 들어갔다. 그리고 내가 들어가기를 머뭇거리자 그 노파는 다시 계속하여 나도 어서 따라 들어가라고 손짓했다.

나는 발끝으로 살금살금 들어갔다. 그 방은 블라인드의 레이스 끝을 통하여 거무스름한 황금빛으로 가득 차 있었고, 그 가운데 촛불이 파리하고 힘없는 불꽃처럼 보였다. 그는 입관(入棺)되어 있었다. 내니를 따라 우리 셋은 침대 끝에 무릎을 꿇었다. 나는 기도드리는 시늉을 했지만 노파가 어찌나 중얼거리는지 마음을 한곳에 집중시킬 수가 없었다. 노파가 치마를 아주 볼품없게 뒤에서 후크로 채워놓은 거라든지, 운동화의 뒤축 한쪽만이 몹시 닳아 없어진 것 따위가 눈에 띄었다. 저 늙은 신부는 그의 관 속에 들어 있으면서 미소를 짓고 있으려니 하는 공상이 문득 머리에 떠올랐다.

그러나 그렇지가 않았다. 우리가 일어나서 침대 머리 쪽으로 바싹 가서 보니 웃고 있지는 않았다. 그는 성단(聖壇)으로 오를 때의 옷차림으로 거기 엄숙하고도 거창스레 누워 있었다. 그리고 그 큰 두 손에는 성배(聖杯)가 허술하게 안겨 있었다. 그의 얼굴은 무섭기 짝이 없었고, 창백한 데다 육중하고, 콧구멍은 굴 속처럼 거무스름했다. 그리고 얼굴 주위로 흰 털이 드문드문 돋아 있었다. 방 안에 짙은 냄새 —— 꽃 향기가 어리어 있었다.

우리는 십자를 긋고는 거기서 나왔다. 아래층 조그만 방으로 가 보니 엘리자가 신부의 안락의자에 점잖게 앉아 있었다. 방 한쪽 구석에 있는, 내가 이 집에 올 때마다 늘 앉던 그 의자 쪽으로 조심조심 가는 동안 내니는 찬장으로 가서 셰리주가 들어 있는 유리병과 포도주 잔 몇 개를 꺼내 가지고 왔다. 이것들을 테이블 위에다 놓더니 우리에게 좀 마시라고 권했다. 그러고는 언니가 시키는 대로 셰리주를 잔에다 가득 따라서 한 잔씩 우리에게 돌렸다. 나에게는 또 크림 크래커를 좀 먹으라고 무척 권했지만, 씹는 소리가 몹시 날 것만 같아 사양했다. 내가 사양한 것에 다소 서운한 듯 그녀는 조용히 소파 있는 데로 가서 자기 언니 뒤에 앉았다. 아무도 입을 여는 사람은 없었다. 우리는 모두 텅 빈 벽난로만 묵묵히 바라보고 있었다.

아주머니가 기다리고 있다가 엘리자가 한숨짓는 것을 보고서 그때서야 입을 열었다.

"아, 글쎄, 이젠 그분도 좋은 세상에 가셨군요."

엘리자는 또다시 한숨을 쉰 다음 동의하는 뜻으로 머리를 숙였다. 아주머니는 포도주 잔을 만지작거리다가 한 모금 마시고 나서 물었다.

"조용히…… 숨을 거두셨겠지요?"

"아, 그야 조용하고말고요, 아주머니" 하고 엘리자가 대꾸했다. "언제 숨을 거뒀는지 모를 정도였답니다. 아 글쎄, 곱게 가셨어요. 고맙게 천주님 덕택에."

"그리고 모든 일은……?"

"오로크 신부님께서 화요일에 오셔서 관유(灌油)도 끝내주시고, 모든 준비를 다 해주셨답니다."

"그럼 그때 본인도 아셨던가요?"

"본인도 아주 각오하고 있었죠."

"그렇게 보이시더군요" 하고 아주머니도 맞장구를 쳤다.

"돌아가신 뒤에, 몸을 씻도록 불러들인 아주머니도 그런 소릴 했답니다. 흡사 주무시고 있는 것 같았다고요. 그렇게 평화롭고, 각오하고 있는 듯한 모양 같았다고요. 이렇게 곱게 돌아가시리라고는 아무도 생각하지 못했을 겁니다."

"글쎄 말예요" 하고 아주머니가 다시 맞장구를 쳤다.

술을 한 모금 더 마신 다음 그녀는 말을 이었다.

"글쎄 말예요, 플린 아주머니. 어쨌든 그분을 위해 해드릴 수 있는 모든 일을 다 해드렸다는 것을 생각하시면 얼마나 마음이 놓이시겠어요. 두 분 다 정말 친절하게 해드리셨으니까요."

엘리자는 자기 옷의 무릎께를 쓰다듬고 있었다.

"아, 오빠도 가엾지! 우리가 이렇게 가난해도 할 수 있는 데까지 다 했다는 건 천주님께서도 다 아십니다 —— 이 세상에 있는 동안은 오빠가 무슨 부족한 데가 없으시도록 죄다 해드렸어요."

내니는 아까부터 머리를 소파 베개에 기대고 있어, 이제라도 곧 잠이 들 것만 같아 보였다.

"내니도 가엾죠" 하고 엘리자는 내니를 쳐다보며 말했다. "아주 지쳐버렸어요. 오빠를 씻어줄 여자를 불러들인다, 입관 준비다, 입관이다, 그 다음엔 성당에서 미사 올릴 준빌 한다, 모두 우리 둘이서 다 했으니까요, 내니와 나 둘이서 말이에요. 오로크 신부님이 안 계셨다면 우린 어떻게 됐을는지 몰라요. 그분이 저 꽃들도 가져오시고, 성당에서 저 촛대 두 개도 가져오시고, 《프리맨즈 저널》에다 부고도 내주시고, 그 밖에 장지며 오빠의 보험 관계 서류까지 다 맡아주셨지 뭐예요."

"정말 고마운 분이시군요" 하고 아주머니가 대꾸했다.

엘리자는 두 눈을 꼭 감고 천천히 머리를 흔들었다.

"그럼요, 세상에 어디 옛 친구만한 친구가 있던가요" 하고 그녀는 말을 이었다. "뭐니뭐니해도 결국 죽고 나면 믿을 만한 친구가 어디 있겠어요."

"글쎄 말입니다" 하고 아주머니가 또다시 맞장구를 쳤다. "그리고 제 생각 같아서는 그분도 이젠 영원한 보답의 나라로 가셨으니까 아주머니 두 분 생각과 아주머니 두 분이 그분께 해드린 모든 친절이 잊혀지지 않을 겁니다."

"아, 오빠도 가엾지!" 하고 엘리자가 다시 말을 이었다. "오빠는 우리에게 큰 부담이 없었어요. 집 안에 있어도 지금이나 다름없이 소리 하나 내는 일이 없었지 뭐예요. 그런데도 오빠가 영영 세상을 떠나시니 허전하군요."

"만사가 다 끝나고 보면 서운한 법이지요." 아주머니가 또 맞장구를 쳤다.

"그러문요" 하고 엘리자가 말을 받았다. "난 이젠 다시는 오빠에게 고기 국물을 갖다 드릴 일도 없겠고, 또 아주머니께서도 코담배를 보내주실 일도 없어졌군요. 아, 오빠도 가엾어라!"

그녀는 지난 일을 회상하는 듯 여기서 일단 말을 끊더니, 잠시 후에 다시 약삭빠르게 말을 이었다.

"이봐요, 아 글쎄, 근래에 와선 오빠에게 이상한 일이 생기게 되었다는 걸 나도 눈치챘지 뭡니까. 오빠에게 고깃국을 갖다 드릴려고 그 방으로 들어갈 때마다 보니까, 오빠는 성무 일과서를 마룻바닥에 떨어뜨리고 의자에 척 기대어 입을 멍하니 벌리고 있지 않겠어요, 글쎄."

그녀는 코를 한 손가락으로 누르고서 상을 찌푸렸다. 그러고는 다시 말을 이었다.

"그러면서도 늘 입버릇처럼 이런 말을 하지 않겠어요. 여름이 끝나기 전에 어느 날씨 좋은 날 마차를 타고 가서 우리 삼 남매가 태어난 아이리시 타운의 그 옛집을 다시 한번 보고 오자, 나와 내니를 함께 데리고 가겠다고 그랬지 뭐예요. 오로크 신부님이 오빠에게 얘기한, 바퀴에 바람을 넣은 그 소리나지 않는 신식마차 하나를 저 길 건너 조니 러시네 가게에서 그날 하루 싸게 빌려서 일요일 저녁 같은 때 우리 셋이서 함께 몰고 갈 수만 있다면 하고 말했어요. 본인은 그걸 마음속에 두고 있었던 모양이에요……. 오빠도 가엾지!"

"천주여, 그의 영혼에 자비를 베푸시옵소서!" 하고 아주머니가 끼여들었다.

엘리자는 손수건을 꺼내서 눈을 닦았다. 그러고 나서 다시 그걸 호주머니에 넣고 얼마 동안 아무 말없이 텅 빈 벽난로 아궁이를 멍하니 바라보았다.

"오빠는 언제나 너무 고지식했어요" 하고 그녀는 말을 이었다. "신부의 직책이 오빠에겐 너무 무거웠어요. 게다가 일생을 두고, 글쎄 뭐랄까, 오빠 운수가 나빴지 뭐예요."

"그럼요" 하고 아주머니가 맞장구를 쳤다. "그분은 불우한 분이었어요. 누가 봐도 뻔해요."

침묵이 조그만 방을 사로잡았다. 그 틈을 타서 나는 테이블 앞으로 가까이 가 셰리주를 맛보고서 다시 조용히 구석의 내 의자 있는 데로 돌아왔다. 엘리자는 깊은 몽상에 빠져 있는 것만 같았다. 우리는 공손히 그녀가 먼저 침묵을 깨뜨리기를 기다렸다. 얼마 후 그녀는 느릿느릿 입을 열었다.

"일은 오빠가 깨뜨린 그 성배(聖杯)였죠. 그게 일의 시초였답니다. 물론 사람들은 그건 상관없다고들 말을 하죠. 내 말은 거긴 아무것도 들어 있지 않았으니까 말예요. 그러나 그래도…… 그건 일하는 아이의 실수였다고들 합니다. 그래도 오빠는 가엾게도 무척 신경을 썼어요. 천주님, 오빠에게 자비를 베푸시옵소서!"

"그럼 그게 그랬군요?" 하고 아주머니가 말을 받았다. "나도 무슨 말을 좀 듣긴 들었지만……."

엘리자는 고개를 끄덕였다.

"그 일로 머리에 타격을 받은 모양이에요, 오빠는. 그후부터는 늘 혼자 우울해하고, 아무에게도 이야기를 건네는 일도 없고, 혼자서 사방을 방황하기 시작했지 뭐예요. 그래서 어느 날 밤 좀 와달라는 전갈을 받고도 글쎄 오빠를 어디서도 찾아낼 수가 없었어요. 여러 사람이 사방을 샅샅이 찾아봤답니다. 그래도 오빠는 그림자도 찾을 수 없었지 뭐예요. 그래서 그때 집사님이 성당 안을 찾아보면 어떨까요, 하고 제안하는 바람에 모두들 성당 열쇠를 갖다가 성당 문을 열고, 그 집사님과 오로크 신부님과 마침 거기 와 계시던 또 한 분의 신부님이 불을 들고 안으로 들어가셔서 오빠를 찾았답니다……. 그런데 원 세상에 이런 일도 있겠어요. 고해소의 어둠 속에 오빠가 혼자 앉아 있더라는 거예요. 눈을 크게 멍하니 뜨고서 혼자서 부드럽게 미소 비슷한 것까지도 띠고 있더라는 거예요."

그녀는 별안간 무엇에 귀를 기울이는 듯 여기서 말을 멈추었다. 나도 따라서 귀를 기울였다. 그러나 집 안에선 아무 소리도 나지 않았다. 그리고 그 늙은 신부는 아까 우리가 본 대로 죽어서 엄숙하고도 험상궂게, 가슴에다 맥없이 성배를 안고서 조용히 그의 관 속에 그냥 누워 있으리라는 것을 나는 그때 깨달았다.

엘리자는 말을 이었다.

"눈을 크게 멍하니 뜨고서 혼자서 미소 같은 것까지 띠고……. 그래서 그때 물론 여러 사람이 그 꼴을 보고 아무래도 저 사람은 어딘가 이상하게 된 것이 아닌가 생각하게 됐죠……."

만난 사람

미국의 서부 지방을 우리에게 소개한 것은 조 딜론이었다. 그는 책부스러기를 좀 가지고 있었는데, 그것은 주로 《더 유니온 잭》이니 《플럭》이니, 《더 하프페니 마블》이니 하는 따위의 지난 호 잡지가 대부분이었다. 방과후 저녁마다 우리는 그의 집 뒷마당에서 인디언 싸움 놀이를 하였다. 그와 그의 뚱뚱보 동생인 게으름뱅이 레오가 마구간 다락을 이미 점거하고 있고, 우리는 그것을 습격해서 빼앗으려고 했다. 혹은 풀밭에서 정정당당히 대전하기도 했다. 그러나 제아무리 우리가 잘 싸워도 포위전이고 대전이고 간에 우리가 승리를 거둔 적은 한번도 없었으며, 언제나 모든 승부는 조 딜론의 전승으로 끝나고 말았다. 그의 부모님은 아침마다 가디너 가(街)에 있는 성당의 여덟시 미사에 나가셨고, 집 현관방에서는 딜론의 어머니가 풍기고 간 냄새가 코를 찔렀다. 그러나 딜론이 노는 품은, 그보다 어리고 겁이 더 많은 우리에게는 너무나도 사나웠다. 낡은 보온 커버를 머리에 쓰고, 주먹으로 깡통을 때렸다.

"야! 야카, 야카, 야카!" 하고 고함을 지르며 마당을 신나게 이리 뛰고 저리 뛰고 할 때엔 인디언 같았다.

그런 애가 장차, 신부를 지망한다는 얘기를 들었을 때는 모두가

다 귀를 의심했다. 그러나 그것은 사실이었다.

우리 사이에는 어떤 분방한 반항정신이 널리 퍼져 있어, 그 바람에 교양이나 체질 차이 따위는 문제도 되지 않았다. 우리는 서로 작당을 이루었는데, 성질이 대담해서 그러는 애도 있었고, 장난 기분으로 그러는 애도 있었고, 또 거의 무서움에 못 이겨서 그러는 애도 더러 있었다. 그리고 공부벌레니 약골이니 하는 말을 듣기가 싫어 마음이 내키지 않았지만 할 수 없이 이 인디언 놀이를 한 이 세 부류 중 마지막 부류 가운데 나도 그 하나였다. 미국의 서부 지방에 관한 문학에 나오는 모험담은 내 기질과는 거리가 멀었다. 그러나 그것들이 도피의 문을 열어준 것만은 사실이다. 어느 쪽인가 하면 모양을 내지 않는 사납고 아름다운 여자들이 이따금씩 나타나는 어떤 미국의 탐정소설이 더 내 마음에 들었다. 이러한 소설에 그릇된 점이라곤 아무것도 없었고, 또 때로는 문학적인 의도에서 제작된 것도 있었지만 웬일인지 학교에서는 그 책들을 돌려가면서 남몰래 읽었다. 어느 날 버틀러 신부가 애들에게 로마사 네 페이지를 읽히고 있는데, 눈치없는 레오 딜론이 《더 하프페니 마블》을 읽다가 그만 들키고 말았다.

"이 페이지냐 아니면 이 페이지냐? 음, 이 페이지야? 자, 딜론, 일어서. '그날이' ……어서 읽어봐! 무슨 날이냐? '그날이 새 자?' ……너 공부를 하고 왔느냐? 너 그 호주머니 속에 들어 있는 건 뭐냐?"

레오 딜론이 그 잡지를 버틀러 신부에게 내밀었을 때 모든 아이들은 가슴이 두근거렸으며, 모두들 자기만은 그것과는 관계가 없다는 얼굴을 했다. 버틀러 신부는 이맛살을 찌푸리며 책장을 뒤적거렸다.

"도대체 이 쓰레기가 뭐냐?" 하고 그는 음성을 높였다. "아파치 추장! 요놈, 넌 로마사는 공부하지 않고 이런 것들만 읽고 있었구나? 학교에 이런 걸 가지고 다니는 것이 또다시 내 눈에 띄어봐라! 내 생각엔 그걸 쓴 작자는 술값이나 벌려고 그런 딱한 걸 쓰는 어떤 형편없는 놈일 게다. 너처럼 교육을 받은 애가 그런 걸 읽다니 놀랍다! 네가 만일…… 공립학교 아이라면 그럴 수도 있겠지만. 자, 딜론, 단단히 일러두니, 공부 좀 해, 그렇지 않으면……."

학교 공부 시간에 들은 이러한 책망으로 해서 미국 서부 지방에 관한 매력은 한결 식었고, 또 레오 딜론의 그 당황하고 헐떡이는 살찐 얼굴을 보니 나도 양심의 가책을 느꼈다. 그러나 학교의 속박에서 일단 벗어나자 나는 또다시 야성적인 감흥을 갈망했고, 이러한 무법천지의 이야기만이 나에게 주는 듯한 도피를 갈망했다. 저녁이면 벌어지는 모의전쟁은 아침이 되면 으레 시작되는 학교의 일과처럼 드디어 따분하기 짝이 없는 것이 되고 말았다. 왜냐하면 나는 나에게도 정말 신나는 모험이 생기기를 갈망했기 때문이다. 그러나 내가 생각하기에 진짜 신나는 모험이란 집에만 가만히 있는 사람들에게는 생기지 않는 법이다. 밖에서 찾아야 한다.

여름 방학이 다가왔을 때, 적어도 하루만이라도 좋으니 학교 생활의 그 지루함에서 벗어나보자고 나는 결심했다. 레오 딜론과 머호니라는 아이와 함께 나는 하루 동안 학교에 가지 말자는 계획을 세웠다. 제각기 6펜스씩 모아, 운하 다리에서 아침 열시에 만나기로 했다. 머호니는 자기 누이에게 부탁하여 적당한 이유를 적어서 학교에 전하기로 하고, 레오 딜론은 동생한테 시켜 몸이 아프다고 말하기로 했다. 우리는 부둣가에 내려가 배들이 있는 데까지 이르러서 나룻배를 타고 강을 건넌 다음 피진 하우스 발전소를 구경하러 가기로 계획을 세웠다. 레오 딜론이 학교 밖에서 버틀러 신부나 다른 선생을 만날지도 모르겠다고 겁을 냈지만 머호니가 뭣하러 버틀러 신부가 이 시각에 그런 곳에 가 있겠느냐고 반문한 것은 참으로 잘한 노릇이었다. 이 말에 우리는 안심이 되었고, 나는 다른 두 아이한테서 6펜스씩을 걷고, 동시에 내 몫인 6펜스도 그애들에게 보여줌으로써 계획의 첫 단계를 완성시켰다. 전날 밤에 마지막 모의를 하면서 우리 셋은 모두가 마음이 긴장되어 있었다. 서로 웃으며 악수를 나눌 때 머호니가 말했다.

"그럼 내일까지."

그날 밤 나는 잠이 통 오질 않았다. 내가 제일 가까운 데서 살았기 때문에 아침에 다리로 제일 먼저 왔다. 사람이라곤 아무도 오지 않는 마당 한 끝에 있는 쓰레기 웅덩이 근처의 무성한 풀 속에다 책을 감추었다. 그러고는 운하 둑을 따라 걸음을 재촉했다. 6월 첫주의 온화한 아침이었다. 나는 다리 돌층계 꼭대기에 올라앉아서 밤새도록 열심히 파이프 백토칠을 해놓은 흰 운동화를 굽어보기도 하고, 또 일터로 가는 사람들을 한 마차 가득히 싣고서 언덕 위로 끌고 가는 온순한 말들을 지켜보기도 했다. 산책로에 죽 늘어선 높다란 가로수들의 모든 나뭇가지마다 달린 작은 연두색 잎이 상쾌했고, 햇빛은 비스듬히 그 사이를 뚫고 물 위로 떨어졌다. 다리의 화강암이 따뜻해지기 시작하자, 나는 마음속의 곡조에 박자를 맞추어 두 손으로 돌다리를 가볍게 두드렸다. 나는 자못 흥겨웠다.

5분 내지 10분쯤 거기 앉아 있노라니 머호니의 회색 옷이 이쪽으로 다가오는 것이 보였다. 그는 싱글벙글하며 언덕을 오르더니, 다리 위 내 옆에 털썩 올라와 앉았다. 기다리는 동안 그는 안쪽 호주머니에 불룩하게 넣어두었던 돌팔매총을 꺼내, 자기가 개량한 곳들을 설명했다. 무엇 때문에 그런 것을 가지고 왔느냐고 물었더니, 그는 새들을 좀 놀려줄 생각이라고 말했다. 머호니는 거리낌없이 상말을 썼으며, 버틀러 신부를 번저 영감이라고 불렀다. 15분이나 더 기다렸지만, 레오 딜론은 자취도 보이지 않았다. 드디어 머호니가 껑충 뛰어내리면서 말했다.

"자, 가자. 뚱뚱보 새끼, 그럴 줄 알았어."

"그럼 그애 돈은⋯⋯" 하고 내가 말했다.

그 말을 받아 머호니가, "몰수지 뭐야, 그러니 일은 더욱 잘됐다 — 자금이 그만큼 더 많아졌으니" 하고 말했다.

우리는 노스 스트랜드 가(街)를 지나, 유산염 공장이 있는 데까지 와서, 그 다음 거기서 오른편으로 돌아 부둣가로 나왔다. 사람들의 눈을 벗어나자 그 즉시로 머호니는 인디언 놀이를 시작했다. 그는 돌을 재지 않은 돌팔매총을 휘두르며 남루한 옷을 입은 여자아이들 떼를 추격했는데, 역시 남루한 옷을 입은 남자애 둘이 의협심에서 우리 쪽으로 돌을 던지자, 그는 그놈들을 공격하자고 제의했다. 그 남자애들이 너무 작으니 그만두자고 내가 반대해서 우리는 그냥 걸어갔다. 그 누더기를 입은 애들 떼는 우리 뒤에다 대고 "신교도야! 신교도야!" 하고 외쳤다. 얼굴색이 거무튀튀한 머호니가 모자에다 크리켓 클럽의 은배지를 달고 있었기 때문에 우리를 신교도 아이들인 줄로 생각한 모양이다. 스무싱 아이론까지 왔을 때 우리는 포위전을 해보았으나 실패로 끝나고 말았다. 그것을 하려면 적어도 사람이 셋은 있어야 했기 때문이다. 레오 딜론 새끼는 겁쟁이야, 새끼. 라이언 선생한테서 3시에 얼마나 꾸중을 들을까 하고 지레짐작을 함으로써 우리는 레오 딜론에 대한 원한을 풀었다.

그러는 동안에 우리는 강 가까이까지 왔다. 길 양쪽으로 높다란 돌담이 쌓여진 그 사이의 시끄러운 거리를 쏘다니며, 각종 기중기와 엔진들이 일하는 것을 지켜보며, 또는 삐걱거리는 마차를 끄는 마부들로부터 비키라는 호통을 가끔 들어가면서 우리는 오랜 시간을 길에서 보냈다. 부둣가에 다다랐을 때는 정오였다. 노동자들이 모두 점심을 먹고 있는 것 같았으므로 우리도 커다란 건포도 빵을 두 개 사서 강가의 어느 쇠파이프 위에 앉아서 먹었다. 더블린의 무역 광경을 이렇게 눈앞에 보니 기분이 좋았다 —— 저 멀리서 홉사 양모 같은 흰 연기를 송이송이 폭폭 공중으로 치켜올려서 신호를 보내는 짐배들, 링센드 너머로 보이는 갈색 어선들, 건너편 부두에서 짐을 부리고 있는 커다란 흰 돛단배. 머호니는 저런 큰 배를 타고 먼 바다로 가면 정말 신이 나겠다고 말했다. 그 바람에 높다란 돛배들을 바라보고 있던 나까지도 학교에서 대강 배운 지리 지식이 눈앞에서 점점 분명해지는 것을 느꼈고, 그렇지 않더라도 그런 것만 같았다. 학교와 집은 우리에게서 멀어지고, 또 구속력도 약해진 것만 같았다.

우리는 나룻배 삯을 치르고, 노동자 두 사람과 가방 하나를 든 키가 작은 유대인과 함께 리피 강을 건넜다. 우리는 엄숙하다고 해도 좋을 정도로 긴장되어 있었으나, 그 짧은 항해중 한번 시선이 마주쳐 웃었을 뿐이다. 육지에 내리자 우리가 방금 건너편 부두에서 보았던 돛대 셋 달린 그 우아한 배가 짐을 부리는 광경을 볼 수 있었다. 옆에 서 있는 어떤 사람이 그 배는 노르웨이 배라고 했다. 나는 배 뒤쪽으로 가서 그 배의 내력을 더듬을 무엇이라도 있나 살폈으나 보이지 않았으므로 다시 그 외국 선원들의 눈이 초록색인가 살펴보았다. 그런 이상한 생각을 나는 전부터 해왔던 것이다……. 그러나 선원들의 눈은 푸르고, 더러는 회색이고, 심지어는 검은 이도 있었다. 꼭 그 중에 초록색이라고 할 만한 선원이 하나 있었는데, 그 선원은 널빤지가 떨어질 때마다 이상하게 소리를 질러 부두에 모인 사람들을 웃기고 있었다.

"오라이! 오라이!"

이 구경도 싫증이 나자, 우리는 어슬렁어슬렁 링센드 쪽으로 걸음을 옮겼다. 날은 벌써부터 무더워져서, 잡화상 유리창 안의 곰팡이 낀 비스킷들이 허옇게 되어 있었다. 비스킷 얼마와 초콜릿을 사서 어부 가족들이 살고 있는 더러운 거리를 배회하면서 부지런히 먹었다. 우유를 살 곳이라고는 눈에 띄지 않아, 어느 구멍가게로 들어가서 나무딸기 레몬수 한 병씩을 샀다. 이것으로 기분이 다시 개운해진 머호니는 고양이를 쫓아 오솔길을 달려갔으나, 고양이는 널따란 들판으로 도망쳐 버렸다. 우리는 둘 다 다소 피곤함을 느꼈다. 그리고 들판에 다다라 곧 경사진 둑 쪽으로 향했는데, 그 산마루 너머로 저만치 도더 강이 보였다.

시간이 너무 늦고, 또 너무 피곤해서 발전소로 가려던 계획을 실천할 수가 없었다. 오늘 일이 발각되지 않으려면 네시까지는 집으로 돌아가야만 했다. 머호니는 섭섭하다는 눈초리로 자기 돌팔매총을 바라보고 있었으므로 그가 쾌활한 생각을 되찾아 장난을 하기 전에, 나는 갈 때는 기차를 타자고 제의하지 않으면 안 되었다. 이

때에 해는 벌써 몇 조각의 구름 뒤로 가라앉고, 우리의 생각은 지칠 대로 지쳤으며, 남은 거라고는 빵조각밖에 없었다.

들판에 사람이라곤 우리밖에 없었다. 얼마 동안 말없이 둑 위에 누워 있는데, 낯선 사람 하나가 들판 저 끝에서 이쪽으로 다가오는 것이 보였다. 여자애들이 점을 치는 그런 종류의 풀줄기를 씹으며 나는 나른한 눈초리로 그 사람을 지켜보았다. 그는 둑을 따라 천천히 걸어왔다. 한 손으로는 허리를 짚고, 또 다른쪽 손에는 단장을 들고 있는데, 이 단장으로 그는 풀밭을 가볍게 툭툭 쳤다. 푸르스름한 검은 양복의 초라한 차림에, 제리모라고 우리가 늘 부르던 꼭대기가 높은 모자를 쓰고 있었다. 콧수염이 반백으로 센 것으로 보아 꽤 늙은 것 같았다. 우리 옆을 지나칠 때 힐끗 빠른 눈초리로 우리를 훑어보더니 그냥 그대로 지나갔다. 눈으로 그 뒤를 쫓으며 보니 한 50보쯤 갔다가 다시 돌아서서 이쪽으로 걸어오기 시작했다. 그는 단장으로 여전히 땅을 툭툭 치며 우리 쪽으로 아주 천천히 걸어왔는데, 그 걸음이 어찌나 느리던지 풀 속에서 무엇을 찾고 있는 것이 아닌가, 하고 나는 생각했다.

우리하고 나란히 되기까지 오더니, 그는 걸음을 멈추고서 우리에게 인사를 했다. 우리가 답례를 하자, 그는 우리 옆 언덕에 천천히 아주 조심을 하며 앉았다. 그는 날씨 얘기부터 꺼내기 시작하더니, 금년엔 날씨가 아주 더울 것 같다는 얘기와 옛날 자기가 어렸을 때와 기후도 매우 달라졌다는 얘기도 덧붙였다. 그는 또 인생에서 가장 행복한 시기는 틀림없이 학생시절이며, 다시 한번 젊어진다면 뭣이든지 하겠다고 말했다. 이런 감상적인 이야기가 우리에겐 다소 지루해서 잠자코 있었다. 그러자 그는 이번엔 학교와 책 이야기를 꺼냈다. 토머스 모어의 시나 월터 스콧 경과 로드 리튼 경의 소설들을 읽었느냐고 물었다. 그가 언급한 책을 내가 모조리 읽은 체했더니 끝내는 그가 말했다.

"아, 알겠다, 너도 나처럼 책벌레구나. 자, 근데 ——" 하고 큰 눈으로 우리를 지켜보고 있는 머호니를 가리키며 그는 덧붙였다. "요 녀석은 그렇지 않겠는데. 글쎄, 장난꾸러기겠어."

그는 자기 집에 월터 스콧 전집과 리튼 전집이 있고, 그런 건 아무리 읽어도 자기는 싫증을 모른다고 한 다음, "물론, 리튼 경의 소설 중에는 애들이 읽을 수 없는 작품도 있기야 하지" 하고 덧붙였다. 머호니는 왜 애들이 그걸 읽을 수 없느냐고 물었다 —— 이렇게 묻는 것을 듣고 나는 가슴이 두근거리고 아팠다. 왜냐하면 그 사람이 나도 머호니처럼 바보라고 생각할까 봐 겁이 났기 때문이다. 그러나 그 사람은 실실 웃기만 했다. 누런 이빨 사이가 커다랗게 비어 있는 것이 보였다. 그 다음에 우리들 중 누가 더 애인이 많으냐고 물었다. 머호니는 자기에겐 애인이 셋이 있다고 가볍게 대답했다. 이번엔 너는 어떠냐고 나에게 물었다. 하나도 없다고 대답했더니, 그는 내 말을 믿지 않으며, 하나쯤은 있을 거라고 확신한다고 말했다. 나는 잠자코 있었다.

"아저씨는 애인이 몇이나 되세요?" 하고 머호니가 건방지게 불쑥 물었다.

그 사람은 여전히 실실 웃으며, 우리 나이 때에는 애인이 하나 둘이 아니었다고 대답하고는 덧붙였다.

"어느 애나 애인이 몇은 있는 법이지."

이 점에 관한 그의 태도는 그 나이의 사람치고는 이상하리만큼

관대하게 느껴졌다. 남자애들과 애인들에 관한 그의 이야기는 그럴 듯한 이야기라고 나는 속으로 생각했다. 그러나 그 사람의 입에서 그런 말을 듣기는 싫었다. 그리고 그는 무엇이 무서운 듯이 또는 갑자기 오한이 난 듯이 몸을 한두 번 떨었는데, 그 까닭이 궁금했다. 그가 말을 이어가는 것을 듣고 있자니까 그의 발음이 좋다는 것을 알 수 있었다. 그는 우리에게 또다시 여자아이들 얘기를 꺼내기 시작하여, 그들의 머리칼이 얼마나 부드럽고 아름다우며, 또 그 손이 얼마나 부드러운가를 이야기했다. 그런데 잘 알고 보면 모든 여자가 겉보기처럼 그렇게 선량하지만은 않다는 것이었다. 자기는 아름다운 젊은 여자와 그 예쁘고 하얀 손과 그 아름답고 부드러운 머리칼을 보는 것보다 더 좋아하는 것도 없다고 말했다. 그는 자기가 지금까지 외워두었던 말을 되풀이하고 있거나 혹은 자기가 한 어떤 말에 매혹되어 그의 생각이 똑같은 궤도 내를 천천히 빙빙 돌고 있는 듯한 인상을 나에게 주었다. 어떤 때 그는 모든 사람이 다 아는 어떤 사실을 그저 암시하는 듯한 투로 이야기하기도 했고, 또 어떤 때는 딴 사람들이 엿듣지 말아야 할 어떤 비밀 이야기를 하는 듯한 투로 말소리를 낮추어 소곤소곤 이야기하기도 했다. 같은 말을 몇 번씩 반복하여 조금씩 말을 바꾸며 그 단조로운 음성으로 늘어놓았다. 나는 그의 말에 귀를 기울이면서 비탈 아래쪽을 계속 응시하고 있었다.

　오랜 후에 그의 독백이 잠시 멈추었다. 그는 천천히 일어서서 일이 분 동안, 아니 몇 분 동안 자리를 떠났다가 다시 와야겠다고 말했다. 나는 이제까지 보던 방향에서 시선을 바꾸지 않은 채 그가 천천히 우리로부터 들판의 가까운 끝 쪽으로 걸어가는 것을 눈여겨보았다. 그가 가버린 후에도 우린 아무 말이 없었다. 얼마 동안 침묵이 흐른 후에 머호니가 외쳤다.

"아! 저 사람 하고 있는 꼴 좀 봐!" 하고 그는 버럭 소리를 질렀다.

나는 대답도 않고, 고개를 쳐들지도 않았는데, 머호니가 다시 한 번 버럭 소리를 질렀다.

"아 …… 저 영감 괴짜 바보야!"

"그 사람이 우리 이름을 물으면 말이야" 하고 내가 말했다. "넌 머피라 하고, 난 스미스라고 하자."

우리는 더는 서로 아무 말도 하지 않았다. 내가 자리를 뜰까 말까 망설이고 있는데, 그 사람이 다시 와서 우리들 옆에 앉았다. 그가 앉자마자, 머호니는 아까 그가 놓친 고양이를 보고서, 후다닥 일어나, 고양이 뒤를 쫓아 들판을 가로질러 달려갔다. 그 사람과 나는 머호니가 고양이를 쫓고 있는 것을 지켜보았다. 고양이가 다시 한 번 도망을 치자, 머호니는 고양이가 올라가버린 담을 향해 돌을 던졌다. 그러다 그만두더니 정처없이 들판 저 먼 끝을 배회하기 시작했다.

잠시 후에 그 사람은 다시 말을 꺼냈다. 네 친구는 아주 사나운 애라고 하며, 학교에서 가끔 매를 맞지 않느냐고 물었다. 나는 화가 나서 그의 말마따나 우리는 매나 맞는 공립학교 애들과는 다르다고 대답할까 했으나 잠자코 입을 다물고 있었다. 그는 이번에는 아이들을 징벌하는 이야기를 꺼냈다. 또다시 자기 말에 매혹된 것처럼 그의 생각은 이 새로운 화제의 중심을 천천히 빙빙 돌고 있는 듯싶었다. 아이들이 저럴 때는 매를 맞아야 한다, 단단히 맞아야 한다는 것이었다. 아이가 거칠고 버릇이 없을 때는 따끔하게 때리는 것보다 더 약이 되는 것은 없다. 손바닥을 찰싹 한 대 때린다거나, 뺨 한 대쯤은 아무 소용도 없다. 자기가 원하는 것은 눈에서 불이 번쩍나게 따끔하게 때리는 것이다. 나는 이 말을 듣고서 깜짝 놀라, 나도 모르게 힐끗 그의 얼굴을 바라보았다. 그랬더니 꿈틀거리는 이마 아래로부터 한 쌍의 암녹색 눈, 나를 흘겨보는 그 눈초리와 내 시선이 마주쳤다. 나는 또다시 눈을 얼른 돌리고 말았다.

그 사람은 독백을 계속했다. 아까 그가 토로하던 관대함을 까맣게 잊어버린 듯싶었다. 여자아이하고 이야기를 하거나, 애인이 있는 아이가 눈에 띄기만 하면 실컷 때리겠다고 말했다. 그러면 그게 약이 되어 다시는 여자아이에게 이야기를 걸게는 안 될 거라는 것이었다. 애인이 있으면서도 없다고 거짓말을 하는 아이가 있다면 이런 매를 맞아보기란 난생 처음이다 싶을 정도로 몹시 때리겠다고도 했다. 이보다 더 시원한 일이 이 세상엔 없을 거라고 말했다. 그는 마치 어떤 어려운 비밀이라도 해명하는 듯이 이런 아이를 때리는 방법을 설명했다. 이 세상에 그보다 더 통쾌한 일은 없을 거라는 것이었다. 그리고 그 비밀 속으로 다짜고짜로 나를 끌고 들어가는 그의 목소리는 정다울 정도로 부드러워져, 날더러 자기 말을 좀 알아달라고 애원하는 듯싶었다.

그의 독백이 또다시 멈출 때까지 기다렸다가 나는 갑자기 벌떡 일어섰다. 내 마음의 동요를 보이지 않으려고 일부러 구두를 고쳐 신는 시늉을 하며 얼마 동안 머뭇거리다가 이젠 가야겠다고 말하고는 그에게 작별인사를 했다. 나는 침착하게 언덕을 올라갔으나, 그가 내 발목을 붙잡기라도 할까 봐 무서워서 가슴이 몹시 두근거렸다. 꼭대기에 다다랐을 때 빙 돌아서 그를 보지도 않은 채 들판 저쪽을 향하여, 큰소리로 불렀다.

"머피!"

내 목소리는 억지로 허세를 부리는 듯한 억양을 띠고 있어, 나는 이때 잔뜩 부끄러웠다. 머호니가 나를 알아보고서 어, 하고 대답하기 전에 나는 또다시 그 이름을 부르지 않을 수 없었다. 그가 들판을 가로질러 나에게로 뛰어왔을 때 내 심장은 얼마나 뛰었던가! 나에게 구원을 가져다주는 것처럼 그는 뛰어왔다. 그리고 나는 이때 몹시 뉘우쳤다. 왜냐하면 마음속으로 나는 늘 그를 다소 멸시하고 있었기 때문에.

애러비

노스 리치먼드 가는 막다른 골목이어서, 가톨릭 초등학교에서 아이들이 파해 나오는 시간 외에는 고요했다. 그 막다른 골목 끝에 이층의 빈집 한 채가 정방형 빈터에 있는 이웃들로부터 떨어져 있었다. 이 거리의 다른 집은 그 안에서 사는 점잖은 사람들의 위신을 의식해서 그러는 것처럼 침착한 갈색 얼굴로 서로 마주보고 있었다.

우리 집에 전에 세들었던 사람은 신부였는데, 그는 뒤 응접실에서 세상을 떠났다. 오랫동안 닫혀 있어 곰팡이 냄새가 방마다 배어 있고, 부엌 뒤에 있는 다락방에는 헌 휴지가 사방에 흩어져 있었다. 그 중에서 나는 표지가 종이로 된 몇 권의 책을 찾아냈는데, 그 책장들은 돌돌 말려 있었고, 또 습기가 차 있었다. 월터 스콧의 《승원장》《경건한 성찬 배수자》《비도크의 회상록》따위였다. 나는 이 중에서 마지막 책을 제일 좋아했는데, 그 까닭은 책장이 노랗기 때문이었다. 집 뒤 손질하지 않은 정원에는 한복판에 사과나무 한 그루가 서 있었고, 덤불숲이 여기저기 몇 군데 흩어져 있었다. 어떤 덤불숲 밑에서 나는 먼저 살던 신부가 쓰던 녹슨 자전거 펌프를 찾아냈다. 그는 매우 자선심이 강한 신부여서, 유서에다 그의 전재산은 공공단체에다 주고, 집에서 쓰던 가구는 자기 누이동생에게 준다는 사연을 써놓았다.

　겨울 해가 짧아져, 우리가 저녁을 다 먹기도 전에 어둑어둑해졌다. 우리가 거리에서 만났을 때에는 벌써 집들은 어둠에 잠긴 후였다. 머리 위의 하늘은 쉴새없이 변해 가는 보랏빛이고, 그 하늘을 향해 가로등들은 희미한 불을 켜들고 있었다. 대기는 살을 에일 듯이 찼지만, 우리는 몸이 활활 달아오를 때까지 뛰어놀았다. 우리가 떠들어대는 목소리가 조용한 거리에서 메아리쳤다.

　우리가 뛰어노는 길은 그곳 오두막집에 사는 거친 족속들로부터 지독한 욕이 튀어나오는 집들 뒤의 컴컴하고 진창투성이의 오솔길로부터 시작해서, 퀴퀴한 냄새가 잿구덩이에서 나오고 물이 흐를 정도로 흠뻑 젖어 질벅질벅한 컴컴한 정원의 뒷문과, 마부가 말을 문지르고 빗질을 해주거나 쇠가 달린 마구를 흔들어 방울소리를 쩔렁쩔렁 내주는 퀴퀴한 냄새가 나는 컴컴한 마구간까지 뻗어 있었다. 우리가 다시 큰 거리로 돌아왔을 때에는 부엌 창문에서 새어 나온 불빛이 벌써 그 일대를 환히 비추고 있었다. 우리 아저씨가 길모퉁이를 돌아오는 것이 보이면 그가 집에 들어간 것을 확인할 때까지 우리는 그늘에 숨어 있었다. 혹은 맹건의 누나가 남동생에게 다과를 먹으라고 부르러 문간으로 나온다면 그녀가 거리 아래위를 기웃거리며 동생을 찾는 것을 우리는 숨은 자리에서 지켜보았다. 우리는 가만히 기대고 서서 그녀가 그대로 있나 혹은 안으로 들어가고 없나를 보고 있다가 만일 그대로 있다면 숨은 곳에서 나와 할 수 없이 맹건네 층계 쪽으로 걸어갔다. 그녀는 우리를 기다리고 있었는데, 그 모습의 윤곽이 반쯤 열린 문에서 새어 나오는 불빛을 등지고 뚜렷이 드러나 보였다. 동생은 말을 듣기 전에 언제나 누나를 놀려주었다. 그 동안 나는 난간 옆에 서서 그녀를 바라보았다. 몸을 움직일 때마다 옷이 한들거리고, 부드럽게 땋아 늘어뜨린 머리채가 좌우로 흔들렸다.

아침마다 나는 정면 응접실 마루에 누워 그녀의 집 문을 지켜보았다. 블라인드를 창틀로부터 1인치도 안 될 정도까지 내려놓아서 내가 남의 눈에 띌 리는 없었다. 그녀가 현관 층계에 나오면 내 가슴은 뛰었다. 현관으로 달려가서 책을 움켜쥐고 그녀 뒤를 따랐다. 그녀의 갈색 모습에서 조금도 눈을 떼지 않다가, 우리의 길이 갈라지는 지점 가까이 오면 나는 걸음을 재촉하여 그녀 옆을 지나쳤다. 이런 일이 매일 아침마다 벌어졌다. 어쩌다 우연한 기회에 몇 마디 말을 거는 외에는 아직껏 그녀에게 말을 건네 본 적이라곤 없었다. 그러나 그녀의 이름은 마치 나의 온몸의 어리석은 피를 모아들이는 소환장과도 같았다.

그녀의 영상은 로맨스와는 관계가 먼 곳에까지 나를 따라다녔다. 토요일 저녁마다 아주머니가 장을 보러갈 때에는 나도 따라가서 어느 정도의 짐을 들어주지 않으면 안 되었다. 우리는 주정뱅이와 물건을 흥정하는 여자들에 떼밀리며, 노동자들의 욕설, 돼지고기가 든 통 옆에 지키고 선 점원들이 되풀이해서 물건 사라고 째지는 듯이 외치는 아우성 소리, 오도노번 로사에 관한 〈그대들 모두 오라〉와 국난에 관한 민요를 노래하는 거리 가수들의 콧노래 소리, 이런 가운데를 뚫고 휘황찬란한 거리를 지나갔다. 내게는 이 모든 소음이 한데로 모여 삶의 단일한 정감으로 바뀌었다. 나는 성배(聖杯)를 지니고 원수의 무리 속을 무사히 뚫고 가는 것만 같았다. 그녀의 이름이 나도 알 수 없는 이상한 기도와 찬사로 되어 순간순간 입에서 튀어나왔다. 이따금 눈에 눈물이 가득히 고였다(나는 그 까닭을 알 수 없었다). 그리고 또 때로는 심장에서 터져나온 홍수가 가슴속으로 왈칵 쏟아져 들어오는 것만도 같았다. 나는 장래 일은 별로 생각해보지 않았다. 그녀에게 말을 걸어야 할지, 혹은 만일 말을 건다면 내 혼란된 이 애모의 정을 어떻게 전할 수 있을는지 알 수가 없었다. 그러나 내 몸은 거문고와도 같았고, 그녀의 말과 몸짓은 거문고의 줄을 튕기는 손가락과도 같았다.

신부가 세상을 떠난 뒤 어느 날 저녁 나는 응접실로 들어갔다. 컴컴하고 비가 내리는 저녁이었고, 집 안에선 아무 소리도 들리지 않았다. 깨어진 어느 창문으로부터 땅을 두드리는 빗소리며, 계속 내리는 바늘과 같이 가는 가랑비가 흠뻑 젖은 화단 위에서 휘날리는 소리가 들려왔다. 저 멀리 등불인지 불을 켠 창문인지가 반짝이는 것이 내려다보였다. 나의 오감(五感)은 그 오감을 감춰버리려는 욕망에 사로잡힌 것만 같았고, 또 그런 감각에서 막 빠져나와야겠다고 느낀 나는 손바닥이 부들부들 떨릴 때까지, "오 사랑! 오, 사랑" 하고 몇 번씩 중얼거리면서 두 손을 꼭 쥐었다.

마침내 그녀가 나에게 말을 건넸다. 첫 마디를 나에게 건넸을 때 나는 어찌나 당황했던지 뭐라고 대답해야 좋을지를 몰랐다. 그녀는 나에게 애러비〔1895년 5월에 더블린에서 열렸던 바자〕에 갈 작정이냐고 물었다. 내가 간다고 대답했는지 이제 통 생각이 나지 않는다. 근사한 바자인 것 같아서 자기도 가고 싶다고 그녀는 말했다.

"그런데 왜 못 가지?" 하고 나는 물어보았다.

이야기를 하면서 그녀는 팔목에 낀 은팔찌를 뱅뱅 돌렸다. 그 주일은 자기가 다니는 수도원에서 정수회(靜修會)가 있기 때문에 자기는 못 간다고 했다. 그녀의 동생과 다른 두 아이는 서로 모자 뺏기 장난을 하고 있어서 나만 혼자 난간 옆에 있었다. 그녀는 난간 하나를 붙잡고, 내 쪽으로 머리를 숙이고 있었다. 우리 집 맞은편에 있는 가로등의 불빛이 그녀의 하얀 목덜미의 곡선에 내려 그녀의 머리칼을 비추고, 그 불빛은 다시 난간을 쥐고 있는 한 손을 비추었다. 그것은 그녀의 옷자락을 비추고, 편안한 자세로 서 있을 때에는 보일까 말까한 속치마의 흰 단에도 비추었다.

"넌 가보는 게 좋을 거야" 하고 그녀는 말했다.

"내가 가면 뭘 사다줄게" 하고 나는 대꾸했다.

그날 저녁 이래로 얼마나 많은 쓸데없는 생각들이 자나깨나 머리를 어지럽혔는지 모른다! 나는 바자에 가기까지의 그 사이에 가로놓인 날들을 한꺼번에 없애버리고 싶었다. 학교 공부에 짜증을 부렸다. 밤에는 내 침실에서, 낮에는 교실에서 그녀의 영상은 나와 내가 읽으려고 애쓰는 책장 사이로 자꾸만 파고들었다. 애러비라는 말의 음절이 나의 영혼이 잠겨 있는 침묵 속에서 들려오고, 또 내 전신에다 동방적인 마력을 뿌려주는 것만 같았다. 나는 이번 토요일 밤에 나를 바자에 가게 해달라고 부탁했다. 이 말에 아주머니는 깜짝 놀라면서 무슨 비밀결사에라도 들어간 게 아니냐고 했다. 나는 교실에서 질문에 별로 대답도 잘하지 못했다. 선생님의 얼굴이 상냥하던 얼굴로부터 엄격한 얼굴로 변해 가는 것을 지켜보고만 있었다. 게으름을 떨기 시작한 게 아니냐고 선생님은 말했다. 흩어져 헤매이는 생각을 한데 집중시킬 수가 없었다. 인생의 진지한 일에는 거의 견디어낼 수가 없었다. 그런 것들은 나와 나의 욕망을 가로

막고 있었기 때문에 나에게는 어린애 장난 —— 추악하고 단조로운 어린애 장난같이만 생각되었다.

토요일 아침에 나는 아저씨에게 오늘 저녁에 바자에 가고 싶다고 상기시켰다. 그는 현관 옷걸이 앞에서 모자 솔을 찾느라고 수선을 떨다가 짤막하게 대답했다.

"그래, 안다."

아저씨가 현관에 있었기 때문에 나는 정면 응접실로 들어가서 창가에 드러누울 수가 없었다. 그래서 나는 불쾌한 기분으로 집을 나와, 천천히 학교 쪽으로 걸음을 옮겨놓았다. 공기가 무자비할 정도로 차서 마음이 벌써부터 불안해졌다.

저녁을 먹으러 집에 돌아와보니 아저씨는 아직 집에 와 있지 않았다. 아직 시간이 일렀다. 앉아서 얼마 동안 멀거니 괘종시계를 쳐다보고 있는데, 그 짤깍짤깍 하는 시계소리에 그만 신경이 곤두서 나는 방을 나와버렸다. 층계를 올라 2층으로 올라갔다. 천장이 높고, 춥고 텅 빈 우중충한 방으로 오니 한결 마음이 풀어져, 나는 노래를 부르며 이 방 저 방으로 돌아다녔다. 정면 창으로부터 밖을 내다보니 친구들이 저 아래 거리에서 놀고들 있는 것이 보였다. 그들이 떠드는 소리가 약하고 희미하게 들려왔다. 차디찬 유리에다 이마를 갖다대고서 나는 그녀가 사는 그 어둠 속에 잠긴 컴컴한 집을 건너다 보았다. 내 상상력이 그려낸 그 갈색 옷을 입은 모습, 가로등의 불빛이 어렴풋이 비춰준 목덜미의 곡선, 난간 위에 놓인 손, 그리고 치마 밑의 단만을 보면서 나는 한 시간 동안이나 그곳에 서 있었나 보다.

아래층으로 또다시 내려와보니 머서 부인이 난롯가에 앉아 있었다. 수다스러운 이 노파는 전당포집 과부인데, 무슨 종교적인 목적에서 헌 우표를 모으고 있었다. 그 할머니가 차를 마시며 늘어놓는 잡담을 나는 참지 않으면 안 되었다. 저녁 식사를 한 시간이나 늦추었는데도 아직 아저씨는 돌아오지 않았다. 머서 부인은 가려고 일어섰다. 더 기다릴 수가 없어서 안됐지만, 여덟시가 지났고 밤 공기가 건강에 나빠 밤늦게 나다니는 것을 싫어한다는 것이었다. 그녀가 가버리자 나는 주먹을 움켜쥐고서 방 안을 왔다갔다하기 시작했다. 아주머니가 입을 열었다.

"너 바자에 가는 것을 오늘 밤은 미루어야 할까 보다."

아홉시가 되어서 아저씨가 현관문을 여는 소리가 들렸다. 아저씨 혼자서 중얼거리는 소리가 들리고, 또 옷걸이가 외투의 중량을 받았을 때 흔들리는 소리가 들렸다. 나는 이러한 징조가 무엇을 뜻하는지 알 수 없었다. 아저씨가 저녁을 절반쯤 먹었을 때 나는 바자에 갈 돈을 달라고 했다. 그는 까맣게 잊어버리고 있었던 것이다.

"사람들이 모두 잠자리에 들어 첫잠을 자고 난 후일 텐데" 하고 그는 말했다.

나는 웃지도 않았다. 아주머니가 힘을 주어 이렇게 그에게 말했다.

"돈을 줘서 보내시구려. 당신 때문에 이렇게 늦어졌으니."

잊어버려서 참 미안하다고 아저씨는 말했다. 일만 하고 놀지 않으면 바보가 된다는 속담을 자기는 믿고 있다고도 했다. 어딜 가려는 거지, 하고 묻길래 다시 한번 얘기해주었더니, 〈아랍인의 말에 대한 작별 인사〉라는 시를 알고 있느냐고 물었다. 내가 부엌을 나올 때 아저씨는 그 시의 첫머리를 아주머니에게 막 읊어주고 있었다.

나는 손에 —— 플로린[2실링짜리 은화]을 꽉 쥐고 정거장을 향해 버킹엄 가를 성큼성큼 걸어 내려갔다. 물건을 사는 사람들로 들끓고, 가스등으로 휘황찬란한 거리를 보자 내가 이렇게 나온 목적이 새삼스레 생각이 났다. 텅 빈 기차의 3등칸에 올라탔다. 한없이 꾸물거린 다음 기차는 서서히 정거장을 빠져나갔다. 기차는 기는 것처럼 느린 속력으로 허물어져 가는 집들 사이와 번득이는 강 위를 지나갔다. 웨스트랜드 로(路) 정거장에서 한떼의 사람들이 객차문으로 밀려들었으나, 역원들이 바자로 가는 특별열차라고 하면서 그들을 제지했다. 텅 빈 차칸에 나 혼자 앉아 있었다. 잠시 후에 기차는 임시로 만든 나무 플랫폼 옆에 바짝 닿았다. 길로 걸어나와서 조명 시계 자판을 보니 10시 10분 전이었다. 그리고 내 앞에는 그 신비스러운 이름을 드러내 보이는 커다란 건물이 있었다.

6페니를 내고 들어가는 문을 찾지 못하여 바자가 닫힐까 겁이 나 나는 지친 얼굴을 하고 있는 사람에게 1실링을 주고서 조급히 회전문을 지나 안으로 들어갔다. 들어와보니 큰 홀이 있고, 그 절반 높이에 죽 휘장이 둘러쳐져 있었다. 거의 모든 매점의 문이 닫혀 있었고, 홀의 대부분이 컴컴했다. 예배가 끝난 후 성당 안에 감도는 것과 같은 정적을 나는 느꼈다. 나는 머뭇거리며 바자 한가운데로 걸어 나갔다. 아직도 문을 연 몇 개의 매점 주위에는 사람들이 아직 좀 모여 있었다. '카페 샹탕'이라는 이름을 색색 등불로 써 놓은 커튼 앞에서 두 사나이가 쟁반 위에 놓인 돈을 세고 있었다. 나는 동전 떨어지는 소리에 귀를 기울였다.

그때서야 내가 온 이유를 간신히 생각해 내고서 나는 어떤 매점 앞으로 가서 거기 놓은 도자기 꽃병과 꽃무늬가 있는 티 세트를 자세히 들여다보았다. 매점 문 앞에서 한 젊은 여자가 두 젊은 남자와 시시덕거리며 웃고 있었다. 그들의 말씨가 영국식인 것을 의식하면서 나는 막연히 그들의 대화에 귀를 기울이고 있었다.

"아이, 언제 내가 그런 말 했어요!"

"아니, 그랬어!"

"아이, 안 그랬어요!"

"자네도 들었지?"

"그래, 나도 들었어."

"아이…… 거짓말!"

나를 보더니 그 젊은 여자는 나에게로 와서 무엇을 살 생각이냐고 물었다. 그 음성으로 보아 권하는 말투가 아니었다. 의무감에서 마지못해 한 말 같았다. 나는 그 매점의 컴컴한 입구 양쪽에 동방의 파수병처럼 서 있는 커다란 항아리들을 겸손한 눈초리로 바라보며 중얼거렸다.

"아뇨, 괜찮아요."

그 젊은 여자는 꽃병 하나의 위치를 바꿔놓고서 다시 두 젊은 남자가 있는 데로 돌아갔다. 그들은 똑같은 이야기를 다시 하기 시작했다. 한두 번 젊은 여자는 어깨 너머로 흘깃 나를 쳐다보았다.

그대로 있어보았자 소용없다는 것을 알면서도 나는 물건에 대한 관심이 좀더 사실이라는 것을 보이기 위하여 그 매점 앞을 떠나지 않고 그대로 쭈볏거리고 있었다. 그러고 나서야 천천히 돌아서서 바자의 한가운데를 걸어 내려갔다. 동전 두 닢을 주머니에 들어 있는 6펜스짜리 위에다 떨어뜨렸다. 휘장 한끝에서 불이 꺼졌다고 외치는 소리가 들려왔다. 홀의 윗부분은 이제는 완전히 캄캄해졌다.

그 어둠 속을 뚫어져라 노려보고 있자니까 나 자신이 마치 허영에 몰리고 또 허영의 조롱을 받은 짐승만 같았다. 그리고 내 두 눈은 고뇌와 분노에 활활 타고 있었다.

이블린

　그녀는 창가에 앉아서 저녁의 어둠이 가로수 길로 밀려오는 것을 지켜보았다. 머리를 창의 커튼에 기대고 있었기 때문에 먼지 낀 크레톤 냄새가 매캐하게 코를 찔렀다. 그녀는 피곤했다.

　지나가는 사람들은 별로 없었다. 마지막 집에서 나온 사나이가 자기 집으로 돌아가느라고 앞을 지나갔다. 콘크리트 포도 위를 뚜벅뚜벅 걸어가다가 그곳을 지난 다음, 새로 지은 빨간 집들 앞의 석탄재를 퍼서 다진 길을 바삭바삭 걸어가는 그의 발자국 소리가 들렸다. 옛날 한때 그곳은 들판이어서 자기들이 늘 다른 집 애들과 놀던 자리였다. 그 다음 벨파스트에서 온 어떤 사람이 그 땅을 사서 거기다 몇 채의 집을 지었다 —— 동네 사람들이 살고 있는 그러한 조그만 갈색 집이 아니라, 지붕이 번쩍거리는 말쑥한 벽돌집이었다. 이 가로수 길에 사는 아이들 —— 더바인, 워터, 던네 아이들과 절름발이 꼬마 키오우, 그리고 자기와 자기 집 남동생들과 여동생들 —— 은 그곳에서 늘 함께 놀았다. 그러나 어니스트는 한번도 같이 논 적이 없었다. 너무 컸기 때문이었다. 그녀의 아버지는 늘 오얏나무 몽둥이로 그곳으로부터 아이들을 집 안으로 몰아넣곤 했다. 그러나 늘 꼬마 키오우가 망을 보고 있다가 아버지가 이쪽으로 다가오는 것을 보면 "온다" 하고 큰 소리로 외쳤다. 그러나 그들에겐 그 시절이 훨씬 더 행복했던 것만 같았다. 그때만 해도 그녀의 아버지는 술버릇이 그렇게까지 나쁘지는 않았고, 뿐만 아니라 어머니도 살아 계셨으니 말이다. 오래전 일이다. 그녀와 그녀의 남동생들, 여동생들도 이제는 다 컸고, 어머니도 세상을 떠났다. 티지 던도 이 세상을 떠났으며, 워터네 식구들은 영국으로 돌아가버렸다. 모든 것이 다 변했다. 나도 이제 집을 버리고 다른 아이들처럼 멀리 떠나버리려는 것이 아닌가.

집! 자기가 일 주일에 한번씩 여러 해 동안 먼지를 털던 그 모든 낯익은 물건들을 눈여겨 바라보면서 그녀는 방 안을 둘러보았다. 그때 그녀는 도대체 이 먼지들 모두가 어디서 오는 것일까, 하고 이상하게 생각했던 것이다. 아마도 헤어지리라고는 꿈에도 생각하지 않은 이 낯익은 물건들을 다시는 보지 못하리라. 그러면서도 그녀는 오늘날까지 성녀(聖女) 마가렛 메리 앨러코크가 약속을 받는 채색 판화 옆 깨진 풍금 위 벽에 걸려 있는 누렇게 퇴색돼가는 사진 속 신부의 이름이 무엇인지 끝내 알아내지 못했다. 그 신부는 그녀 아버지의 학교 시절 친구였다. 그가 손님에게 그 사진을 보일 때마다 언제나 아버지는 다음과 같이 어물어물 넘겨버리고 말았다.

"저 사람은 지금 멜버른에 있어요."

그녀는 집을 버리고 멀리 가버리기로 동의했다. 이러한 결정은 현명했을까? 이런 물음 각각 부분의 무게를 그녀는 애써 비교해 보았다. 어쨌든 집에 있으면 먹을 것과 잘 것은 걱정없다. 그리고 나면서부터 사귀어온 사람들이 있다. 물론 집에서나 일터에서 열심히 일은 해야 한다. 만일 어떤 놈팡이를 따라 도망쳤다는 것을 백화점 사람들이 알게 되면 그들은 자기를 뭐라고 할까? 아마 바보라고 할 테지. 그리고 그 자리는 광고를 내서 곧 채워지게 될 테지. 미스 개번은 좋아할 거야. 그녀는 늘 나에게 심하게 굴었으니까. 특히 남이 들을 때에는 언제나 그랬으니까.

"미스 힐, 손님들이 기다리고 계시는 것도 몰라?"

"정신 좀 차려요, 미스 힐, 제발."

백화점을 떠나는 것은 별로 서러워할 것이 없었다.

그러나 먼 미지의 나라의 새집에서는 이렇지는 않으리라. 그리고 그녀는 결혼했으리라 —— 그녀, 이블린은. 그러면 남들은 자기를 존경의 마음으로 대해주리라. 자기 어머니가 받던 그런 대우는 받지 않겠지. 이제까지도 열아홉이 지났지만 아버지의 폭력에 위험을 느끼는 때가 있었다. 울렁증이 생긴 것도 바로 그 때문이라는 것을 그녀는 알고 있었다. 아이들이 자라면서 아버지는 딸이라서 아들들인 해리나 어니스트에게 늘 손을 대던 것처럼 그녀에게 손을 대지는 않았다. 그러나 최근에는 죽은 어머니만 아니라면 어떻게 하겠다고 하면서 그녀마저 위협하기 시작했다. 그리고 이제 그녀를 보호해줄 사람이라곤 아무도 없었다. 어니스트는 이미 죽었고, 교회 장식일에 종사하는 해리는 항상 시골 어디엔가에 가 있었다. 그뿐만 아니라 토요일 밤마다 반드시 돈 때문에 벌어지는 입씨름은 이루 말할 수 없을 정도로 그녀를 지치게 했다. 그녀는 자기가 벌어온 돈 —— 7실링 —— 을 고스란히 아버지에게 바쳤고, 해리도 힘 자라는 데까지 늘 돈을 보내왔지만 아버지 손에 일단 들어간 돈을 얼마만큼이라도 다시 얻어내려 하면 늘 말썽이 생겼다. 아버지는 그녀가 늘 돈을 낭비한다는 둥, 머리가 없다는 둥, 힘들여 벌어들인 돈을 거리에 뿌리라고 줄 생각은 아예 없다는 둥, 그 밖에 안 하는 소리가 없었다. 토요일 밤이면 언제나 상당히 술에 취해 있었기 때문이다. 결국에 가서는 돈을 내놓으면서 일요일 저녁거리를 살 작정이냐고 묻는 것이었다. 그러면 그녀는 허둥지둥 뛰어나가서 시장에 가야 했다. 까만 지갑을 손 안에 꼭 움켜쥐고서 사람들 사이를 팔꿈치로 헤치며 반찬거리를 한 짐 가득 사가지고 늦게서야 집으로 돌아오는 것이었다. 집안일을 보살피며, 자기에게 맡겨진 두 애들이 꼬박꼬박 학교에 가고, 또 꼬박꼬박 식사를 하도록 돌봐준다는 것은 이만저만한 일이 아니었다. 그것은 힘든 일 ──힘든 생활 ── 이었지만 이제 그것도 막상 그만이라고 생각하고 보니 그렇게 아주 싫기만한 일 같지도 않았다.

그녀는 프랭크와 이제부터 새로운 인생을 개척하려는 것이었다. 프랭크는 아주 친절하고, 사내답고, 솔직했다. 그의 아내가 되어 부에노스아이레스에서 그와 함께 살려고 밤배로 그를 따라가려는 것이었다. 거기다 그는 살림집을 하나 사놓고 그녀를 기다리고 있다고 한다. 그녀가 프랭크를 처음 만났던 그때를 그녀는 잘 기억하고 있었다. 그것은 바로 몇 주일 전의 일만 같았다. 그는 대문 앞에 서 있었는데, 운두 높은 모자를 뒤로 젖혀 쓰고 있어, 붉게 탄 얼굴 위로 머리칼이 내려 덮여 있었다. 그 다음 두 사람은 서로 사귀게 되었다. 그녀를 늘 저녁마다 백화점 밖에서 기다려 집에까지 바래다주곤 했다. 〈보헤미아 처녀〉[아일랜드의 작곡가 마이클 윌리엄 벨프(1808~1870)의 대표적 오페라로 1843년에 발표]를 보러 극장엘 같이 간 적도 있었다. 그럴 땐 그와 함께 낯선 극장의 어느 좌석에 앉아 하늘로 올라가는 듯한 기분이 되었다. 그는 노래를 무척 좋아했고, 또 잘 불렀다. 그들이 서로 사랑하는 사이라는 것을 사람들이 알게 되자, 그가 뱃사람을 사랑하는 처녀의 노래를 부를 때에는 그녀는 늘 마음이 뒤숭숭하면서도 기뻤다. 그는 곧잘 그녀를 포펜즈〔노래에 나오는 처녀의 이름〕라고 불렀다. 무엇보다도 자기에게도 남자가 생겼다는 것은 마음을 들뜨게 하는 일이었고, 그러자 그가 점점 좋아졌다. 그는 먼 나라들의 이야기를 알고 있었다. 그는 캐나다로 가는 앨런 기선회사 배의 월급 1파운드짜리 갑판 청소부로 시작했다고 말했다. 자기가 실제로 타본 배들의 이름과 여러 가지 기선회사의 이름도 가르쳐주었다. 마젤란 해협을 지난 적도 있고, 무서운 패타고니아 족의 이야기도 해주었다. 부에노스아이레스에서 자리를 잡고 그저 휴가 삼아 잠깐 고국으로 놀러왔다는 것이었다. 물론 아버지가 이 일을 알게 되자, 그에게 아무 말도 하지 말라고 딸에게 단단히 일렀다.

"그런 뱃놈들의 속셈을 다 안다"고 아버지는 펄쩍 뛰었다.

어느 날 아버지는 프랭크하고 말다툼을 한 적도 있었다. 그리고 그 일이 있은 후부터 그녀는 애인과 몰래 만나지 않으면 안 되었다.

저녁의 어둠은 가로수 길로 퍼져갔다. 무릎에 놓인 하얀 두 통의 편지도 이제는 차츰 잘 보이지 않게 되었다. 하나는 해리에게 보내는 편지였고, 또 한 통은 아버지에게 보내는 편지였다. 그녀는 어니스트를 가장 귀여워했지만 해리도 마음에 들었다. 아버지는 최근 부쩍 늙어가고 있었다. 내가 없어지면 그리워하리라. 때로 아버지도 무척 상냥했다. 얼마 전 몸이 아파 하루 누워 있을 때 도깨비 이야기를 읽어주기도 했고, 또 토스트를 손수 구워주기도 했다. 또 어느 날은, 그땐 어머니가 살아 있을 때인데, 온 식구가 호드 산으로 소풍을 간 일이 있었다. 그때 아버지가 어머니의 모자를 쓰고서 애들을 웃기던 일이 생각났다.

　시간은 점점 다가오고 있었다. 그러나 그녀는 창 커튼에 머리를 기대고서 먼지 낀 크레톤의 매캐한 냄새를 들이마시면서 창가에 계속 그대로 앉아 있었다. 길 저 멀리서 손풍금 소리가 들려왔다. 귀에 익은 멜로디였다. 하필 오늘 저녁 저 소리가 들려와서 어머니에게 한 약속 —— 되도록 오랫동안 집안 살림을 보살피겠다는 —— 을 깨우쳐주다니 참으로 이상한 일이었다. 어머니가 앓던 그 마지막 밤이 생각났다. 자기가 또다시 현관 건너편에 있는 꼭꼭 닫힌 컴컴한 방에 있고, 밖에선 이탈리아의 구슬픈 멜로디가 들려오는 것만 같았다. 그때 풍금치는 사람에게 아버지는 6펜스를 주고서 가라고 했다. 아버지가 점잔을 빼며 병실로 다시 돌아와서 이렇게 말하던 기억이 아직도 새롭다.

　“망할 이탈리아 놈들 같으니라구! 여길 오다니!”

　이런 생각에 잠겨 있노라니 어머니 인생 —— 종말에 가서는 광기로 끝나고 만 어머니의 평범한 자기 희생의 일생 —— 의 비참한 환영이 자기라고 하는 존재의 핵심 자체를 마술로 얽어매는 것만 같았다.

　“데레보온 세라온! 데레보온 세라온!” 하고 맥없이 끈덕지게 계속 외치는 어머니의 목소리가 또다시 들리는 것만 같아 그녀는 몸서리가 쳐졌다.

　갑자기 겁에 질려 그녀는 벌떡 일어섰다. 도망! 도망쳐야 한다! 프랭크가 구해주리라. 자기에게 생명을, 사랑을 주리라. 그녀는 살고 싶었다. 왜 내가 불행해야만 한단 말인가? 행복을 찾을 권리는 나에게도 있다. 프랭크는 나를 두 팔로 껴안아주고, 나를 구해주리라.

그녀는 노스 월 정거장의 우왕좌왕하는 군중들 속에 서 있었다. 프랭크가 자기 손을 잡고서 이제 앞으로 있을 항해에 관한 무슨 이야기를 거듭 되풀이하고 있다는 것을 그녀는 의식했다. 정거장엔 갈색 행낭을 든 군인들로 가득 차 있었다. 여러 채의 창고의 널따란 문 틈으로 부두 암벽 옆에 정박중인, 선창마다 불이 켜진 시꺼먼 덩어리와도 같은 배가 언뜻 보였다. 그녀는 아무 대답도 하지 않았다. 뺨이 싸늘해지고 핏기가 걷히는 것만 같았다. 그리고 어찌할 바를 모를 고뇌 속에서 그녀는 천주님께 자기를 인도해주시고, 자기가 할 일이 무엇인가를 가르쳐주옵소서, 하고 기도를 올렸다. 배가 안개 속으로 길고도 서글픈 기적소리를 내뿜었다. 이대로 그녀가 떠난다면, 내일이면 그녀는 부에노스아이레스를 향해 달리는 배 위에 프랭크와 함께 있게 될 것이다. 승선(乘船)도 이미 예약이 되어 있었다. 프랭크가 자기를 위하여 모든 일을 다 해준 이상 이제 와서 물러설 수가 있을까? 그녀는 고민으로 속까지 메슥메슥해져, 입술을 움직이며 소리없이 열렬한 기도를 올리고 있었다.

종소리가 가슴속까지 울렸다. 프랭크가 자기 손을 붙잡는 것을 느꼈다.

"자!"

온 세계의 바다가 그녀의 가슴으로 몰려들었다. 프랭크가 그녀를 그 바다 속으로 끌고 들어가는 것만 같았다. 자기를 빠뜨려 죽일 것만 같았다. 그녀는 두 손으로 쇠난간을 움켜잡았다.

"자!"

아니! 아니! 아니! 안 될 노릇이다. 그녀의 두 손이 미친 듯이 쇠난간을 움켜잡았다. 몰려드는 바다 속에서 그녀는 비명을 질렀다.

"이블린! 이비!"

프랭크는 난간 저쪽으로 달려가 그녀에게 따라오라고 불렀다. 사람들이 앞으로 나가라고 고함을 쳐도, 그는 여전히 부르고 있었다. 그녀는 마치 가엾은 짐승처럼 힘없이 창백한 얼굴로 프랭크를 쳐다보았다. 그 눈은 그에게 사랑한다거나, 잘 가라거나, 사람을 알아본다거나 하는 것 같은 표정도 보이고 있지 않았다.

경주가 끝난 뒤에

 자동차들이 더블린을 향하여 나스 로의 파인 길을 나란히 서서 쏜살같이 질주해 들어왔다. 인치코어의 고개 마루턱에는 구경꾼들이 결승점을 향하여 들어오는 자동차들을 구경하느라고 떼를 지어 벌써부터 모여 있었다. 그리고 이 가난하고 무기력한 길 속을 헤치고 유럽 대륙의 부력과 공업의 산물이 달리고 있었다. 이따금 떼를 이루고 있는 군중들이 감사를 감춘 환호성을 올렸다. 그러나 그들이 성원하는 것은 푸른색의 자동차들 —— 자기들 편인 프랑스 사람들의 자동차에 대해서였다.

 더구나 프랑스 사람들은 사실상의 승리자였다. 그들의 팀은 착실한 성적으로 끝을 맺었다. 그들은 2등과 3등을 차지했으며, 우승한 독일 자동차의 운전수는 벨기에 사람이라는 소문이 있었다. 그러므로 푸른색의 자동차마다 고개 마루턱에 다다랐을 때 이중의 환영을 받았으며, 그때마다 자동차에 탄 사람들은 환영의 갈채에 미소와 목례로써 응했다. 산뜻하게 생긴 이러한 자동차들 중 한 대에는 네 청년이 타고 있었는데, 그들의 기분은 가히 프랑스 기질을 넘어설 정도로 현재 매우 상쾌한 것 같아 보였다. 실제로 이들 네 젊은이는 들떠 있다고 할 정도였다. 그들은 차주 샤를 세구앵, 캐나다 태생의 젊은 전기 기술자인 앙드레 리비에르, 빌로나라는 이름의 몸집이 거대한 헝가리 청년, 그리고 말쑥하게 몸치장을 한 도일이라는 청년이었다. 세구앵이 기분이 좋은 것은 생각지도 않은 주문을 미리 받은 때문이었고(그는 이제 막 파리에다 자동차 회사를 차리려는 참이었다), 리비에르가 기분이 좋은 것은 그 회사의 지배인이 되기로 돼 있기 때문이었으며, 그리고 이들 두 청년(사촌끼리였다)이 또한 기분이 좋았던 것은 프랑스 자동차들이 우승했기 때문이다. 빌로나가 기분이 좋았던 것은 아주 만족스러운 점심을 얻어먹었을 뿐 아니라, 천성이 낙천가였기 때문이다. 그러나 일행 중 네번째 사람은 너무도 흥분하여 기쁜 줄도 몰랐다.

그는 나이가 26세 정도였고, 부드럽고 노르스름한 콧수염에다, 다소 순진해 보이는 회색 눈을 하고 있었다. 그의 아버지는 처음엔 열렬한 민족주의자로서 인생을 시작했으나, 일찌감치 인생관을 고치고는 킹스타운에다 푸줏간을 열어서 큰 돈을 벌었다. 다시 더블린과 그 교외에다 가게 몇을 열어서 재산을 몇 갑절로 늘렸다. 또한 운이 좋아서 경찰의 청부 몇을 맡아 결국엔 더블린의 신문들이 호상(豪商)이라고 넌지시 암시할 정도로까지 큰 부자가 되었다. 그는 아들을 영국으로 보내 어느 큰 가톨릭계 대학에서 공부시켰으며, 그후 다시 더블린대학에 넣어서 법률을 공부하게 했다. 지미는 그다지 공부에 정성껏 열의를 쏟지는 않았으며, 잠시 나쁜 길에 발을 들여놓은 적도 있었다. 그는 돈도 있고, 인기도 있었다. 이상하게도 음악 활동과 자동차 경주 양쪽에다 그의 시간을 나누었다. 그 다음 한 학기 동안 케임브리지로 보내어져 인생 공부를 좀 하게 되었다. 아들을 꾸짖었지만 내심으로는 아들의 이 방종을 은근히 자랑스럽게 여긴 아버지는 그의 빚을 갚아주고는 집으로 데려왔다. 그가 세구앵을 만난 것은 케임브리지에서였다. 두 사람은 아직 아는 사이 정도를 크게 벗어나지 못했지만 지미는 세상을 많이 보아왔고, 또 프랑스에서 제일 큰 호텔을 몇 개씩 가지고 있다는 평판을 떨치고 있는 사람과 사귀는 것을 큰 기쁨으로 삼았다. 이러한 인물은 비록 원래부터 지금처럼 매력적인 친구는 아니었다 할지라도 사귈 만한 가치가 충분히 있었다(이것엔 그의 아버지도 동감이었다). 빌로나도 재미있는 친구였다. —— 재치있는 피아니스트 —— 그러나 불행하게도 그는 매우 가난했다.

자동차는 들뜬 젊은이들을 한가득 싣고서 즐겁게 마냥 달렸다. 두 사촌이 앞자리에 앉았다. 지미와 헝가리 친구는 뒷자리에 앉았다. 빌로나는 단연코 기분이 좋아서 수마일을 달리는 동안 우렁찬 베이스 음성으로 콧노래를 계속 불렀다. 두 프랑스 청년은 어깨너머로 웃음과 농담을 던졌고, 지미는 가끔 그 빠른 말을 알아듣기 위하여 몸을 잔뜩 앞으로 숙여야 했다. 그것은 도무지 그로서는 유쾌한 일은 아니었다. 대개 그때마다 그 말뜻을 그럴싸하게 추측하여 강하게 불어오는 바람에다 대고서 적절한 대답을 큰소리로 해야 했기 때문이었다. 그뿐만 아니라 빌로나의 콧노래가 모두에게 방해가 되었으며, 자동차의 소음도 역시 마찬가지였다.

공간을 빠른 속력으로 달리면 사람이란 기분이 좋아진다. 평판을 떨칠 때도 마찬가지고, 돈이 있어도 역시 그렇다. 이 세 가지가 지미가 흥분하게 된 좋은 이유였다. 이들 유럽 대륙의 친구들과 어울려서 다니는 것을 그날 많은 친구들도 목격했다. 자동차 경주에서의 서행구역에서 세구앵은 그를 어느 프랑스 선수에게 소개하기도 했다. 그는 당황하여 뭐라고 중얼거리며 인사말을 했는데, 그 인사말에 대하여 상대방 선수는 하얀 이를 드러내보이며 볕에 탄 얼굴로 웃었다. 그만한 명예를 한몸에 모은 다음에 구경꾼들이 우러러보는 그 속된 세계로 다시 돌아온다는 것은 기분 좋은 일이었다.

그리고 돈으로 말하면 —— 그는 정말로 상당한 액수의 돈을 주무를 수 있게 되었다. 아마 세구앵은 그것쯤은 큰 돈으로 생각지 않겠지만, 그러나 지미는 일시 실수한 일도 있기는 있었지만 마음속으로는 아버지의 착실한 본성을 이어받고 있는지라 그 돈이 얼마나 애를 써서 모은 돈이라는 것을 잘 알고 있었다. 아직까지 그가 빚을 져도 그 한계 내에 머무를 수 있었던 것도 결국은 이 사실을 알고 있었기 때문이었다. 그러므로 다만 뛰어난 지성이 어떤 변심을 일으켜 문제를 일으켰을 때에도 돈의 뒤에 숨어 있는 노고를 그처럼 의식하고 있는 사람이었으니, 그의 재산 거의 대부분을 내걸려는 지금에 있어서야 얼마나 더 잘 그것을 의식했으랴! 그것은 그에게는 중대한 문제였다.

물론 그 투자는 잘하는 일이었다. 그리고 세구앵은 우정의 뜻으로 아일랜드 사람인 지미의 티끌만 한 돈을 그의 회사 자본 속에 넣어준다는 인상을 주려고 이리저리 애를 썼던 것이다. 지미는 사업상의 여러 가지 문제에서 아버지의 날카로운 통찰력에 존경심을 가지고 있었다. 그리고 이번 경우만 보더라도 자동차 사업에서 돈을, 그것도 큰 돈을 벌 수 있다고, 자동차 사업의 투자 이야기를 제일 먼저 끄집어낸 것도 역시 그의 아버지였다. 더욱이 세구앵은 틀림없이 부자라는 인상을 보여주었다. 지미는 자기가 지금 타고 있는 이 호화스러운 자동차가 며칠 동안에 만들어진 것인가 따져보기 시작했다. 거침없이 잘도 달렸다! 얼마나 맵시있게 시골길을 따라 달려왔더냐! 이렇게 달리니 그것은 인생의 참된 맥박에 박차를 가했고, 인간의 신경계통은 쏜살같이 달리는 푸른 짐승의 동요에 맞추어 뛰놀았다.

그들은 데임 가(街)로 내리 몰았다. 거리는 여느 때와는 달리 분주하여, 자동차 운전수들의 클랙슨 소리와 짜증을 부리는 전차 운전수들의 땡땡 울리는 종소리로 소란했다. 세구앵이 은행 앞에다 바싹 자동차를 세우자, 지미와 그의 친구가 차에서 내렸다. 사람들이 보도에 떼를 짓고 모여 서서 웅웅거리는 자동차를 부러운 눈초리로 우러러보았다. 일행은 그날 저녁 세구앵의 호텔에서 식사를 하기로 되어 있었다. 그리고 그 동안 지미와 그와 함께 그의 집에 묵고 있는 친구는 옷을 갈아입으러 집으로 향했다. 지미의 자동차가 천천히 그래프튼 가를 내려가고 있을 동안 두 젊은이는 구경꾼들 사이를 헤치고 걸어갔다. 두 젊은이가 연습에 이상한 실망을 느끼며 북쪽으로 걸어가고 있는데, 시가지의 그들 머리 위로는 여름 저녁 엷은 안개에 싸인 희미한 둥근 가로등이 걸려 있었다.

지미의 집에선 이번 만찬이 무슨 중대사라도 되는 것처럼 벌써부터 떠들썩했다. 양친이 당황하는 데에는 일종의 자랑마저 섞여 있었고, 또한 들떠 있는 일종의 열성마저 엿보여 언행이 일치하지 못할 정도였다. 왜냐하면 외국 대도시들의 이름에는 언제나 그런 데가 있었기 때문이다. 지미도 또한 성장을 하고 나니 신수가 훤해 보였다. 그리고 그가 현관에 서서 나비넥타이에 마지막 손질을 할 때 그의 부친은 돈으로는 쉽게 살 수 없는 기품을 아들이 갖추고 있음을 보고 장사 소견으로도 만족감을 느꼈을지도 모른다. 그래서 그의 부친은 빌로나에 대하여 늘 다정하게 굴었고, 외국인의 소양에 진정으로 경의를 표하는 듯한 태도였다. 그러나 주인의 이러한 섬세한 마음씨도 만찬에 대하여 열렬한 욕망을 갖기 시작한 이 헝가리 청년에게는 그다지 효과를 발휘하지 못한 것만 같았다.

만찬은 훌륭하고, 정교했다. 세구앵은 취미가 참으로 고상하다고 지미는 생각했다. 이 파티에는 라우스라는 이름의 영국 청년도 한 사람 끼여 있었는데, 케임브리지에서 세구앵하고 함께 다니는 것을 지미가 본 일이 있는 청년이었다. 청년들은 전등불이 환히 켜진 아늑한 방에서 식사를 하고 있었다. 그들은 서로 거리낄 것 없이 담소했다. 자꾸만 이 생각 저 생각이 머리에 떠올라오는 지미는 프랑스 청년들의 명랑함이 영국 사람답게 착실한 라우스의 태도에 우아하게 엉켜졌다고 상상했다. 자기의 모습이 그렇게 기품이 있었으면 좋겠다고 그는 생각했다. 세구앵이 재치있게 화제를 이끌어나가는 그 솜씨에 그는 감탄했다. 다섯 청년들의 취미가 서로 다양하여 그 이야기가 언제 끝날지 모를 정도로 줄줄 흘러나왔다. 빌로나는 무한한 존경심으로 영국 마드리갈의 아름다움을 격찬하고, 옛날 악기들이 자취를 감춘 것을 한탄하여 영국 사람인 라우스를 적이 놀라게 했다. 리비에르는 좀 주책없이 프랑스 기술진의 승리를 지미에게 자랑하기 시작했다. 낭만파 화가들이 그린 루트〔기타의 일종〕는 엉터리라고 헝가리 청년인 빌로나가 조롱하며 우렁찬 목소리로 떠들어대기 시작하자, 그때 세구앵은 화제를 정치 방면으로 옮겼다. 이것은 모두의 마음에 맞는 화제였다. 관대한 분위기 밑에서 지미는 그의 아버지로부터 이어받은 열성이 마음속에서 소생되는 것을 느꼈으며, 마침내 침울한 라우스까지 자극했다. 방 안엔 한결 더 열기가 가득해져서, 세구앵의 주인 역할은 시시각각으로 한층 더 어려워졌다. 사적 원한을 살 만한 위험까지 보였다. 그러자 눈치빠른 세구앵은 인류의 장래를 위해 건배를 들었으며, 그 건배가 끝나자 창문을 열어제치고 이것으로 끝내자는 뜻을 보였다.

그날 밤 이 도시는 수도의 면목을 띠었다. 이 다섯 젊은이는 향그러운 담배 연기의 엷은 구름 속에서 스티븐스 그린 공원을 따라 어슬렁어슬렁 걸어 내려갔다. 큰소리로 쾌활하게 지껄였으며, 각기 어깨로부터 망토가 축 늘어졌다. 사람들은 그들을 피해 갔다. 그래프튼 가의 모퉁이에서 키가 작달막한 살찐 사나이가 아름다운 여자 둘을 다른 또 하나의 살찐 사나이의 차에 태우고 있었다. 차는 떠나가고, 그 작달막한 사나이는 일행을 보고 소리쳤다.

"앙드레."

"파알리 아냐!"

이야기가 급류처럼 쏟아져 나왔다. 파알리는 미국인이었다. 이야기의 내용이 무엇인지 전혀 알 수 없었다. 빌로나와 리비에르가 가장 떠드는 편이었으나, 흥이 나지 않은 사람이라곤 하나도 없었다. 그들은 자동차를 잡아타고 마구 깔깔거리며 바싹 붙어앉아 이제는 한데 엉켜 부드러운 여러 색채가 되어버린 군중을 헤치며 즐거운 종소리 쪽으로 달려갔다. 웨스트랜드 로(路) 정거장에서 기차를 타고, 삽시간에(지미에겐 그렇게 생각되었다) 킹스타운 정거장에 이르러 걸어나왔다. 표를 받는 늙은 역부가 지미에게 인사를 하였다.

"안녕하십니까, 선생님!"

맑게 갠 여름날 밤이었다. 항구가 그들 발 밑에 컴컴한 거울처럼 누워 있었다. 서로 팔을 끼고 〈커데트 루셀〉〔프랑스 민요. 18세기 말엽에 생겨서 크게 유행)을 합창으로 부르며 그쪽으로 걸어갔다.

"호! 호! 흐흐, 그렇지!"라고 후렴을 부를 때마다 그들은 발을 힘차게 쿵쿵 굴렀다.

일행은 조선대(造船臺)에서 보트를 타고 노를 저어 그 미국인의 요트로 갔다. 거기서 저녁 식사와 음악, 카드놀이를 할 예정이었다. 빌로나는 자신있게 말했다.

"야, 기분 좋다!"

선실에는 요트용 피아노가 있어, 빌로나가 치는 왈츠 곡에 맞춰 파알리와 리비에르는 춤을 추었다. 파알리가 남자역, 리비에르가 여자역을 했다. 그 다음엔 즉흥 스퀘어댄스를 추며, 모두들 제각기 새로운 멋을 고안하여 제멋대로 춤들을 추었다. 참 유쾌하였다! 지미도 신이 나서 가담했다. 적어도 이것이 인생을 사는 멋이다. 그러다 파알리는 숨이 차 헐떡거리며 "그만!" 하고 외쳤다. 어떤 사나이가 가벼운 식사를 날라오자 젊은이들은 그저 형식상 그 앞에 앉았다. 그러나 술들만 마셨다 —— 보헤미아 산의 좋은 술이었다. 아일랜드, 영국, 프랑스, 헝가리, 미국을 위해 축배를 들었다. 지미가 일장연설을 했다. 연설이 중단될 때마다 빌로나가 "조용히 들어봅시다!" 하고 외쳤다. 지미가 앉았을 때 요란한 박수갈채가 터져나왔다. 근사한 연설이었나 보다. 파알리가 지미의 등을 두드리며 큰소리로 웃었다. 정말 쾌활한 무리들이었다! 정말 좋은 친구들이었다!

트럼프! 트럼프! 식탁 위 물건들이 치워졌다. 빌로나는 조용히 피아노로 돌아와 그들을 위하여 피아노 독주곡을 치고, 다른 사람들은 연신 판을 갈아가며 대담하게 큰 판으로 들어갔다. 하트의 여왕, 다이아몬드의 여왕을 위해 축배를 들었다. 지미는 위트가 폭발

적으로 터져나오는데, 들어줄 사람이 없어 은근히 섭섭했다. 판돈이 매우 커져 어음이 돌기 시작했다. 지미는 누가 따고 있는지를 확실히 몰랐지만 자기가 잃고 있다는 것만은 알았다. 그러나 그것은 그의 실수였다. 그가 흔히 트럼프 장을 잘못 집어 다른 사람들이 그를 위하여 차용증서의 계산을 해주어야만 했으니 말이다. 그들은 참 좋은 사람들이었으나, 밤도 깊었으니 이젠 그만들 두어주었으면 싶었다. 누가 '뉴포트의 가인(佳人)'이라는 그 요트의 이름을 부르며 축배를 들었다. 그러자 또 누가 마지막으로 크게 한 판 놀고 그만두자고 제의했다.

피아노도 이미 그쳐 있었다. 빌로나는 갑판으로 올라가 있나 보다. 그것은 지독한 판이었다. 그들은 그 판이 끝나기 직전에 잠시 멈추고서 각기 행운을 빌며 건배를 들었다. 지미는 그 판이 라우스와 세구앵 두 사람의 승부라는 것을 알았다. 참 신이 난다! 물론 잃은 줄은 알면서도 지미도 참 통쾌했다. 차용증을 몇 장이나 썼을까? 모두들 일어서서 떠들고 손짓을 하며 마지막 한 판을 놓았다. 라우스가 땄다. 배 안은 젊은이들의 함성으로 흔들렸다. 트럼프 장을 추려 묶었다. 그리고 나서 딴 돈을 모두 모으기 시작했다. 파알리와 지미가 가장 많이 잃었다.

지미는 아침이면 후회할 거라는 것을 알았다. 그러나 지금은 누구보다도 기뻤다. 자기의 어리석음을 덮어주는 이 몽롱한 무감각 상태가 기뻤다. 그는 테이블 위에 팔을 괴고, 두 손으로 머리를 붙잡고서 관자놀이의 맥박을 세어보았다. 선실 문이 열리며 빌로나가 옆으로 새어 들어오는 회색 광선 속에 서서 외치는 것이 보였다.

"동이 틉니다, 여러분!"

두 부랑자

시가지에는 8월의 따뜻한 노을이 벌써부터 내려 여름을 연상케하는 훈훈한 바람이 거리마다 돌았다. 일요일 휴식을 위하여 덧문을 닫고 휴업중인 거리에는 가지각색 화려한 옷을 입은 사람들로 들끓었다. 찬란한 진주처럼 가로등은 높다란 전주 꼭대기로부터 쉴새없이 모양과 색채가 변하는, 그 밑의 살아 있는 사람들의 무늬 속으로 빛을 던졌으며, 따뜻한 회색 저녁의 공기 속으로는 사람들의 그치지 않는 속삭임이 일고 있었다.

두 젊은이가 러트랜드 광장〔더블린 동북부에 있는 광장〕의 언덕을 내려왔다. 그 중 하나는 아까부터 혼자 중얼거리던 긴 독백에 이제 막 끝을 맺는 중이었다. 보도 가장자리를 걸으며, 친구가 사납게 미는 바람에 이따금 차도에 들어서지 않을 수가 없었던 다른 한 사람은 재미있게 듣고 있는 듯한 얼굴을 하고 있었다. 그는 몸집이 작달막하고 얼굴이 불그레했다. 요트용 모자를 뒤로 젖혀 쓰고, 이야기를 들으며 매우 우스운 듯 코, 눈, 입의 구석으로부터 얼굴 전면에 걸쳐 그치지 않는 표정의 물결이 퍼졌다. 그는 몸을 비틀며 연거푸 껄껄 웃어댔다. 그의 두 눈은 간사하게 재미있다는 듯 반짝반짝 빛났으며, 친구의 얼굴을 연방 흘끔흘끔 바라보았다. 그는 투우사 모양으로 한쪽 어깨에 걸친 가벼운 레인코트를 한두 번 바로잡았다. 바지나 흰 고무 구두나 멋지게 어깨에 걸친 레인코트로 보아서는 분명 젊은이였으나, 몸집은 허리가 둥글고, 머리칼은 숱이 적고 회색이며, 표정의 파도가 스쳐간 얼굴은 세파를 겪은 표정이었다.

이야기가 전부 끝났다는 것을 알고서, 그는 거의 30초 가량 소리 없이 웃더니 입을 열었다.

"옳지, 그것 참! ……근사하군!"

힘이 빠진 것 같은 목소리였다. 말을 강조하려고 농을 섞어 이렇게 덧붙였다.

"그것 참 오직 하나뿐인, 그리고 이렇게 불러도 좋다면 신기하기 짝이 없이 근사하군그래!"

그는 이 말을 하고는 새침해지며 입을 다물었다. 도어셋 가의 선술집에서 오후 내내 지껄인 후라 혀도 지쳤다. 사람들은 대개 이 레네한이라는 자를 남을 등쳐먹는 놈이라고 생각했지만 이러한 평판에도 불구하고 술책과 언변이 좋았으므로 그를 어떻게 하지는 못했다. 그에게는 술집 같은 데에 모여 있는 사람들 틈에 끼여 있다가 다짜고짜로 가장자리 좌석으로 가서 어느 틈에 그 사이에 한데 어울려버리는 재주가 있었다. 놀기를 좋아하는 부랑자였고, 이야기와 노래와 수수께끼가 끝도 없이 많았다. 갖가지 무례한 언행에 무감각한 성미의 사나이였다. 어떻게 해서 먹고 사는지 아무도 몰랐지만 그의 이름은 경마하고 무슨 관계가 있는 성싶었다.

"근데 그 여잔 어디서 주웠지, 코얼리?" 하고 그가 물었다.

코얼리는 혀로 윗입술을 재빨리 핥고 나서 말했다.

"어느 날 밤 말이야, 데임 가를 가다가 워터하우스의 시계탑 밑

에서 근사한 야한 여자를 하나 만나지 않았겠나. 그래서 안녕하슈,
하고 인사를 드렸을밖에. 그러고는 둘이서 운하 옆을 걸었지 무어
야. 그 여자가 하는 소리가 자기는 배고트 가의 어떤 집에서 하녀
노릇을 하고 있다는 거야. 허리를 한 팔로 감싸주고, 또 그날 밤 좀
꼭 껴안아줬지 뭐야. 다음 일요일 다시 만나서 도니브루크〔더블린 동
남쪽에 있는 마을〕로 나가 그곳 들판으로 끌고 나갔어. 그전까진 어떤
우유 배달부와 같이 다녔다는 거야……. 이 사람, 기분 좋데. 밤마
다 담배를 갖다 주지 않겠나, 전차 삯은 왕복 모두 그쪽이 부담이
구, 그리고 어느 날 밤엔 근사한 담배를 두 개씩이나 갖다 주지 않
았겠어. ── 먼저 양반이 피우던 진짜 담배라면서……. 이러다간
살림이라도 차리자고 하는 게 아닐까 하고 덜컥 겁이 났는데, 그것
도 아냐."

"아마 그 여잔 자네 쪽에서 그 말을 꺼내려나 보다 생각하나 보
지" 하고 레네한이 말을 가로챘다.

"지금 무직이어서 핌〔퀘이커교도의 양복점〕에 있는 신세라고 말해주
었다니까. 그 여잔 아직 내 이름도 몰라. 겁이 나서 그걸 알려주지
도 않았어. 근데 날 지위 있는 사람으로 알고 있단 말이야."

이 말을 듣고 레네한은 또다시 소리없이 웃었다.

"그건 내가 지금껏 듣던 얘기 중 최대 걸작인데."

이 말에 신이 난 듯이 코얼리는 성큼성큼 걸었다. 큼직한 몸을
어쩌나 흔들어댔던지 그 바람에 레네한은 보도에서 차도로 비켜났
다가 다시 왔다. 코얼리는 경감의 아들이었으며, 체질과 걸음걸이
가 아버지를 닮아서 걸을 때에는 옆으로 두 팔을 휘둘러댔으며, 몸
을 꼿꼿이 펴들고는 머리를 이쪽저쪽으로 흔들었다. 머리는 커다랗

고 둥글며 기름으로 번지르르했고, 어떤 날씨에도 땀이 났으며, 한쪽으로 비스듬히 쓴 커다란 둥근 모자는 다른 구근(球根)에서 자라난 또 하나의 구근같이 보였다. 대열에 낀 사람처럼 늘 똑바로 자기 앞만 보다가 거리에 있는 누구를 보고 싶을 때에는 상반신을 돌려야만 했다. 현재 그는 시내를 이리저리 배회하며 일정한 직업 없이 살고 있다. 무슨 일자리가 비어 있을 때마다 어떤 친구 하나가 늘 그를 나무랐다. 사복을 입은 경찰관들과 열심히 떠들며 걸어다니는 것이 눈에 띄는 일이 많았다. 모든 사건의 내막을 모르는 것이 없었고, 마지막 결론 내리기를 좋아했다. 친구들 말은 듣지도 않고 자기 말만 늘어놓았으며, 그 내용은 주로 제 자랑이어서, 자기가 누구에게 뭐라 하고, 남이 또 자기에게 뭐라고 했는데, 결국 자기 말이 옳았다는 것이었다. 이런 이야기를 하며 자기 이름을 댈 때에는 플로렌스 사람들 흉내를 내어 자기 이름자의 첫자를 빼버렸다.

레네한은 친구에게 담배를 권했다. 두 젊은이가 사람들 사이를 뚫고 걸어갈 때, 코얼리는 가끔 얼굴을 돌리고서 지나가는 젊은 여자에게 미소를 던졌으나, 레네한은 두 겹으로 달무리를 얹은 희미하고 커다란 달만을 노려보고 있었다. 그는 황혼의 회색 그림자가 달의 표면 위로 지나가는 것을 열심히 지켜보고 있었다. 드디어 그가 입을 열었다.

"그래…… 코얼리, 문제없이 손을 뗄 수 있을 것 같아, 응?"

코얼리는 대답 대신 뜻있게 한 눈을 찡긋 감아 보였다.

"그렇게 넘어갈 여자야?" 레네한은 의심스럽다는 말투였다. "여자들이란 몰라."

"문제없어, 그 여잔." 코얼리도 지지 않았다. "이 사람아, 내가 그 여자 하나쯤 처리 못할 줄 알고. 그 여잔 나한테 반해서 맥을 못 추고 있어."

"자네야말로 난봉꾼이야. 진짜 난봉꾼이라니까!"

이렇게 조롱하는 듯이 말함으로써 레네한은 자기가 적이 감탄하고 있음을 감추었다. 그는 아첨할 때는 자신을 건져내기 위하여 조롱하는 척하는 버릇이 있었다. 그러나 코얼리는 이러한 미묘한 심경을 알아차릴 만큼 민감한 사람은 아니었다.

"좋은 하녀를 건드리는 게 최고라니까. 글쎄, 내 충고를 들으라구." 단호한 말투였다.

"건드린 경험자가 하는 소리로군." 놀리는 어조였다.

"처음엔 나도 늘 젊은 여자들을 데리고 다녔어, 알잖아" 하고 코얼리가 속마음을 털어놓았다. "사우스 서큘러 밖의 처녀들 말이야. 전차를 타고 어딘가로 늘 데리고 다녔지 뭐야. 전차 값을 내가 내고. 아니면 악대 구경, 극장 구경엘 데리고 다녔는데, 그때도 초콜릿이니 사탕 따위를 사줬지 뭐야. 그 처녀들에게 돈도 꽤 썼다구." 믿어주지 않는 것만 같아 그는 자신 있는 말투로 이렇게 덧붙였다.

그러나 레네한은 그 말을 그대로 믿고, 엄숙하게 고개를 끄덕이며, 이렇게 말했다.

"난 그런 장난은 안 해. 그건 바보 장난이야."

"아무런 소득이 없었지." 코얼리가 대꾸했다.

"나도 마찬가지였어." 레네한이 맞장구를 쳤다.

"다만 하나만은 다르네" 하고 코얼리는 혀로 윗입술을 핥아서 축였다. 과거를 회상하니 눈에 광채가 났다. 그도 또한 이제 거의 구름에 가려 있는 희미한 둥근 달을 쳐다보며 생각에 잠겨 있는 것만 같았다.

　"괜찮은 여자였는데……" 하고 그는 아쉬운 듯이 말하고, 입을 다물었다가, 다시 덧붙였다.

　"이젠 화류계에 들어가 있어. 어느 날 밤 어얼 가(街)에서 자동차를 타고 두 놈팡이와 함께 가는 걸 보았어."

　"아마 자네의 소행 탓이겠군그래" 하고 레네한이 빈정댔다.

　"나 먼저도 다른 놈들이 있었어" 하고 코얼리가 의미심장하게 받았다.

　이번에는 레네한도 믿고 싶지 않아 머리를 설레설레 흔들며 미소를 지었다.

　"내가 속아넘어갈 줄 아나, 코얼리?"

　"정말이야! 그 여자가 나보고 그렇게 말한걸!"

　레네한은 애처롭다는 몸짓을 하였다.

　"야비한 배신자 같으니라구!" 하고 그는 쏘아붙였다.

　트리니티대학 울타리 옆을 지나갈 때 레네한은 차도로 내려서서 시계탑을 쳐다보았다.

　"20분이 지났군" 하고 그가 말했다.

　"시간은 넉넉해." 코얼리가 대꾸했다. "그 여잔 틀림없이 있을 거야. 늘 조금 기다리게 하거든, 난."

　레네한은 조용히 웃었다.

　"옳지! 코얼리, 자넨 여자 낚는 법을 아는군."

　"여자들이 쓰는 수단엔 도사라니까." 코얼리는 솔직히 고백했다.

　"근데 이봐," 하고 레네한은 다시 말을 이었다. "자네 일을 잘 성사시킬 자신이 있나? 그게 쉬운 일이 아니라는 건 자네도 알지? 여자들이란 그 점에 관해선 보통이 아냐. 응? ……뭐?"

그의 맑은 두 눈은 상대방의 거동을 살피기 위하여 친구의 얼굴을 살펴보았다. 코얼리는 끈덕진 파리라도 날려버리려는 듯이 머리를 이리저리 저으며, 이맛살을 찌푸리고 말했다.

"성사시키고말고, 나에게 일임하게."

레네한은 더는 말하지 않았다. 공연히 친구의 기분을 거슬렀다가, 집어쳐라 그런 충고는 듣기도 싫다, 하는 말을 듣고 싶지 않았던 것이다. 다소 전략이 필요했다. 그러나 코얼리는 곧 다시 이맛살을 폈다. 그는 다른 생각을 하고 있었다.

"좋은 계집이야." 칭찬조였다. "이게 그 계집의 정체라니까."

두 사람은 내소 가를 지나 킬데어 가로 접어들었다. 어떤 클럽의 현관에서 그리 멀지 않은 노상에 하프를 켜는 사람이 있어 사람들이 둘러서서 듣고 있었다. 그는 아무렇게나 줄을 튕기며 새 사람이 올 때마다 그 사람의 얼굴을 가끔 힐끗 쳐다보고, 또 가끔 지친 듯이 하늘도 쳐다보았다. 악기 덮개가 흘러내린 것도 의식하지 못한 듯 그의 하프도, 낯선 사람들의 눈도 주인의 손도 다같이 지겹다는 듯이 보였다. 악사는 한 손으로 낮은 멜로디로 〈오, 그대여, 고요히〉〔토머스 모어의 시〕를 연주하며, 한 구절씩 마친 다음에는 다른 손으로 현을 훑어 높은 소리를 냈다. 곡조는 구슬프고 우렁찼다.

두 젊은이는 말없이 거리를 걸었다. 구슬픈 음악소리가 뒤를 따랐다. 스티븐스 공원까지 와서 거리를 가로질렀다. 여기서 비로소 전차소리, 불빛, 사람들이 두 사람의 침묵을 깨뜨려주었다.

"저기 있군!" 하고 코얼리가 먼저 입을 열었다.

흄 가 모퉁이에 어떤 젊은 여자가 하나 서 있었다. 푸른 옷에다 흰 세일러 모자를 쓰고, 연석(緣石) 뒤에 서서 한 손으로 파라솔을 휘두르고 있었다.

"어디 얼굴이나 좀 구경해줄까, 코얼리" 하고 레네한이 이죽거렸다.

코얼리는 곁눈질로 친구를 흘깃 쳐다보았다. 그러고는 불쾌하게 히죽이 웃어보이며 물었다.

"날 딛고 넘어설 셈인가?"

"천만에!" 딱바라진 목소리였다. "소개 따윈 소용도 없어. 얼굴만 그저 보자는 거야. 잡아먹진 않아."

"아…… 보기만 하겠다는 거지?" 한층 더 상냥한 목소리였다. "옳지…… 가만 있게, 내 먼저 가서 말을 붙일 테니 그럼 옆을 지나가며 보게."

"좋아!"

이미 사슬에다 한쪽 다리를 걸친 코얼리에게 레네한이 소리쳤다.

"그 다음엔? 어디서 만나지?"

"열시 반에" 하고 코얼리는 대답하고 나서 나머지 한쪽 다리를 떼어놓았다.

"어디서?"

"메리온 가 모퉁이에서. 그리로 우리가 돌아갈 테니까."

"그럼, 지금 잘 해보게." 레네한은 작별인사를 나누었다.

코얼리는 대답하지 않았다. 머리를 이리저리 흔들며 어슬렁어슬렁 길을 건너갔다. 커다란 몸집, 유유히 걷는 걸음걸이, 무거운 구둣발 소리에는 정복자다운 무엇이 엿보였다. 그 젊은 여자 앞으로 다가가서 인사도 없이 곧장 이야기를 시작했다. 여자는 아까보다도 더 빨리 파라솔을 휘두르며 발뒤꿈치로 몸을 반쯤 돌렸다. 가까이 다가가서 속삭일 때 한두 번 여자는 깔깔거리며 고개를 숙였다.

레네한은 얼마 동안 그들을 지켜보았다. 그러다가 얼마쯤 사슬 옆을 따라 빠른 걸음으로 걷다가 비스듬히 길을 건넜다. 흄 가의 모퉁이가 가까워지자 향수 냄새가 코를 찔렀다. 그는 두 눈을 가늘게 뜨고서 젊은 여자의 모양을 호기심어린 눈초리로 얼핏 훑어보았다. 여자는 일요일의 나들이옷을 입고 있었다. 푸른 저지 치마를 허리에서 검은 가죽띠로 졸라매고 있었다. 그 띠의 커다란 버클은 몸의 한복판을 쑥 누르고, 클리프처럼 하얀 블라우스의 얇은 천을 졸라매고 있는 것만 같았다. 진주조개껍데기 단추가 달린 짧은 까만 저고리에 까만 텁수룩한 털목도리를 두르고, 얇은 명주 부인복의 칼라 끝은 일부러 좀 흩뜨리고, 윗가슴에는 커다란 한 묶음의 붉은 꽃이 핀으로 꽂혀 있었다. 레네한은 여자의 작고 토실한 살찐 몸을 그만하면 됐다는 눈초리로 눈여겨보았다. 가리지 않은 소박한 건강미가 그 얼굴에, 그 살찐 빨간 두 뺨에, 그 수줍어하지 않는 푸른 두 눈에서 활활 타고 있었다. 생김새는 투박스러웠다. 널따란 콧구멍, 만족스러운 웃음을 담은 너래입에, 뻐드러진 앞니 두 개가 눈에 띄었다. 옆을 지나가면서 레네한은 모자를 벗었다. 그러자 한 10초 후에 코얼리는 건성으로 답례를 보냈다. 그것도 모자를 아무렇게나 약간 치켜들어 그 각도를 달리했을 정도였다.

레네한은 셸버른 호텔까지 걸어가 거기서 걸음을 멈추고 기다렸다. 얼마 동안 기다리고 있자니까 두 사람이 자기 쪽으로 오는 것이 보였다. 오른쪽으로 도는 것을 보고 그 뒤를 따라 흰 구두를 가볍게 옮겨놓으며 메리온 광장 한쪽으로 내려갔다. 두 사람의 걸음에 맞추어 천천히 걸어가며 보니 코얼리는 연방 고개를 돌려 그 젊은 여자의 얼굴을 들여다보고 있었다. 그 꼴은 마치 어떤 선회 축 위에서 빙빙 돌고 있는 커다란 공과도 같았다. 한 쌍을 놓치지 않고 따라가다가 두 사람이 도니브루크 행 전차를 타려고 그 계단을 올라가는 것을 보고, 그는 돌아서서 오던 길을 다시 걸어갔다.

혼자 남고 보니 그의 얼굴은 한층 더 늙어보였다. 쾌활한 모습은 씻은 듯이 사라진 것만 같았고, 듀크 공원의 난간 옆을 지나가며 한 손으로 그 위를 훑어보았다. 아까 들은 하프 악사의 곡이 자꾸만 머리에 떠올라 발을 가볍게 굴러서 그 멜로디를 흉내내고, 한편 한 구절씩 마친 다음엔 실없이 난간을 훑어서 변주곡을 넣었다.

힘없이 스티븐스 공원을 돌아, 그래프튼 가 쪽으로 걸어 내려갔다. 엇갈리는 삶들 가운데서 이것저것 눈에 띄는 것도 많았으나 하나도 내키지 않았다. 그의 마음을 끌려는 모든 것이 죄다 하찮게만 생각되었고, 그를 유혹하는 시선에도 대답하지 않았다. 없는 말, 있는 말을 꾸며대어 무척 지껄이고 싶었으나 머리도 목구멍도 너무 말라서 어림도 없었다. 또다시 코얼리를 만날 때까지 어떻게 시간을 보내느냐 하는 문제 때문에 마음이 다소 괴로웠다. 그저 이렇게 자꾸만 걸을 수밖에 시간을 보낼 딴 방법이 생각나지 않았다. 러트랜드 광장 모퉁이까지 와서 왼쪽으로 돌아 어둡고 조용한 거리로 들어서니 한결 마음이 놓이고, 그 거리의 침울한 분위기가 그의 기분에 어울렸다. 드디어 어느 초라해 보이는 상점의 유리창 앞에서 걸음을 멈췄다. 흰 글씨로 '간이주점'이라는 간판이 붙었고, 유리창에는 흘린 글씨로 '진저 비어'와 '진저 에일'이라는 광고가 붙어 있었다. 썰어놓은 햄 하나가 커다란 푸른 접시 위에 모습을 드러내놓고 있었고, 그 옆의 접시 위에는 아주 얇은 건포도 푸딩 조각이 하나 놓여 있었다. 이 음식을 잠시 열심히 들여다본 후 거리 아래위를 두루 살핀 다음 가게 안으로 재빠르게 들어섰다.

배가 고팠던 것이다. 마지못해하는 두 급사에게 겨우 비스킷 몇 개를 얻어먹은 것밖에는 아침부터 아무것도 먹은 것이 없었다. 식탁보도 펴 있지 않은 나무 테이블에 두 여직공과 남자 직공 하나와 마주 앉았다. 깔끔하지 못한 여급이 주문을 받으러 왔다.

"콩 한 접시에 얼마지요?" 하고 그는 물었다.

"한 페니 반입니다."

"콩 한 접시하고, 진저 비어 한 병 줘요" 하고 그는 거칠게 쏘아붙였다.

그가 들어오자 방 안의 이야기가 뚝 끊어진 것을 보고 상냥한 외모와는 다르게 보이려는 심산에서였다. 얼굴이 후끈 달았다. 자연스럽게 보이려고 모자를 뒤로 제껴쓰고, 테이블 위에 팔꿈치를 괴었다. 그 남직공과 두 여직공이 그의 동작을 하나하나 뜯어본 다음 나지막이 목소리를 죽여가며 소곤소곤 이야기를 계속했다. 여급이 후추와, 초로 양념한 뜨끈한 콩 한 접시와, 포크 하나와, 그가 주문한 진저 비어를 가져왔다. 게걸 들린 사람처럼 먹었다. 그 맛이 어찌나 좋았던지 가게 이름을 마음에 새겨두었다. 콩을 전부 먹고 진저 비어를 조금씩 마시면서 얼마 동안 그대로 앉아서 코얼리가 무엇을 하고 있을까 생각해보았다. 상상 속에서 한 쌍의 애인이 컴컴한 어느 길을 걸어가는 것이 보였고, 코얼리가 굵직하고 힘찬 목소리로 사랑을 속삭이는 소리가 들리고, 그 젊은 여자의 만족스러워하는 모습이 또다시 보였다. 이러한 생각이 들자 자기의 빈약한 주머니와 부족한 정력이 뼈저리도록 아쉽게 느껴졌다. 아무 데나 쏘다니고, 아무 짓이나 다하고 엎치락뒤치락하던 것도 이제는 지겨워졌다. 오는 11월이면 서른하나가 되는데, 좋은 일터 하나 없고, 자기 집 한 채도 가져보지 않을 셈인가? 따뜻한 난롯가에 앉아서 좋은 저녁상도 받는다면 얼마나 기분 좋은 일일까 싶었다. 친구들이나 여자들과 함께 거리도 웬만큼 걸어보았다. 그런 친구들이 무슨 소용이 있는지도 알았고, 여자들이 무엇인지도 알았다. 지나온 것을 생각하니 세상 만사가 모두 쓰라리기만 했다. 그러나 희망이 모두 사라진 것은 아니다. 식사를 하고 나니 식사를 하기 전보다는 기분이 좋아졌고, 인생이 덜 따분해졌고, 기운도 좀 살아났다. 돈이 좀 있는 착하고 순박한 처녀를 만날 수만 있다면 어느 아늑한 구석에서 자리를 잡고 행복하게 살 수 있을 것도 같았다.

그는 그 깔끔하지 못한 여급에게 두 페니 반을 치르고, 가게에서 나와 다시 떠돌아다니기 시작했다. 케이펄 가로 나와 시청 쪽으로 걸어갔다. 그리고 나서 데임 가로 구부러져 들었다. 조지 가 모퉁이에서 친구 둘을 만나 걸음을 멈추고 얘기를 나누었다. 이렇게 걸어다니던 것을 쉴 수 있게 된 것이 기뻤다. 그의 친구들은 코얼리를 보았느냐, 코얼리가 지금 무엇을 하고 있느냐고 그에게 물었다. 하루 종일 코얼리하고 보냈다고 그는 대답했다. 친구들은 별로 말이 없었다. 그들은 멍하니 군중 속의 어떤 인물을 바라보며 이따금 어찌고저찌고 하고 인물평을 했다. 그 중 하나가 웨스트모어랜드 가에서 맥을 한 시간 전에 보았다고 말했다. 이 말에 레네한은 자기는 어젯밤에 맥하고 이건 감옥에서 보냈다고 대꾸했다. 웨스트모어랜드 가에서 맥을 만났다는 그 젊은이는 맥이 당구 시합에서 좀 땄다는 말이 사실이냐고 물었다. 레네한은 모르는 일이었다. 이건 감옥에서 그들에게 술을 산 사람은 홀로한이었다고 그는 대답했다.

그는 10시 15분 전에 친구들과 헤어져 조지 가를 걸어 올라가 시립시장 있는 데서 왼쪽으로 돌아 그래프튼 가로 걸어갔다. 젊은 여자들과 젊은 남자들의 무리는 그 수가 좀 줄어 있었고, 거리를 올라가며 듣자니 여러 무리들과 쌍쌍들이 서로 작별인사를 나누고 있었다. 그는 외과대학의 시계탑 있는 데까지 갔다. 시계는 10시를 치고 있었다. 성큼성큼 스티븐스 공원 북쪽을 따라 빨리 걸으며, 코얼리가 너무 일찍 돌아오면 어떡하나 걱정이 되었다. 메리온 가 모퉁이에 다다랐을 때 가로등 그늘에 서서 남겨두었던 담배 하나를 꺼내불을 붙여 물었다. 가로등 기둥에 기대서서 코얼리와 그 젊은 여자가 돌아오는 것이 보일 것만 같은 곳에다 눈길을 주고 있었다.

마음이 또다시 활발해졌다. 코얼리가 일을 잘 성사시켰을까, 그것이 궁금했다. 코얼리가 여자에게 벌써 청을 했을까, 혹은 나중에 그럴려고 아직 그대로 있는 것일까, 그것이 궁금했다. 자기 처지뿐만 아니라 친구의 처지까지 생각하며 무척 가슴을 졸였다. 그러나 코얼리의 천천히 빙빙 돌던 그 머리를 회상하니 한결 마음이 가라앉았다. 코얼리는 반드시 성사시키고 말 거라는 자신이 들었다. 이때 갑자기 혹시 코얼리가 다른 길로 해서 여자를 집까지 바래다주고는 자기를 뿌리쳐버린 것이 아닐까 하는 생각도 들었다. 두 눈으로 길을 샅샅이 뒤졌으나 두 사람의 그림자도 보이지 않았다. 그러나 외과대학의 시계탑을 쳐다본 지 벌써 확실히 반 시간은 지났다. 과연 코얼리는 그런 짓을 했을까? 마지막 담배에 불을 붙여서 초조한 마음으로 피우기 시작했다. 광장 먼 모퉁이에 전차가 설 때마다 세심히 살폈다. 다른 길로 해서 가버리고 말았나 싶었다. 담배 싼 종이가 터지는 바람에 그는 툴툴거리며 길 가운데로 그것을 던져버렸다.

갑자기 두 사람이 자기 쪽으로 걸어오는 것이 보였다. 그는 갑자기 반가워지며 가로등 기둥에 그냥 바싹 붙어서서 그들의 걸음걸이 속에서 그 결과가 어떻게 되었나를 살피려고 했다. 두 사람은 빨리 걸어오고 있는데, 젊은 여자는 총총걸음으로 걷고, 한편 코얼리는 여자 옆을 성큼성큼 걸어오고 있었다. 얘기를 하고 있는 것 같지는 않았다. 날카로운 칼 끝에 찔린 것처럼 이크 틀렸구나, 하는 생각이 들었다. 코얼리가 실패할 줄 알았다. 그런 솜씨로는 어림도 없을 줄 알았다.

두 사람은 배고트 가로 접어들었다. 그래서 그는 다른쪽 보도로 해서 곧 그들 뒤를 쫓았다. 두 사람이 걸음을 멈추면 그도 걸음을 멈췄다. 잠시 뭐라고 얘기를 하더니 여자는 어떤 집 안뜰로 계단을 내려갔다. 코얼리는 그대로 정문에서 좀 떨어진 길가에 서 있었다. 몇 분이 지났다. 그러자 그 집 현관문이 살며시 열리더니 여자 하나가 정면 계단을 뛰어내려오며 칵칵 기침을 했다. 코얼리는 몸을 돌려 그 여자 쪽으로 걸어갔다. 그의 널따란 몸에 가리어 잠시 여자의 모습이 보이지 않다가 다시 보였을 때는 계단을 달려 올라가고 있었다. 여자가 집 안으로 들어간 다음에 문이 닫히고, 코얼리는 스티븐스 공원 쪽을 향해 빠른 걸음으로 걷기 시작했다.

레네한은 똑같은 방향으로 걸음을 재촉했다. 가벼운 빗방울이 하나둘 떨어졌다. 그것이 그에게 무슨 경고나 되는 듯 젊은 여자가 들어간 집 쪽을 흘깃 돌아다보며 들키지나 않았을까 살피며 길을 가로질러 열심히 뛰어갔다. 걱정 속에 빨리 달린 까닭으로 숨이 찼다. 그는 버럭 소리를 질러 불렀다.

"여보게, 코얼리!"

코얼리는 자기를 부른 사람이 누구인가를 알기 위하여 머리를 이쪽으로 돌렸다가 다시 계속 걸어갔다. 레네한은 한 손으로 어깨에다 레인코트를 똑바로 걸치고는 그의 뒤를 좇아 달려갔다.

"여보게, 코얼리!" 그는 또다시 큰소리로 불렀다. 달려와 코얼리와 나란히 서서 그의 얼굴을 자세히 들여다보았다. 아무런 기색도 엿볼 수 없었다.

"그래, 성사되었어?"

엘리 광장 모퉁이에 이르렀으나 아직 아무 대답도 하지 않은 채 코얼리는 왼편으로 돌아 샛길로 들어섰다. 그의 표정은 태연자약했다. 레네한은 불안하게 헐떡거리면서 친구를 따라갔다. 그는 영문을 알지 못했다.

"그래 말 못하겠어? 그 여자에게 말을 붙여보았어?" 하는 그의 목소리에는 위협하는 듯한 어조조차 느껴졌다.

코얼리는 첫번 가로등 밑에서 걸음을 멈추고는 앞쪽을 심각한 표정으로 바라보더니, 엄숙한 몸짓으로 한 손을 불빛 쪽으로 내밀고는 싱글거리며 그것을 천천히 레네한에게 펴서 보였다. 조그만 금화 하나가 손바닥 안에서 반짝이고 있었다.

하숙집

　무니 부인은 푸줏간집 딸이었다. 일을 혼자서 척척 해치울 수 있는 여자, 즉 과단성 있는 여자였다. 자기집 점원 우두머리와 결혼을 하고는 스프링 공원 근처에다 푸줏간을 하나 차렸다. 그러나 장인이 세상을 떠나기가 무섭게 이 무니란 작자는 타락하기 시작했다. 술을 마시고, 돈 넣는 서랍을 들어내고, 마구 빚에 빠져들어갔다. 금주 맹세를 하게 해본댔자 소용없었다. 며칠이 지나면 또다시 그것을 깨뜨려버리기가 일쑤였다. 손님들 앞에서 아내와 싸운다, 또는 나쁜 고기를 사들인다 해서 장사를 망치고 말았다. 어느 날 밤에는 식칼을 들고 아내에게 달려들어, 할 수 없이 아내는 이웃집에 가서 잘 수밖에 없었다.

　이 일이 있은 후 그들은 별거했다. 그녀는 신부님에게 가서 아이들을 자기가 맡아서 기른다는 조건으로 별거를 허락받았다. 남편에게는 돈도 식사도 있을 방도 아예 주려고 하지 않았다. 그래서 할 수 없이 남편은 군청 소사가 되었다. 그는 초라하고 허리가 구붓한 키가 작은 주정뱅이로서, 얼굴이 흰 데다 흰 콧수염을 기르고, 연분홍색 혈관이 드러난 반들반들한 조그만 두 눈 위에 연필로 그려넣은 듯한 흰 눈썹이 드러났다. 그는 온종일 집달관 방에 앉아서 일이 얻어걸리기를 기다렸다. 푸줏간 장사에서 남은 돈을 긁어모아 가지고 하드위크 가에다 하숙집을 차린 무니 부인은 당당하고 몸집이 큰 여자였다. 이 집에 오는 손님들이란 리버풀이나 맨 섬에서 온 관광객과 어쩌다가 음악당에서 온 배우 따위의 뜨내기 손님들이었다. 고정 손님은 시내로 다니는 회사원들이었다. 그녀는 집을 다스리는 솜씨가 교묘하고도 꿋꿋했으며, 외상을 줄 때와 딱딱하게 굴어야 할 때와 그저 눈감아줘야 할 때를 알았다. 모든 젊은 하숙인들은 그녀를 마담이라고 불렀다.

이 집에 하숙하는 젊은이들은 식비와 방세(저녁 식사 때의 맥주나 스타우트는 빼고)로 일주일에 15실링을 냈다. 모두들 취미와 직업이 비슷했고, 그리고 이런 이유에서 서로들 대단히 친했다. 그래서 그들은 서로 경마의 인기마와 그렇지 않은 말을 두고 예상 이야기를 주고받았다. 마담의 아들인 잭 무니는 플리트 가의 어떤 위탁매매상 점원으로 다녔는데, 건달이라는 평판이 높았다. 군인들이 주고 받는 따위의 음담을 사용하기 좋아했고, 대개는 오밤중 한두 시에 집에 돌아오는 때가 많았다. 친구들을 만날 때에는 언제나 좋은 이야깃거리가 있었고, 또 늘 무슨 재미난 이야깃거리 —— 말하자면 유망한 경마말이나 유망한 배우 따위 —— 에 관한 것이 대부분이었다. 그는 또한 권투에 능했고, 우스운 노래도 불렀다. 일요일 밤마다 무니 부인네 정면 응접실에선 친목회가 열리곤 했는데, 음악당의 배우들도 선뜻 나와주고, 셰리던이 왈츠와 폴카를 연주하여 즉석 반주를 넣었다. 마담의 딸인 폴리 무니도 노래를 불렀다. 이런 노래였다.

나는…… 건방진 애

아니라고 마세요,

다 아시면서.

  폴리는 열아홉 살의 날씬한 처녀였다. 밝은 빛깔의 부드러운 머
리칼에다 작고 통통한 입의 소유자였다. 연둣빛을 띤 회색 눈은 남
하고 얘기할 때에는 위쪽을 흘깃 쳐다보는 버릇이 있어, 그것이 이
처녀를 귀여운 심술꾸러기 마돈나같이 보이게 했다. 무니 부인은
처음에 딸을 어떤 곡물 도매상에 타이피스트로 내보냈으나, 그 평
판이 나쁜 아버지, 군청 소사가 하루 걸러씩 가게로 와서는 자기 딸
에게 한마디만이라도 얘기를 하게 해달라고 졸라대는 바람에 어머
니는 또다시 딸을 집으로 불러들여 집안일을 시켰던 것이다. 한편
으로 폴리는 아주 성격이 활발한 처녀여서 어머니에겐 딸로 하여금
청년들과 놀게 해보자는 의사도 있었다. 뿐만 아니라 젊은이들이란
젊은 여자가 자기들과 가까운 거리에 있을 때엔 기분이 좋은 법이
다. 폴리는 물론 젊은이들과 시시덕거렸지만 눈치 빠른 무니 부인
에게는 젊은이들이 그저 심심풀이로 그러고 있다고밖에는 보이지
않았다. 누구 하나 자기 딸에게 딴 생각을 가진 눈치를 보이는 사람
은 없었다. 오랫동안 이런 상태가 계속되었다. 그래서 딸을 다시 타
이피스트로 내보낼까 하고 생각하던 차에, 무니 부인은 딸과 어떤
젊은이 사이에 일이 벌어지고 있다는 것을 눈치챘다. 그녀는 두 사
람을 감시하면서도 자기 혼자만 알고 있었다.
  폴리는 자기가 어머니의 감시 대상이 되어 있다는 것을 눈치챘으
나, 어머니가 그냥 가만히 있는 의도를 알 만했다. 모녀 사이에 이

렇다 할 공공연한 공모가 있는 것도 아니고, 공공연한 양해가 이루어진 것도 아니지만 한 집안 사람들이 이 사건에 관하여 수군거리기 시작했을 때에도 무니 부인은 간섭하지 않았다. 폴리의 태도가 다소 이상해지기 시작하고, 젊은이도 분명히 동요의 빛을 보였다. 드디어 이때라고 판단했을 때 무니 부인은 간섭에 나섰다. 그녀는 마치 식칼이 고기를 다루듯 이 도덕적인 문제를 다루었다. 그리고 이 문제에 대해서 벌써부터 작정을 세우고 있었던 것이다.

초여름 어느 화창한 일요일 아침, 더워질 듯한 날씨였으나 아직은 신선한 바람이 솔솔 불고 있었다. 하숙집 모든 창이 열려 있고, 올린 창 아래로 레이스 커튼이 길 쪽을 향해 바람을 안고 부드럽게 부풀어올랐다. 조지 성당 종루에서는 끊임없이 종소리가 울려나오고, 신자들은 혼자서 혹은 떼를 지어 성당 앞 조그마한 원형 광장을 건너고 있었다. 그리고 장갑을 낀 두 손에 들고 있는 조그만 책들을 보지 않아도 그들의 그 말없는 태도만으로도 무슨 일로 모이는 사람들인지를 알 수 있었다. 하숙에선 아침 식사가 끝나고, 식당 테이블에는 얼마간의 베이컨 비계며 베이컨 껍질과 더불어 달걀의 노른자위 자리가 나 있는 접시들이 흩어져 있었다. 무니 부인은 밀짚 쿠션 안락의자에 앉아, 하녀 메리가 상 치우는 것을 지켜보고 있었다. 그녀는 메리에게 화요일의 브레드 푸딩 만들 때 쓸 수 있도록 빵껍질과 부서진 빵부스러기를 모으게 했다. 테이블을 치우고, 부서진 빵을 모으고 설탕과 버터를 틀림없이 찬장에 넣어 잠그고 나자, 어젯밤에 딸과 가졌던 이야기의 자초지종을 다시 마음속 깊이 생각해보기 시작했다. 사태는 그녀가 예측한 그대로였다. 그녀는 까놓고 물었고, 폴리도 터놓고 대답했다. 물론 쌍방이 다 다소 어색하긴 했다. 어머니가 어색했던 것은 그간의 소식을 지나치게 대범하게 받아들이거나, 혹은 일이 이미 그렇게 된 것을 보고서도 모르는 척하고 있는 것처럼 보이고 싶지 않았기 때문이다. 딸은 딸대로 이런 종류의 넌지시 건네오는 이야기는 자기의 입장을 늘 어색하게 만들었다는 이유뿐만 아니라, 그 영리한 순진성으로 하여 어머니의 관용 뒤에 숨어 있는 의도를 이미 자기가 눈치채고 있었다고 어머니에게 짐작되고 싶지 않았기 때문에 어색했던 것이다.

무니 부인은 생각에 잠겨 있으면서도 조지 성당의 종소리가 그쳤다는 것을 깨닫자마자 본능적으로 벽난로 위에 있는 조그만 도금 시계를 흘깃 바라보았다. 11시 17분이었다. 이제부터 도런 씨와 만나 그 문제의 결판을 짓고, 그러고 나서 열두시 전까지 말버러 가에 도착할 시간은 충분하다. 이길 자신이 있었다. 처음부터 자기 측에 사회 여론의 이점이 있다. 나는 짓밟힌 어머니다. 점잖은 사람이라고 생각했기 때문에 한 지붕 아래 살게 하지 않았나. 그런데 그 사람은 남의 호의를 마구 짓밟아버렸다. 나이도 벌써 서른넷인가 다섯이어서 젊어서 그랬다는 변명도 서지 않을 것이고, 또 세상 물정도 얼마간은 겪어온 사람이니 철모르고 그런 짓을 했다는 변명도 설 수 없다. 폴리가 어리고 철없는 것을 틈탄 것뿐이다. 그건 뻔한 노릇이다. 문제는 한 가지뿐이다. 그가 어떤 보상을 할 것이냐 하는 것이다.

이런 경우 마땅히 보상이 있어야만 한다. 그야 남자 쪽은 아무런 상관도 없다. 재미를 본 후라 아무 일도 없었던 것처럼 시치미를 딱 뗄 수 있다. 그러나 여자 측은 공격의 화살을 모면할 길이 없다. 이럴 때 세상 어머니들 가운데에는 돈푼이나 좀 받고서 이런 사건을 어물어물 메우며 만족하는 어머니도 있을 것이다. 나도 그런 예를 좀 알고 있다. 그러나 나는 그렇지는 않을걸. 나에겐 기왕 금이 간 딸의 정조에 보상할 수 있는 길이란 한 가지밖에 없다. 결혼이다.

그녀는 메리를 도런 씨의 방으로 보내서 할 이야기가 있다는 말을 전하기 전에 다시 한번 모든 수를 세어보았다. 이길 자신이 확실하다. 그는 착실한 청년이어서 다른 녀석들처럼 방자하거나 떠들어대지 않을 것이 확실하다. 이게 셰리던이나 미드나 밴텀 라이언스만 하더라도 일은 훨씬 어려웠을 것이다. 그는 세상 소문을 무시할 것 같지는 않았다. 집안의 모든 하숙인들도 이번 일을 다소 알고 있었다. 어떤 사람은 세세한 데까지 꾸며내어 옮기기조차 했다. 게다가 그는 어느 가톨릭 교인의 큰 주류상에 13년 동안이나 근무해 온 터이므로 이 일이 세상에 탄로되는 날엔 십중팔구는 직장을 잃는 결과가 될 것이다. 그러나 그가 동의만 해준다면 만사는 문제없다. 첫째 그의 수입이 좋다는 것을 그녀는 알고 있었고, 또 상당한 저축도 있을 성싶었다.

그럭저럭 삼십분이 되었다! 창과 창 사이 벽에 걸린 거울 속에 비친 자기 모습을 자세히 살펴보았다. 그 커다란 혈기 좋은 얼굴에 떠오른 단호한 표정에 그녀는 흡족했다. 그리고 자기가 아는 어머니들 가운데 딸을 시집보내지 못해 애태우는 이 사람 저 사람이 머리에 떠올랐다.

도런 씨는 아닌 게 아니라 이 일요일 아침 마음이 불안해서 견딜 수가 없었다. 수염을 깎으려고 두 번이나 면도질을 해보았지만, 그때마다 손이 하도 떨려서 단념하지 않을 수가 없었다. 사흘 동안이나 깎지 못한 불그레한 턱수염이 턱 가장자리에 까실까실하게 자라 있었고, 그리고 2, 3초마다 어찌나 안경에 김이 서리는지 벗어 들고 손수건으로 닦지 않으면 안 되었다. 어젯밤의 고해를 돌이켜 생각하니 도리어 그에겐 심한 고통의 씨가 되었다. 신부는 이번 사건의 대수롭지 않은 세부까지 낱낱이 드러내어 결국에 가서는 그의 죄를 어찌나 확대했던지 보상의 도망길이 주어진 데 오히려 감사조차 느낄 정도가 되어버렸다. 기왕에 일은 이미 벌어지고 말았다. 그러고 보니 여자와 결혼하거나 도망치는 외에 무슨 길이 있겠는가? 그냥 뻔뻔스럽게 시치미를 떼다니 나로선 도저히 못할 노릇이다. 이 사건은 곧 세상에 소문이 퍼지게 될 것이 확실하며, 그러면 또 그 소문이 주인의 귀에 들어갈 것도 뻔한 노릇이 아닌가? 더블린이란 이렇게 작은 도시니까 모든 사람이 다른 사람들의 일을 죄다 알게 마련이다. 레나드 노인이 쉰 목소리로 "도런 군을 이리 보내" 하고 부르는 소리가 잔뜩 흥분된 머릿속에 들리는 듯하자, 그는 심장이 목구멍까지 후끈하게 뛰어오르는 것만 같았다.

이제까지 오랫동안 쌓아올린 모든 꿈이 허사로 돌아간다! 그렇게 근검 노력한 모든 것이 수포로 돌아간다! 젊었을 때 물론 방탕도 해보았다. 선술집에서 친구들을 상대로 하여 자유 사상을 뽐내보기도 했고, 하나님의 존재를 부정해보기도 했다. 그러나 그것은 이미 다 지나간 일이고, 거의 끝난 셈이다. 아직도 주마다 《레이놀드》〔폭로기사가 많은 급진파 신문〕를 사보지만 성당 예배에도 잘 나가고 1년의 10분의 9는 규칙적인 생활로 보내고 있다. 살림을 차릴 만한 돈도 넉넉히 있었지만 돈이 문제가 아니었다. 그러나 집안 식구들은 여자를 깔볼 것이다. 첫째 세평이 나쁜 그 아버지가 문제였고, 다음은 그녀 어머니의 하숙집도 지금 점점 어떤 야릇한 평판이 돌기 시작하고 있었다. 이거 톡톡히 잘못 걸렸구나, 하는 생각이 들었다. 친구들이 이 일을 수군거리며 비웃는 광경이 눈에 선하다. 여자도 다소 천하여, "나 봤당께(I seen)"니 "나 알았다문(If I had've known)"이니 하는 따위의 말을 쓴다. 그러나 내가 진정으로 그 여자를 사랑한다면 그러한 문법적인 문제가 무엇이란 말이냐? 그녀가 그런 짓을 했다고 해서 그녀를 좋아해야 할지 경멸해야 할지 나는 마음을 걷잡을 수 없다. 물론 나도 같은 짓을 하기야 했지. 그러나 본능은 결혼하지 말고 이대로 시치미를 딱 떼고 있으라고 우겨댄다. 일단 결혼하는 날엔 모든 일은 끝이다, 라고 본능은 말한다.

셔츠와 바지만 입고 침대가에 힘없이 앉아 어떻게 할지 모르고 있는데, 그녀가 가만히 문에 노크하고 들어왔다. 그녀는 자기 어머니에게 자초지종을 전부 일러바쳤다는 이야기, 자기 어머니가 오늘 아침 그와 만나서 그에게 이야기할 거라는 이야기를 그에게 전부 털어놓았다. 그녀는 소리내어 울며 두 팔로 그의 목을 감싸안고서 이렇게 말했다.

"아, 보브! 보브! 난 어떻게 하면 좋죠? 대체 어떻게 하는 게 좋겠어요?"

차라리 자살하고 싶다고도 했다.

그는 울지 말라고 타이르며, 문제없으니 걱정할 것 없다고 약한 목소리로 여자를 달랬다. 셔츠 너머로 여자 가슴의 동요를 느꼈다.

일이 이렇게 된 것이 반드시 그의 탓만도 아니었다. 독신자의 호기심에 찬 끈질긴 기억력으로 그녀의 옷과 숨결과 그녀의 손가락 등이 그에게 준 그 맨 처음의 우연한 애무의 감촉을 곧잘 기억하고 있었다. 그후 어느 날 밤 늦게 그가 잠자리에 들려고 옷을 벗고 있는데, 그녀가 그의 문을 머뭇머뭇 두드렸다. 센 바람에 촛불이 꺼져서 그의 촛불로 불을 붙이려고 왔다는 것이었다. 그날 밤은 그녀가 목욕한 날 밤이었다. 프린트 무늬 플란넬 천의 앞이 헐겁게 열려 있는 화장옷을 입고 있었다. 모피 슬리퍼 밖으로 그녀의 하얀 발등이 빛나고, 향수를 뿌린 피부 아래서 핏줄이 따뜻하게 타오르고 있었다. 초에 불을 붙여가지고 촛대를 꼿꼿이 세울 때 그 손과 손목에서도 야릇한 향기가 떠올랐다.

그가 아주 밤늦게 돌아오는 날마다 그의 저녁 식사를 따뜻하게 데워주는 것도 그녀였다. 온통 잠이 든 집안에서 한밤중에 그녀를 자기 혼자만이 곁에서 느끼면서 식사를 할 때 그는 자기가 먹고 있는 음식이 무엇인지도 제대로 모를 지경이었다. 그리고 그녀의 다정한 마음씨! 밤이 어쩌다 쌀쌀하다거나, 축축하다거나, 바람이 셀 때에는 반드시 조그만 펀치술이 한 잔 준비되어 있었다. 어쩌면 이런 두 사람이 같이 살게 되면 행복할지도 모른다……

두 사람은 곧잘 제각기 초 한자루씩 들고 발끝으로 살금살금 함께 나란히 2층으로 올라가곤 했다. 그러고는 세번째 층계참에서 마음 내키지 않는 작별 인사를 나누었다. 거기서 종종 키스도 했다. 그녀의 두 눈, 손의 감촉, 그리고 그때 그가 맛본 그 무아상태가 새삼스레 머리에 떠오른다.

그러나 그 무아상태도 이제는 지나갔다. 그녀가 한 말을 자기 자신에게 견주어보면서 그것을 외워보았다. "난 어떻게 하면 좋지?" 독신자의 본능은 어서 꽁무니를 빼라고 경고한다. 그러나 저지른 죄는 피할 길이 없다. 그의 염치마저도 이런 죄에 대해서는 마땅히 보상이 이루어져야 한다고 타이른다.

그녀와 함께 침대가에 앉아 있는데, 메리가 문간에 나타나, 마님께서 응접실에서 뵙자고 합니다, 하고 전했다. 그는 일어서서 아까보다도 더욱 힘없이 저고리와 조끼를 입었다. 옷을 입고 나자 그녀를 달래기 위하여 그녀 앞으로 바싹 갔다. 문제없다, 겁내지 마. 그녀가 침대 위에서 그냥 울며 나직이, "아, 괴로워!" 하고 신음하는 것을 내버려둔 채 그는 밖으로 나왔다.

계단을 내려올 때 안경에 어찌나 김이 서리던지 그는 안경을 벗어들고 닦지 않을 수 없었다. 지붕을 뚫고 하늘에 올라 이런 귀찮은 일을 다시는 듣지 않을 딴 나라로 날아가 버리고만 싶은 생각이 간절했지만 어떤 힘이 한 걸음 한 걸음 계단 아래로 그를 내리밀었다. 자기 가게의 주인과 이 집 마담의 무자비한 얼굴이 그의 어리둥절해하는 꼴을 노려보고 있는 것만 같았다. 마지막 계단에서 그는 배스 맥주 두 병을 안고 찬방에서 올라오는 잭 무니와 엇갈렸다. 두 사람은 차디찬 인사를 서로 나누었다. 이 사랑에 빠진 사나이의 눈은 잠시 투박한 불독과 같은 얼굴과 투박하고 짧은 두 팔에 멈췄다. 계단 밑에 다다랐을 때 그가 흘깃 위를 쳐다보니, 모퉁이 방에서 잭이 그를 노려보고 있는 시선과 마주쳤다.

이때 별안간 어느 날 밤의 일이 그의 머리에 떠올랐다. 그날 밤 음악당 배우인 조그마한 금발의 런던 사람 하나가 폴리에게 약간 지나치게 빈정댄 일이 있었다. 그날 밤의 친목회는 잭의 폭력으로 말미암아 거의 난장판이 되고 말았다. 모두 다 그를 진정시키려고 애를 썼다. 그 음악당 배우는 여느 때보다 조금 더 얼굴색이 파랗게 질려 계속 미소를 지으며 무슨 악의가 있어서 그런 소릴 한 것은 아니었다고 변명을 늘어놓았다. 그러나 잭은 고래고래 소리를 지르며 만일 어떤 놈이라도 그런 종류의 장난을 자기 누이에게 하는 날엔 그놈의 목을 물어뜯어놓을 테니 그리 알라고 호통을 쳤다.

폴리는 잠시 동안 울면서 침대가에 앉아 있다가 눈물을 닦고서 거울 앞으로 갔다. 수건 끝을 물병에 담가 찬물로 눈을 닦았다. 얼굴을 옆으로 비춰보고 귀 위의 머리핀을 다시 꽂았다. 그러고 나서 다시 침대로 돌아와 아랫목에 앉았다. 한참 동안 베개를 지켜보고 있었다. 그것을 지켜보고 있노라니 마음속에 남모를 정다운 회상들이 떠올랐다. 그녀는 목덜미를 싸늘한 쇠침대 살에다 얹고 공상에 잠겼다. 얼굴에는 이미 불안의 그림자조차 찾아볼 수 없었다.

그녀는 끈기있게 거의 유쾌한 마음으로 시름을 잊고 기다리고 있었다. 지난날의 추억은 차츰 사라지고 그 대신 미래의 희망과 환상이 자리를 바꾸어갔다. 그 희망과 환상이 어찌나 착잡했던지 물끄러미 바라보고 있던 흰 베개도 눈에 들어오지 않고, 무엇을 기다리고 있다는 것조차 기억에서 사라져버렸다.

마침내 어머니가 부르는 소리가 들렸다. 그 소리에 그녀는 벌떡 일어나 난간 쪽으로 달려갔다.

"폴리! 폴리!"

"네, 어머니?"

"애야, 내려오너라. 도런 씨가 너한테 말씀하실 게 있단다."

그때서야 그녀는 자기가 이제까지 무엇을 기다리고 있었나 하는 생각이 났다.

구름 한 점

　8년 전에 그는 친구를 노스 월 정거장에서 전송하며 친구의 성공을 빈 적이 있었다. 갤러허는 성공했다. 그의 능란한 몸가짐이며, 쫙 뺀 스코치 양복이며, 호탕한 말투 등으로 그가 성공했다는 것을 대번에 알 수 있다. 그와 같은 소질을 타고난 사람은 많지 않았으며, 그리고 그렇게 성공하면서도 나빠지지 않은 예는 더욱 드문 일이다. 갤러허는 인정이 많았으며, 그러니까 그가 성공한 것도 당연한 노릇이다. 이런 친구를 갖고 있다는 것은 다행한 일이었다.

　점심을 먹은 후부터는 갤러허를 만날 것과 갤러허의 초대와 갤러허가 지금 살고 있는 대도시 런던을 생각하는 것 등으로 꼬마 챈들러의 머리는 가득 차 있었다. 그는 키가 평균 신장보다 약간 작을 뿐이었지만 보는 사람에게 작은 인상을 주었기 때문에 꼬마 챈들러라고 불렸다. 손이 희고 작았으며, 몸집이 연약하고, 목소리는 조용하고, 몸가짐은 세련되었다. 그는 비단처럼 보드라운 금발머리와 콧수염을 정성껏 가꾸었으며, 손수건에는 알뜰하게 향수를 뿌렸다. 손톱의 흰 부분이 흠잡을 데 없는 반달 모양을 하고, 생글 웃을 때마다 마치 어린애 같은 하얀 이빨이 나란히 드러났다.

　그는 킹스 인〔더블린에 있는 법학원, 6세기에 설립〕의 자기 책상 앞에 앉

87

아서 과거 8년이라는 세월이 가져다 준 변화를 이것저것 곰곰이 생각해보았다. 초라하고도 가난한 모습으로만 알고 있던 그의 친구가 런던의 신문계에서 화려한 인물이 되어 있었다. 한참 쓰느라고 지친 눈길을 가끔 돌려 사무실 창 밖을 내다보았다. 늦가을 석양의 햇빛이 잔디밭과 산책로를 덮고 있었다. 벤치 위에서 졸고 있는 옷맵시가 단정치 못한 유모들이며, 늙어빠진 노인들 위로 석양이 정다운 금빛 소낙비를 뿌리고 있었다. 석양의 금빛은 또한 모든 움직이는 물건 —— 자갈길을 따라 소리를 지르면서 달리는 아이들이며 공원을 지나가는 모든 사람들 위에서도 반짝였다. 그는 이런 정경을 지켜보며 인생을 생각해보았다. 그리고 (인생을 생각할 때에는 언제나 그랬듯이) 그는 슬퍼졌다. 야릇한 우울증에 사로잡혔다. 운명이란 오랜 조상으로부터 이어받은 지혜의 무거운 짐이라, 그에게는 운명에 거슬러 싸운다는 것은 정말로 쓸데없는 일만 같았다.

집 책장에 있는 몇 권의 시집 생각이 머리에 떠올랐다. 이것들은 그가 총각 때 산 것인데, 저녁 때 현관에서 좀 떨어진 조그만 방에 앉아 있을 때 책장에서 한 권을 꺼내서 그 중 몇 구절을 아내에게 읽어주고 싶은 생각이 머리에 떠오른 적도 한두 번이 아니었다. 그러나 수줍어서 늘 그렇게 하지 못했다. 그래서 그 시집들은 그냥 책장에 꽂힌 채로 있었다. 가끔 혼자 몇 구절을 외우며 위안을 얻는 정도였다.

시간이 되자 그는 일어서서 책상을 떠나 동료 사무원들에게 작별 인사를 했다. 깔끔하고도 수수한 몸차림의 그는 킹스 인의 봉건식 아치문을 나와 빠른 걸음으로 헨리에터 가를 걸어 내려갔다. 황금빛 석양은 점점 이지러지고 공기는 싸늘해졌다. 때묻은 옷을 입은 아이들 무리가 거리에서 웅성거리고 있었다. 그 아이들은 길가에 서 있는가 하면 뛰어가기도 하고, 활짝 열려 있는 문 앞의 계단을 기어오르기도 하고, 또 문지방 위에 쥐처럼 웅크리고 앉아 있기도 했다. 꼬마 챈들러는 아이들이 안중에 없었다. 그는 그 모든 자질구레한 벌레 같은 무리들 사이를 교묘하게 뚫고 지나서, 더블린의 옛날 귀족들이 뽐내던 으슥하고 귀신과 같은 저택의 그늘 밑을 걸어 갔다. 옛날의 일들은 머리에 떠오르지도 않았다. 그의 마음은 현재의 기쁨으로 가득 차 있었기 때문이다.

콜레스 요리집에는 한번도 가본 일이 없었지만 그 집의 명성만은 알고 있었다. 연극이 끝난 다음에 굴을 먹고 술을 마시러 사람들이 그곳에 간다는 것을 알고 있었고, 그곳 웨이터들은 프랑스 말과 독일 말을 한다는 것도 이미 듣고 있었다. 밤에 그 옆을 빠른 걸음으로 걸어가고 있을 때 그는 마차들이 바싹 문 앞에 늘어서 있고, 또 멋진 신사들을 동반한 값비싼 옷을 입은 여자들이 마차에서 내려서 빠른 걸음으로 안으로 들어가는 것을 본 일이 있었다. 여자들은 요란한 옷에다 여러 가지 겉옷들을 입고 있었다. 얼굴에는 분화장을 하고 있었고, 땅에 내려설 때에는 놀란 아탈란테〔그리스 신화에 나오는 달리기 잘하는 미인〕처럼 제각기 옷을 치켜올렸다. 그는 얼굴을 돌려 그쪽을 보지도 않고서 늘 그냥 지나쳤다. 낮에도 거리를 빨리빨리 걸어가는 것이 그의 습관이었다. 그리고 밤에 늦게 시내에 나올 때에는 언제나 걱정스러운 듯이 흥분해서 빨리 걸었다. 그러나 때로는 자청해서 공포의 원인을 찾는 때도 있었다. 가장 컴컴하고 가장 좁은 길을 일부러 택했다. 그리고 대담하게 앞으로 걸어갈 때 자기 발자국 주위에 퍼져 있는 정적이 무서웠다. 또 어슬렁어슬렁 소리없이 오가는 사람들이 무서웠고, 때로는 지나가는 낮은 웃음소리에 온몸이 나뭇잎처럼 떨리기도 했다.

오른쪽으로 꼬부라져 케이펄 가로 향했다. 런던 신문계의 이그네이셔스 갤러허! 8년 전에 누가 이렇게 되리라고 예상했으랴? 그러나 꼬마 챈들러가 이제 과거를 돌이켜볼 때 그는 그의 친구에게서 미래에 성공할 여러 가지 징조가 벌써 그때 보였다는 것을 생각해 낼 수 있었다. 사람들은 곧잘 이그네이셔스 갤러허가 행실이 거칠다고들 했었다. 물론 그때 그는 난봉꾼들과 함께 어울려서 술도 마구 마시고, 사방에서 닥치는 대로 돈을 꾸어 쓰기도 했다. 결국에 가서 그는 어떤 불미한 사건, 즉 어떤 금전 문제에 관계가 있는 사건에 걸려들었다. 적어도 그래서 그가 도망을 치게 되었다는 하나의 설이 있었다. 그러나 그의 재간을 부정하는 사람은 아무도 없었다. 이 이그네이셔스 갤러허에게는 저도 모르게 남을 탄복시키는 어떤 —— 무엇이 늘 있었다. 입에 거미줄이 치게 되고, 돈에 쪼들리고 있을 때에도 그는 배짱 센 얼굴을 하고 있었다. 꼬마 챈들러의 머릿속에선 이그네이셔스 갤러허가 오도 가도 못하고 있을 때에 한 말 하나가 언제까지 가시지 않았다(그것을 회상하자 자랑스러워 그의 뺨에 약간 홍조가 일었다).

"이젠 좀 쉬어야겠어" 하고 갤러허는 아무렇지도 않은 듯이 내뱉곤 했다. "내 지혜 보따린 어디 갔지?"

이것이야말로 이그네이셔스 갤러허의 철두철미한 본색이다. 그리고 그렇기 때문에 그를 숭배하지 않을 수가 없다.

꼬마 챈들러는 걸음을 재촉했다. 난생 처음으로 그는 자기가 지나가는 사람들보다 잘났다고 느꼈다. 난생 처음으로 케이펄 가의 따분하고 우아하지 못한 데 대해 반감을 느껴보았다. 성공하려면 더블린을 떠나야 한다 —— 그건 틀림없다. 더블린에선 아무것도 못한다. 그래튼 교(橋)를 건너면서 강 저 아래쪽에 있는 부두를 내려다보며 초라하게 일그러진 집들을 불쌍히 여겼다. 그 집들이 그에게는 강가에 옹기종기 모여 있는 부랑자들 떼같이만 여겨졌다 —— 그 낡아빠진 옷은 먼지와 검댕으로 덮여 있고, 석양의 광경을 넋을 잃고 바라보다가 밤의 첫 찬바람이 불어오면 일어나 툭툭 털고 가버리는 부랑자 무리. 이런 생각을 나타낼 수 있는 시 한 편을 쓸 수 있을까, 하고 그는 생각해보았다. 혹 갤러허가 이 시를 런던의 어떤 신문에 실어줄 수 있을지도 모른다. 나는 그 어떤 독창적인 시를 쓸 수는 없을까? 어떤 생각을 시에다 나타내고 싶은지 자신이 없었지만 시적 순간에 이르렀다고 생각하자 마치 그는 어린애 같은 희망을 느끼고는 온몸에 활기가 났다. 그는 씩씩하게 걸음을 옮겨 놓았다.

한 걸음을 떼어놓을 때마다 자기의 딱딱한, 예술이 없는 생활에서 벗어나 런던 쪽으로 좀더 가까이 가는 것만 같았다. 한 줄기 광선이 그의 마음의 지평선 위에서 아롱지기 시작했다. 나는 아직 나이가 과히 많지는 않다 —— 서른둘이다. 나의 기질은 지금 막 무르익고 있다고 할 수 있겠다. 내가 시에서 나타내고 싶은 기분과 인상은 하나둘이 아니다. 마음속으로 그것을 느꼈다. 자기의 정신이 시인의 그것인지 아닌지를 알려고 그는 그것을 측정해보려고 애썼다. 우울증이 자신의 기질의 두드러진 특징이라고 생각했지만, 그러나 그것은 신념과 체념과 단순한 기쁨이 반복해 일어나서 누그러진 우울증이었다. 만일 내가 한 권의 시집을 내어 거기에 그것을 표현할 수만 있다면 사람들은 그것을 인정해주겠지. 대중의 인기를 얻지는 못할 것이다. 그건 뻔한 일이다. 대중을 흔들어놓을 수는 없을지 모르지만 비슷한 마음을 가진 소수 사람들 마음에 호소할 수는 있으리라. 모르긴 몰라도 영국 비평가들은 내 시에 나타난 우울증의 특징을 보고서 나를 켈트파의 한 시인이라고 볼지도 모른다. 그 밖에 풍자도 시에 담아볼 생각이다. 그는 그의 시집이 받을지도 모르는 비평의 문장을 미리 머릿속에 그려보았다 —— '챈들러 씨에게는 유창하고도 우아한 시재(詩才)가 있다'…… '애절한 비애가 이들 시에 넘쳐흐르고 있다'…… '켈트적 특징'. 내 이름이 좀더 아일랜드 사람답게 보이지 않는 것은 유감스러운 일이다. 성(姓) 앞에 어머니 이름을 넣어보는 것이 나을지도 모른다. 토머스 멀로운 챈들러라고. 그렇지 않으면 T. 멀로운 챈들러라고 하는 편이 더 나을까. 이 얘길 갤러허에게 하자.

그는 너무도 깊이 명상에 잠겨 있었기 때문에 그만 거리를 지나쳐버려 되돌아와야만 했다. 콜레스 요리집 가까이 왔을 때 아까처럼 다시 가슴이 울렁거리기 시작하여 주저하면서 문 앞에서 걸음을 멈췄다. 한참 만에 마침내 문을 열고 안으로 들어갔다.

바 안의 불빛과 소음에 어리둥절하여 얼마 동안 문간에서 머뭇거렸다. 주위를 둘러보았으나 빨갛고 파란 무수히 많은 술잔의 광채에 당황하여 앞을 잘 보지를 못했다. 홀 안은 사람들로 가득 차 있는 것만 같았고, 그 사람들이 호기심어린 눈초리로 자기를 뚫어져라 노려보는 것만 같았다. 그는 재빨리 좌우를 흘깃 살폈으나(중대한 용무라도 있는 듯이 상을 좀 찌푸리고서) 시야가 좀 밝아지자 아무도 자기를 돌아다보고 있지 않다는 것을 알았다. 그리고 저편에 과연 이그네이셔스 갤러허가 등을 카운터에 기대고 발을 크게 벌리고 서 있었다.

　"야아, 토미, 왔군! 뭘로 할까? 뭘 마시겠나? 난 위스키를 마시고 있는 중이야. 바다 건너 것〔영국 술이란 뜻〕보다는 낫군그래. 소다야? 라디아야? 탄산수는 싫고? 나도 그렇게 하지. 맛을 망치니까……. 여봐, 보이, 몰트 위스키 반 병짜리 둘만 냉큼 가져와……. 그래 그동안 어떻게 지냈나? 아니, 우리도 꽤 늙었군! 나한테서 늙은 징조가 보이나 —— 응, 뭣이? 머리 꼭대기가 좀 허얘지고 얇아졌다구 —— 뭣이?"

　이그네이셔스 갤러허는 모자를 벗고 짧게 바싹 깎은 커다란 머리를 보였다. 얼굴은 흐리터분하고 창백한 것이 깨끗하게 면도질이 되어 있었다. 푸르스름한 회색 눈은 그의 건강해 보이지 않는 창백한 얼굴에 좀 생기를 주며, 그가 맨 선명한 오렌지색 넥타이 위에서 분명하게 빛나고 있었다. 이렇게 상반되는 눈과 안색에 비해 입술은 유난히 길고, 보기 흉하고, 회게 보였다. 머리를 앞으로 숙이고서 두 손가락으로 머리 꼭대기의 엷은 머리칼을 살며시 쓰다듬었다. 꼬마 챈들러는 그렇지도 않다고 고개를 가로저었다. 이그네이셔스 갤러허는 다시 모자를 썼다.

　"역시 기자 생활을 하면 사람이 곯아. 밤낮 허둥지둥 뛰어다니며 자료를 찾지만 어디 그리 눈에 띄어야 말이지. 때론 허탕을 칠 때도 있거든. 그리고 또 언제나 새로운 자료를 물어들여야 하니. 글쎄 또 며칠 동안은 그 빌어먹을 교정이니 식자공과 싸워야 한단 말이야. 고향에 돌아오니 과연 사는 것 같군. 다소 휴가를 갖는다는 것은 몸에 좋거든. 다시 이 사랑하는 더러운 더블린에 돌아온 이후에 건강이 아주 좋아졌어…… 자, 토미, 왔구먼. 물을 타라고? 얼마나 탈까?"

꼬마 챈들러는 자기 위스키에 물을 아주 많이 타게 했다.

"자넨 술맛을 모르는군, 이 사람아" 하고 이그네이셔스 갤러허가 말했다. "난 강짜로 마셔."

"난 보통 별로 안 해." 꼬마 챈들러는 겸손하게 말했다. "어쩌다가 어느 옛 친구를 만나면 한 잔 겨우 할 정도야. 그뿐이야."

"그렇다면 자," 하고 이그네이셔스 갤러허는 쾌활하게 말을 이었다. "우리의 먼 옛날과 오랜 우정을 위하여 건배."

그들은 잔을 서로 맞부딪치고 건배를 들었다.

"오늘 옛 친구 몇을 만났어" 하고 이그네이셔스 갤러허가 말을 이었다. "오하라는 아주 곤란한 것 같더군 그래. 그 친구 뭘 하고 있나?"

"별로 하는 게 없어." 꼬마 챈들러가 대꾸했다. "그 친구 신세를 망쳤다네."

"그렇지만 호건은 재미를 보나 보지?"

"그래, 토지 위탁소에 있어."

"어느 날 밤 런던에서 그 친굴 만났는데, 일이 잘 되나 보던데그래……. 오하란 안됐군! 술을 먹나 보지?"

"다른 일도 있어." 짤막한 대답이다.

이그네이셔스 갤러허는 껄껄 웃었다.

"토미 자넨 조금도 안 변했군그래. 일요일 아침마다 머리가 아프고 혀끝이 깔깔할 때 나에게 설교를 늘 하던 그대로 여전히 착실하군그래. 바깥 구경을 좀 해봐야지. 어디 여행 좀 해본 적 없나?"

"맨 섬〔더블린에서 가까운 거리에 있는 섬〕에 가본 적이 있어."

꼬마 챈들러의 이 말에 이그네이셔스 갤러허는 껄껄 웃으며 말했다.

"맨 섬이라구! 런던이나 파리엘 가보게. 파리가 나아, 도움이 될 걸세."

"자넨 파릴 봤나?"

"그렇다구 할 수 있겠어! 거길 좀 돌아다녀 보았지."

"과연 소문과 같이 정말로 그렇게 아름다운가?" 하고 꼬마 챈들러는 물었다.

그는 이그네이셔스 갤러허가 꿀꺽 잔을 비우는 동안 자기 술을 좀 마셨다.

"아름다우냐고?" 하고 이그네이셔스 갤러허는 이 말과 술의 맛을 보려는 듯이 말을 멈추고서 반문했다. "그렇게까지 아름답진 않아. 물론 아름답기도 하지……. 그렇지만 역시 진짜는 파리 생활이야. 아, 세상에 파리만 한 환락과 활기와 자극이 있는 도시도 없어……."

꼬마 챈들러는 자기 위스키를 다 마셨다. 그리고 한참 애를 쓰다가 바맨의 시선을 잡는 데 성공했다. 그는 아까 마신 것과 똑같은 것을 또다시 주문했다.

"난 물랭 루즈〔파리에 있는 유명한 술집〕에도 가보았고," 하고 바맨이 술잔을 치웠을 때 이그네이셔스 갤러허는 말을 이었다. "보헤미안들이 다니는 카페에도 모두 가봤어. 술이 세데! 자네 같은 독실한 친구는 어림도 없어, 토미."

꼬마 챈들러는 바맨이 술잔 둘을 들고 돌아올 때까지 아무 말도 하지 않았다. 그 다음 친구의 술잔에 가볍게 자기 술잔을 갖다 대고서 먼젓번의 건배에 보답했다. 그는 다소 환멸을 느끼기 시작하고 있었다. 갤러허의 말투나 말하는 태도가 마땅치 않았다. 전에는 보지 못한 저속한 데가 이 친구에게 있었다. 그러나 그것은 아마도 런던에서 신문계의 경쟁과 소란 속에서 시달리며 살아온 탓인지도 모르겠다. 옛날의 인간적인 매력이 이 새로운 번지르르한 태도 밑에서 아직도 엿보였다. 그리고 뭐니뭐니해도 갤러허는 인간이 사는 것처럼 살아왔고 세상을 보아온 것이 아니냐. 꼬마 챈들러는 부러운 눈초리로 친구를 쳐다보았다.

"파리엔 화려하지 않은 거라곤 하나도 없어" 하고 이그네이셔스 갤러허는 말을 이었다.

"그 사람들은 인생을 즐기는 것을 신조로 삼고 있거든 —— 그리고 어때, 자네 생각은. 그 사람들 생각이 옳지 않아? 적당히 인생을 즐기려면 역시 파리로 가야지. 그리고 알겠나, 그곳 사람들은 아일랜드 사람들을 대단하게 생각한단 말일세. 내가 아일랜드에서 왔다니까 나를 잡아먹을 듯이 야단들이야, 글쎄."

꼬마 챈들러는 잔을 들어 너더댓 모금 마셨다.

"그런데 말이야. 파리가 그렇게 저…… 문란하다는 게 사실인가?"

이그네이셔스 갤러허는 오른손으로 십자를 긋는 시늉을 하였다.

"어디는 그렇지 않은가?" 하고 그는 대꾸했다. "물론 파리에는 근사한 데가 있어. 학생 무도회쯤 가보지 어디 한번. 코코트〔파리의 매춘부〕들이 주책을 부릴 때엔 신이 나. 그것들이 뭔지 자네도 알 테지?"

"얘기는 들었어."

이그네이셔스 갤러허는 위스키 잔을 비우고서 고개를 흔들었다.

"아, 그야 자네도 할 말이 있겠지만 파리 여자 같은 여자는 세상에 없네 —— 맵시로 보나 정력으로 보나 말이야."

"그렇다면 문란한 도시인가 보군그래." 꼬마 챈들러는 수줍어하면서도 끈덕지게 대꾸했다. "저 —— 런던이나 더블린과 비교해서 말이야."

"런던! 런던도 엇비슷해. 이 사람아, 호건에게 물어보게. 그 친구가 왔을 때 내가 런던을 좀 안내해줬으니까. 자네 눈을 열어줄 거야 ……. 이봐, 토미, 그 위스킬 놓고만 있지 말고 들이켜."

"아냐, 정말……."

"자, 어서 마셔, 한 잔 더 한다고 해서 별로 해가 될 것도 없어. 뭘 할래나? 아까 것과 같은 걸 할 테지?"

"글쎄…… 좋아."

"프랑수아, 이거 한 잔만 더 줘……. 담밸 피우려나, 토미?"

이그네이셔스 갤러허는 담뱃갑을 꺼냈다. 두 친구는 담배에 불을 붙여 물고 술이 올 때까지 말없이 뻑뻑 빨고 있었다.

"내 의견을 자네에게 얘기해볼까" 하고 이그네이셔스 갤러허는 숨어 있던 연기의 구름 뒤에서 얼마 후에 다시 나타나면서 말을 이었다. "세상은 묘한 세상이거든. 문란하다구! 문란한 예를 많이 들었어 —— 아니 나 좀 봐라, 무슨 소릴 하구 있는 거지? —— 실제로 그런 예를 많이 목격하구서. 문란한…… 예 말이야……."

이그네이셔스 갤러허는 생각에 잠겨 담배를 빨다가 역사가다운 냉정한 말투로 그의 친구를 위하여 외국에서 이제 한창인 부패의 어떤 면을 설명하기 시작했다. 많은 수도(首都)들의 죄악상을 대강 이야기하고 베를린을 그 중 제일로 치고 싶은 듯한 눈치였다. 그가 장담할 수 없는 일들도 있었다(친구들이 그에게 한 이야기였기 때문에). 그러나 더러는 자기가 실제로 경험한 것이라고 말했다. 그는 지위나 신분을 가리지 않았다. 그는 유럽 대륙 수도원의 많은 비밀을 폭로했으며, 또 상류사회에서 유행중인 실제 행실들 몇을 설명했고, 그리고 마지막엔 어떤 영국의 공작 부인에 관한 이야기 —— 그가 사실이라고 알고 있는 이야기를 상세하게 얘기했다. 꼬마 챈들러는 깜짝 놀랐다.

"아, 글쎄 말이야. 우린 이런 얘기는 들어보지도 못한 뒤떨어진 더블린에서 살고 있단 말이야."

"자넨 여기가 참 따분할 걸세. 여러 곳을 보고 다녔으니까!"

"글쎄 말일세. 그래도 여기에 오니 휴양이 돼. 그리고 뭐니뭐니 해도 역시 고향이라고 하지 않나? 아무래도 정을 느끼지 않을 수 없지. 그게 인지상정이라는 거야 ……. 근데 자네 얘길 좀 해주게나. 호건이 그러는데 자넨 결혼 재미…… 본다면서. 2년 전이겠지?"

꼬마 챈들러는 얼굴을 붉히며 생글 미소를 지었다.

"그래, 지난 오월로 열두 달째야."

"지금 축하해도 너무 늦지 않겠지. 자네 주소를 알았다면 이렇게 늦지는 않았겠는데."

그가 내민 손을 꼬마 챈들러는 잡았다.

"자, 토미, 자네와 모든 식구들이 복 많이 받고, 돈도 더미로 벌고, 내가 자네를 죽일 때까지 오래 살게. 이게 진지한 옛 친구의 부탁이야, 알겠나?"

"그럼."

"애는?"

이 말에 또다시 꼬마 챈들러는 얼굴이 붉어졌다.

"하나 생겼어."

"아들인가 딸인가?"

"아들이야."

이그네이셔스 갤러허가 친구의 등을 탁 쳤다.

"장하네. 과연 자네로군, 토미."

꼬마 챈들러는 또다시 생글 웃고 나서 어리둥절하며 그의 잔을 내려다본 다음 어린애와 같은 세 개의 흰 앞이빨로 아랫입술을 깨물었다.

"자네 돌아가기 전에 우리 집에서 하루 저녁 놀다 가면 어때. 집 사람도 무척 반가워할 걸세. 음악도 좀 듣고……."

"대단히 고맙네만 좀더 일찍 만날 걸 그랬군그래. 내일 밤 떠나야 해."

"그럼 오늘 밤은?……"

"정말 미안하군, 동행이 있어. 그 친구도 머리가 좋은 젊은이야. 우린 조그만 카드 파티에 가기로 선약이 돼 있어, 그렇지만 않으면……."

"아, 그렇다면……."

"그렇지만 누가 또 아나?" 하고 이그네이셔스 갤러허는 신중하게 말했다. "일단 길을 텄으니 내년에 잠깐 또 올지도 모르지. 그때까지 미루어두세."

"좋아, 다음에 자네가 오면 같이 하루 저녁을 보내세. 약속했지?"

"그래, 약속했어. 내년에 오면 꼭 틀림없이 약속하네."

"그럼 그 약속을 굳히는 뜻에서 이제 꼭 한 잔만 더 하세."

이그네이셔스 갤러허는 커다란 금시계를 꺼내서 들여다보았다.

"그럼 그게 마지막이지? 약속이 있어서 그러는 거야."

"아, 그럼."

"그렇다면 좋아. 한 잔만 더 축배의 뜻으로 하세 —— 이건 조그만 위스키 한 잔에 꼭 들어맞는 말이야."

꼬마 챈들러는 술을 주문했다. 조금 전에 그의 얼굴에 떠올랐던 붉은 빛이 점점 빨개져 가고 있었다. 아무 때고 간에 사소한 일로 그의 얼굴은 곧잘 빨개졌다. 그리고 그는 이제 몸이 훅훅 달아오르며 흥분했다. 작은 석 잔의 위스키가 머리에 오르고, 갤러허가 준 그 독한 담배가 그의 마음을 흔들어놓은 것이다. 몸이 허약하고 술 담배를 하지 않는 사람이었기 때문이다. 8년 만에 갤러허를 만났다는 것, 광선과 소음에 둘러싸여 콜레스 요리집에 갤러허와 함께 있었다는 것, 갤러허의 이야기에 귀를 기울이고, 또 잠시 동안이나마 갤러허의 호탕한 생활을 같이 나눴다는 것, 이러한 신나는 경험은 그의 과민한 성질의 균형을 뒤집어엎고 말았다. 그는 자기 생활과 친구의 생활의 차이를 뼈저리게 느꼈다. 아무리 생각해봐도 불공평한 것만 같이 생각되었다. 갤러허는 가문이나 교육에 있어 자기만 못했다. 그는 자기 친구가 과거에 했던 이상으로 무언가 할 자신이 있었으며, 자기에게도 기회만 있으면 다만 값싼 저널리즘보다 좀더 고상한 어떤 일을 해낼 수 있는 자신이 있었다. 나의 길을 막고 있는 건 무엇인가? 나의 불운한 수줍음이다! 그는 어떻게 해서든지 자기의 진가를 발휘하며, 사나이의 면목을 주장하고 싶었다. 자기의 초대를 갤러허가 거절한 속셈도 알 것 같았다. 갤러허는 고국을 찾아온 것으로써 아일랜드에 선심을 쓰는 체하는 것처럼 나에게 친절을 베푸는 것으로써 나에게 선심을 쓰는 체하고 있을 뿐이다.

바맨이 술을 가져왔다. 꼬마 챈들러는 한 잔을 친구 쪽으로 밀어주고, 남은 잔을 대담하게 집어들었다.

"또 누가 알아?" 하고 둘이 잔을 쳐들었을 때 그가 말했다. "내년에 자네가 오게 될 때면 내가 이그네이셔스 갤러허 씨와 부인의 건강과 행복을 빌게 될지."

술을 마시던 이그네이셔스 갤러허는 잔 가장자리 너머로 한 눈을 찡끗 감아 보였다. 그는 술을 다 마신 다음 입맛을 쩍쩍 다시면서 술잔을 내려놓고 입을 열었다.

"그런 걱정은 없네, 이 사람. 우선 재미부터 실컷 보고, 인생과 세상 구경을 좀 한 다음에 고생 주머닐 뒤집어쓸 작정일세 —— 뒤집어쓴다면 말이야."

"언젠가 그렇게 될 테지" 하고 꼬마 챈들러는 조용히 말을 받았다.

이그네이셔스 갤러허는 오렌지색 넥타이와 푸른 회색빛 눈을 친구 쪽으로 홱 돌렸다.

"그렇게 생각하나?"

"고생 바가질 쓰게 되지, 자네도" 하고 꼬마 챈들러는 완강하게 되풀이해서 말했다. "여자가 생기는 날엔 다른 누구나와 마찬가지로."

억양을 다소 높였던 탓으로, 자기 속셈을 나타낸 것이 아니었을 까 걱정되었다. 그러나 두 뺨이 좀더 붉어졌지만 상대방이 뚫어져 라 하고 노려보는 눈길에 주춤하지는 않았다. 이그네이셔스 갤러허 가 잠시 동안 그를 노려보고 있다가 다시 입을 열었다.

"그런 일이 생기더라도 확실히 절대로 반했느니 어쩌느니 하는 일은 없을 걸세. 난 돈과 결혼할 생각이니까. 두둑하게 은행에 당좌 를 가진 여자가 아니라면 나에겐 인연이 없어."

꼬마 챈들러는 고개를 가로저었다.

"아니, 이 사람 보게." 이그네이셔스 갤러허가 열을 띠어 하는 말 투였다. "소식불통이로군! 그 말이 내 입에서 떨어지기가 무섭게 내일 당장 그런 여자와 돈이 굴러들어올 거란 말이야. 믿지 못하겠 나? 그럴 걸세. 돈이 썩어나게 많고, 얼씨구 좋다 하고 올 부자 독 일 여자, 유대 여자가 수백 명 —— 아니 —— 수천 명이나 돼……. 잠깐만 두고 보란 말일세, 이 사람아. 내 솜씨가 훌륭한지 아닌지 두고 보란 말이야. 난 일을 시작하면 정말 하는 녀석이야, 두고 봐."

그러면서 그는 잔을 선뜻 입으로 가져다 다 비우고 나서 너털웃 음을 웃었다. 그러고 나서 생각에 젖은 얼굴로 자기 앞을 짐짓 쳐다 보며 좀더 조용한 어조로 다음과 같이 말을 이었다.

"하지만 난 서두르진 않아, 기다리라지. 한 여자에게 얽매이기는 싫단 말이야."

그는 입맛을 보는 시늉을 하더니 상을 찌푸렸다.

"좀 싱거운 것 같아."

꼬마 챈들러는 현관에서 좀 떨어진 방에 앉아서 어린애를 안고 있다. 돈을 절약하려고 그들은 하녀를 두지 않았으며, 대신 애니의 동생 모니카가 아침에 약 한 시간, 저녁에 약 한 시간 와서 도와주었다. 하지만 모니카가 집에 돌아간 지도 오래다. 9시 15분 전이었다. 꼬마 챈들러는 다과 시간도 지나서 집에 돌아왔으며, 더욱이 뷰울리의 가게에 들러 아내가 부탁한 커피를 사오는 것도 잊어버렸다. 물론 아내는 기분이 좋을 리 만무했으며, 그에게 고분고분 대답도 하지 않았다. 아내는 차 없이 지내겠다고 했으나 모퉁이에 있는 가게가 문 닫을 시간이 가까워지자 자신이 나가서 차 4분의 1파운드와 설탕 2파운드를 사오기로 했다. 아내는 자고 있는 어린애를 솜씨 있게 그의 팔에 안겨주면서 말했다.

"자요, 깨우지 마세요."

흰 사기 갓을 씌운 조그만 램프 하나가 테이블 위에 놓여 있고, 그 광선이 뒤틀린 뿔로 만든 틀에 넣은 사진을 비추고 있었다. 아내의 사진이었다. 꼬마 챈들러는 그것을 보며 굳게 다문 얇은 입술을 자세히 들여다보았다. 사진 안의 아내는 어느 토요일에 선물로 사다 준 연한 푸른색 여름 블라우스를 입고 있었다. 그것을 10실링 11펜스나 주고 샀는데, 그러나 그것을 사느라고 신경을 쓴 것은 이루 말할 수 없을 정도였다. 그날 그가 괴로웠던 것은 이만저만이 아니었다. 가게 안에 사람이 텅 빌 때까지 가게 문 앞에서 기다렸고, 카운터 앞에 서서 여점원이 부인용 블라우스를 자기 앞에 이것저것 쌓아놓는 동안 아무렇지도 않은 듯이 보이려고 애를 썼으며, 또 계산원에게 가서 대금을 치르고서 거스름돈을 받는 것을 잊어버려서 계산원한테 불려들어와 가게를 다시 나올 때 빨개진 얼굴을 감추느라고 포장이 잘 되어 있나 보는 시늉을 했던 것이다. 그 블라우스를 가지고 집으로 오니까 애니는 자기에게 키스를 하며 아주 예쁘고 맵시가 있다고 반색을 했다. 그러나 그 값을 듣더니 블라우스를 테이블 위에다 내동댕이를 치며 10실링 11펜스나 달라다니 사기를 당한 거나 다름없다고 하며 펄쩍 뛰었다. 처음에는 도로 갖다 주겠다고 했으나 한번 입어보더니 퍽 마음에 들어, 특히 소매의 맵시가 그만이라고 기뻐하고 그에게 키스를 하며 자기를 이렇게까지 생각해 주다니 정말 친절한 남편이라고 했다.

흥…….

그는 사진 속의 눈을 싸늘한 눈초리로 들여다보았다. 사진의 눈도 싸늘하게 응대했다. 아름다운 눈임에는 틀림없었다. 얼굴도 아름다웠다. 그러나 어딘지 모자라는 데가 있어 보인다. 왜 저렇게 철이 없고 귀부인인 체하고 있나? 차분히 가라앉은 눈이 화가 났다. 불쾌하다, 나에게 도전하고 있다. 아무런 정열도, 도취도 보이지 않는다. 돈 많은 유대 여자에 관한 갤러허의 이야기가 생각났다. 유대 여자의 그 검은 동양적인 눈은 얼마나 정열과 육감적인 정욕에 가득 차 있을까……. 왜 나는 사진의 이 눈과 결혼했을까?

이런 물음에 정신을 차리고서 그는 안절부절 못하며 방 안을 흘깃 둘러보았다. 그가 집을 장식하느라고 월부로 사들인 아름다운 가구에도 천한 데가 있어 보였다. 아내가 손수 고른 것이어서 그것을 보면 아내가 연상된다. 가구도 아내처럼 알뜰하고 예뻤다. 자기 생활에 대한 무어라고 할 수 없는 분노가 마음속에 움텄다. 이 조그만 집에서 도망칠 수 없을까? 갤러허처럼 활달하게 살아보기에는 너무 늦었나? 런던으로 갈 수 있을까? 치러야 할 가구 대금이 아직도 남아 있다. 책을 하나 써서 출판만 할 수 있다면 길이 열릴지도 모른다.

바이런의 시집 한 권이 그의 앞 테이블에 놓여 있었다. 조심조심
아이가 깨지 않게 시집을 왼손으로 펴고서 맨 처음 시를 읽기 시작
했다.

바람은 자고 소리도 없는 어둑한 황혼,
실바람 한 오리 헤치지 않는 숲속,
마가렛의 무덤으로 내 돌아와
내 사랑하는 이의 흙 위에
꽃을 뿌리노라.

그는 잠시 멈추었다. 시의 리듬이 방 안의 자기를 에워싸는 것을
느꼈다. 아 어쩌면 이다지도 서글플까? 나도 이렇게 쓸 수 있으며,
시로 내 마음의 서글픔을 나타낼 수 있을까? 쓰고 싶은 것이 하나
둘이 아니었다. 예를 들자면 몇 시간 전에 그래튼 교에서 느꼈던 감
개도 그 하나다. 그 기분으로 돌아갈 수만 있다면…….

아기가 잠에서 깨어 울기 시작했다. 그는 책에서 돌아와 아기를
달래려고 하였다. 그러나 아기는 좀처럼 울음을 그치지 않았다. 팔
에다 안고 이러저리 흔들었지만 울음소리는 점점 커지기만 했다.
그는 더욱 빨리 흔들면서 눈으로 시의 2연을 읽기 시작했다.

이 좁은 무덤 속에 그대의 몸은 잠들고,
한때는 그 몸에도……

소용이 없었다. 읽을 수가 없다. 아무 일도 할 수 없다. 아기의 울음소리가 그의 귓전을 꿰뚫었다. 소용없다, 소용없어! 나는 종신(終身)을 갇힌 몸이다. 노여움으로 두 팔이 부르르 떨리며, 갑자기 아기의 얼굴 쪽으로 몸을 숙이고서 버럭 소리를 질렀다.

"그쳐!"

아기는 잠시 그쳤다가, 놀라 자지러지면서 비명을 지르기 시작했다. 그는 의자에서 벌떡 뛰어 일어나 두 팔로 아기를 안고서 허겁지겁 방 안을 왔다갔다했다. 아기는 애처롭게 흐느껴 울기 시작하더니, 한 4, 5초 동안 숨이 막혔다가 다시 울음이 터져나왔다. 방 안의 얇다란 벽이 그 소리로 쟁쟁 울렸다. 달래려고 애를 썼으나 아기는 더욱 기를 쓰고 울었다. 그는 아기의 뒤틀리고 바르르 떠는 얼굴을 보고서 버럭 겁이 났다. 그칠 줄 모르고 연달아 나오는 흐느낌을 일곱까지 세어보고 나서 그는 버럭 겁이 나서 아기를 가슴에다 껴안았다. 아기가 죽으면!……

문이 활짝 열리더니 아내가 헐떡거리며 방 안으로 뛰어 들어왔다.

"왜 그래요? 왜 그래요?" 하고 아내는 외쳤다.

엄마 목소리를 들은 아기는 다시 자지러지게 울었다.

"아무것도 아냐, 여보……. 아무것도 아니래두……. 울기 시작하더니……."

그녀는 손에 든 짐을 마루에 내던지고 남편으로부터 아이를 뿌리쳐 빼앗았다.

"당신 아기에게 뭘 하셨죠?" 하고 그의 얼굴을 노려보며 외쳤다.

꼬마 챈들러는 잠시 아내의 눈초리를 받으며, 그 속에 증오의 빛이 어리어 있는 것을 보고 가슴이 움찔했다. 그는 말을 더듬기 시작했다.

"아무것도 아냐…… 그…… 그애가…… 울기 시작하더니…… 어떻게……. 아무 일도 안 했어…… 응?"

아내는 그를 거들떠보지도 않고 두 팔 안에다 아기를 꼭 껴안고서 방 안을 왔다갔다하면서 중얼거렸다.

"아가야! 우리 아가야! 응, 놀랐어? ……자, 아가야! 자, 아가야! ……귀여운 아가야! 엄마의 귀여운 예쁜 아가야! ……자!"

꼬마 챈들러는 부끄러워서 두 뺨이 빨개지는 것을 느끼고 램프 불빛을 비켜 섰다. 그는 자지러지게 흐느껴우는 아기의 울음소리가 점점 가라앉는 것을 가만히 듣고만 있었다. 그리고 뉘우침의 눈물이 그의 두 눈에 괴어들었다.

분풀이

　성난 듯이 벨 소리가 요란하게 찌링 하고 울리자 파커 양이 전화기 쪽으로 갔다. 날카로운 북부 아일랜드 말씨의 성난 음성이 울려나왔다.

　"패링튼을 이리 보내!"

　파커 양은 타자기 있는 데로 돌아와서, 책상에서 무엇을 쓰고 있는 한 사나이에게 말했다.

　"앨린 씨께서 올라오시랍니다."

　그 사나이는 "망할 자식!" 하고 들리지 않게 나직이 투덜거리며 의자를 뒤로 밀치고 일어섰다. 섰을 때 보니 키도 크고 몸집도 큰 사나이였다. 포도주색이 도는 검은, 앞으로 숙인 얼굴에다 수려한 눈썹과 콧수염, 두 눈은 약간 앞으로 불룩 튀어나와 있었고, 눈의 흰자위는 흐렸다. 그는 카운터를 들치고, 손님들 옆을 지나 무거운 걸음으로 사무실을 나왔다.

　무거운 걸음으로 계단을 올라, 그는 문에 '미스터 앨린'이라고 동판에다 글씨를 새겨넣은 문패가 붙은 이층 층계참까지 왔다. 그는 여기서 걸음을 멈추고, 숨이 차고 분해서 헐떡거리다가 노크했다. 안에서 날카로운 소리가 나왔다.

"들어오시오!"

사나이는 앨린 씨 방으로 들어갔다. 그와 동시에 면도질을 깨끗이 한, 금테 안경을 쓴 몸집이 작은 앨린 씨가 서류 더미 위로 머리를 번쩍 쳐들었다. 머리 그 자체는 어찌나 시뻘겋고 머리칼이 없던지 마치 종이 위에 놓인 커다란 달걀 같았다.

"패링튼? 이게 어떻게 된 일이오? 왜 내가 항상 잔소릴 해야 되겠소? 보들리와 커원과의 그 계약선 왜 정서하지 않았소? 4시까진 준비되어야 한다고 단단히 일러두었는데."

"그런데, 저, 셸리 과장께서 말씀하시기를 ──"

"셸리 과장께서 말씀하시기를이라고……. 내 말이나 잘 듣고, 셸리 과장이 말씀하시기를, 따위에는 귀도 기울이지 말아요. 게으름을 피우고도 밤낮 이 핑계 저 핑계야. 오늘 저녁까지 계약서의 정서가 다 되지 않으면 크로즈비 씨한테 알리겠으니…… 지금 내 말 듣고 있소?"

"예."

"지금 내 말 듣고 있소? ……이봐, 그리고 또 한 가지! 자네에게 말하기보다 차라리 벽에다 대고 말하는 게 좋겠군. 이번만큼은 꼭 명심해서 점심 먹는 데 한 시간 반이 아니라 반 시간만 걸리도록 해요. 도대체 몇 가지나 먹은 거요? 알고 싶구려……. 이젠 내 말 알아들었소?"

"예."

앨린 씨는 또다시 서류 더미 위로 머리를 숙였다. 패링튼은 크로즈비 앨린 회사를 운영하는 그 번득이는 머리통을 노려보고, 그것이 얼마나 단단할까 헤아려보았다. 분노의 발작으로 얼마 동안 목구멍이 조여들었다가 풀린 다음에 그는 심한 갈증을 느꼈다. 그는 이 갈증에 못 이겨 오늘 저녁은 술이나 실컷 마셔야겠다고 생각했다. 달도 반이나 지났으니 정서하라는 일을 시간 내에 마치기만 하면 앨린 씨도 선불쯤 해주라고 출납계원에게 말할지도 모른다고 생각했다. 서류 더미 위에 보이는 머리를 뚫어져라 노려보며 가만히 그는 서 있었다. 별안간 앨린 씨는 무엇을 찾는지 서류 전부를 뒤적거리기 시작했다. 그러다가 그때까지 사나이가 있는 것을 몰랐다는 듯이 다시 고개를 번쩍 쳐들어 말했다.

"아니, 자넨 거기 하루 종일 서 있을 셈인가? 이것 참, 패링튼, 자넨 너무 태평이야!"

"사실은……."

"사실이고 뭐고 좋으니 내려가서 일이나 해요."

사나이는 무거운 걸음으로 문 쪽으로 걸어갔다. 그러고는 그가 방을 나올 때 앨린 씨가 뒤에서 저녁까지 계약서를 정서하지 못하면 크로즈비 씨에게 알려주겠다고 외치는 소리가 들렸다.

그는 아래 사무실 자기 책상으로 돌아와서 아직도 정서할 것이 몇 장이나 남아 있나 세어보았다. 펜을 집어들어 잉크를 찍기는 찍었으나, '결코 본건(本件)의 버나드 보들리는……'이라고 아까 써놓은 마지막 말을 얼빠지게 계속 들여다보고 있었다. 저녁이 다가오고 있으니, 곧 불이 들어올 테고, 그러면 그때 정서하자, 우선 갈증부터 풀어야겠다고 생각했다. 그는 책상에서 일어서서 아까처럼 카운터를 들치고서 사무실 밖으로 나왔다. 밖으로 나오는데 과장이 어딜 가나 의아해하는 눈으로 그를 쳐다보았다.

"별일 아닙니다, 미스터 셸리" 하고 그는 손가락으로 가려는 곳을 가리켰다.

과장은 모자걸이를 흘깃 보았으나 모자가 그대로 있는 것을 보고서 더는 아무 말도 하지 않았다. 층계참에 나오기가 무섭게 사나이는 주머니에서 검정과 흰 바둑 무늬 나사천으로 된 모자를 꺼내서 머리에 쓰고 흔들흔들하는 계단을 급히 달려 내려갔다. 정문으로부터 살금살금 추녀 끝을 따라 길모퉁이 쪽으로 걸어간 다음 갑자기 어느 문간으로 뛰어들었다. 이제는 오닐 선술집의 컴컴한 구석에 안전히 몸을 피해, 바가 들여다보이는 작은 유리창에다 컴컴한 포도주빛과도 같고 컴컴한 쇠고기빛과도 같은 성난 얼굴을 갖다 대고서, 버럭 소리를 질렀다.

"이봐, 패트, 미안하지만 흑맥주 한 잔만 주게."

급사는 여느 흑맥주 한 잔을 갖다 주었다. 사나이는 단숨에 꿀꺽 마시고는 캐러웨이 씨를 하나 달래서 씹었다. 계산대 위에 술값을 놓고, 급사가 어둠 속에서 더듬어서 찾게 하고 아까 들어올 때와 마찬가지로 살금살금 그곳을 나왔다.

짙은 안개가 낀 어둠의 장막이 2월의 초저녁에 내리고 있어, 유스티스 가에는 그 사이에 벌써 가로등들이 켜져 있었다. 사나이는 사무실 문에 당도할 때까지 시간 내에 정서를 끝마칠 수 있을까 생각하며 집들 옆을 걸어 올라갔다. 계단을 올라가는데 강한 향수 냄새가 코를 찔렀다. 오닐 선술집에 가 있는 동안에 델러코 여사가 왔음이 분명했다. 모자를 다시 호주머니에 틀어넣고는 아무렇지도 않은 태도를 하고서 사무실로 들어갔다.

"사장께서 찾으셨소." 과장이 엄하게 말했다. "어디 갔다오셨소?"

사나이는 카운터 앞에 서 있는 두 손님을 흘깃 바라보고는 그들이 있어서 대답하기가 난처하다는 체를 했다. 손님은 둘 다 남자였기 때문에 과장은 혼자 쓴웃음을 웃으며 말했다.

"그 수를 누가 모를 줄 알고. 하루에 다섯 번이라면 그리 많은 수는 아니겠지……. 하지만 정신을 차리고서 델러코 관계의 편지를 찾아서 사장에게 갖다 드리시오."

사람들 앞에서 이런 말을 들었고, 이층으로 뛰어 올라왔고, 허겁지겁 맥주를 들이켰고 해서 마음이 어찌나 뒤숭숭했던지 하려는 일을 하려고 책상에 앉았을 때 5시 반 전에 그 계약서의 정서를 끝마친다는 것은 도저히 불가능하다는 것을 깨달았다. 컴컴하고 축축한 밤이 다가오고 있어 이런 밤은 불빛이 휘황찬란하게, 술잔들이 요란하게 울리는 가운데 친구들과 함께 술을 마시며 바에서 보내고 싶은 생각이 간절했다. 델러코 관계 편지를 찾아들고 사무실 밖으로 나갔다. 사장이 마지막 두 장의 편지가 행방불명이 된 것을 몰랐으면 싶었다.

사장실로 갈 때까지 내내 그 지독한 향수 냄새가 그의 코를 찔렀다. 델러코 여사는 유대 계통으로 보이는 중년 부인이었다. 앨린 씨가 이 여자와 그녀의 돈에 알랑거리고 있다는 소문이 있었다. 그녀는 사무소에 자주 왔으며, 오면 오랫동안 가지 않았다. 그녀는 이제 향수의 향기 속에 파묻혀서 파라솔의 손잡이를 쓰다듬고 모자에 꽂은 커다란 검은 깃털을 끄덕거리면서 그의 책상 옆에 앉아 있었다. 앨린 씨는 의자를 빙 돌려 그녀와 마주 앉아 있었고, 왼쪽 무릎에다 산뜻하게 오른쪽 발을 걸쳐 얹고 있었다. 사나이는 책상 위에다 편지를 놓고 공손히 머리를 숙였으나, 앨린 씨도 델러코 여사도 보는 체도 하지 않았다. 앨린 씨는 손가락 하나로 편지를 톡톡 두드리더니, "좋소, 가시오"라고 하는 듯이 그의 쪽으로 그것을 저었다.

사나이는 아래층 사무실로 돌아와 자기 책상에 또다시 앉았다. 그는 아직 미완성의 '결코 본건의 버나드 보들리는……'이라는 글귀를 열심히 들여다보았다. 그러고는 마지막 세 낱말이 똑같은 ㅂ 자로 시작된 것은 참 이상한 일이라고 생각했다. 과장은 파커 양을 재촉하며, 그러다가는 우송 시간에 알맞게 편지를 다 찍지 못하겠다고 핀잔 비슷한 말을 했다. 사나이는 얼마 동안 타자기가 딸깍거리는 소리에 귀를 기울이다가 자기도 일을 끝마치려고 착수하기 시작했다. 그러나 머리가 맑지 못했으며, 마음은 자꾸만 선술집의 휘황한 불빛과 술잔 부딪치는 소리 쪽으로 날아갔다. 독한 펀치 술을 마시기에 알맞은 밤이었다. 정서와 씨름을 했으나 시계가 5시를 쳤을 때는 아직도 쓸 것이 십오 페이지나 남아 있었다. 제기랄! 시간 안에 마치려면 어림도 없다. 큰소리로 욕을 퍼붓고, 주먹으로 아무거나 닥치는 대로 마구 때려부수고 싶었다. 너무도 화가 난 나머지 버나드 보들리라고 써야 할 것을 버나드 버나드라고 잘못 써서 새 종이에다 다시 고쳐 써야만 했다.

그는 혼자서 사무소 전체를 깨끗이 청소할 만한 힘이 용솟음치는 것을 느꼈다. 몸은 무엇이 하고 싶어, 밖으로 뛰쳐나가고 싶어, 맹위를 떨치고 싶어 근질근질했다. 보잘것없는 모든 자기 처지를 생각하니 버럭 화가 났다. 출납계원에게 가불을 좀 해달라고 몰래 부탁해볼까? 안 된다. 출납계원은 사람이 나쁘다. 정말 나쁘다. 가불을 안 해줄 것이다……. 그는 어디로 가면 레나드와 오핼로런과 노지 플린 같은 친구들을 만나게 될지를 알고 있었다. 마음의 정서를 가리키는 바로미터는 한바탕 놀아주자 하는 쪽을 가리키고 있었다.

이런 생각에 파묻혀 있었기 때문에 그는 자신의 이름이 두 번이나 불린 뒤에야 비로소 대답했다. 앨린 씨와 델러코 여사가 카운터 밖에 서 있었고, 모든 사무원들이 무슨 일이 일어날 것을 예측하고 아까부터 이쪽으로 고개를 돌리고 있었다. 사나이는 책상에서 일어섰다. 앨린 씨는 욕설을 퍼부으며, 편지 두 장이 없어졌다고 말했다. 사나이는 자기는 전혀 모르는 일이라고 딱 잡아떼고는 성실히 정서했노라고 대답했다. 욕설은 계속되었다. 어찌나 심한 욕이었던지 사나이는 자기 앞의 마네킹 머리를 주먹으로 내리치고 싶은 것을 겨우 참았다.

"다른 두 장의 편지에 관해선 전혀 모릅니다" 하고 그는 얼빠지게 대답했다.

"전혀 —— 모릅니다 —— 라고. 물론 모르시겠지"한 다음 앨린 씨는 옆에 선 부인의 동의를 얻으려는 듯 우선 그쪽부터 흘깃 보고 나서 덧붙였다. "날 바보로 아는 거야? 아주 천치바보로 아는 거야?"

사나이는 부인의 얼굴과 조그만 달걀처럼 생긴 머리를 번갈아 보고, 자기도 모르는 사이에 불쑥 말했다.

"저에게 물을 적절한 말씀이 아닙니다."

사무원들은 숨소리마저 멈췄다. 누구나 다(이 말의 장본인도 거기 있는 다른 사람 못지않게) 깜짝 놀랐으며 토실토실하고 상냥한 사람인 델러코 여사는 싱글벙글 웃기 시작했다. 앨린 씨는 분해서 얼굴이 홍당무가 되고, 입이 뒤틀렸다. 그는 사나이 얼굴에다 주먹을 갖다 대고 삿대질을 했는데, 그 꼴은 마치 어떤 전기 기계의 전

114

구처럼 빙빙 도는 것만 같았다.

"이 뻔뻔스러운 놈아! 이 뻔뻔스러운 놈아! 내 네놈을 그냥 놔둘 줄 알고! 어디 두고 봐! 네 그 뻔뻔스러운 짓에 대해 나에게 사과하거나 그렇지 않으면 당장 회살 그만둬라! 여길 그만두라는 거야, 그렇지 않으면 사괄 하거나 나에게!"

그는 사무소 건너편 문간에 서서 출납계원이 혼자 나오나를 지켜보고 있었다. 다른 사무원들이 다 나온 다음 맨 나중에 출납계원이 과장과 함께 나왔다. 과장과 함께 있으니 그에게 말을 걸어본댔자 소용없는 일이다. 입장이 난처하다는 생각이 들었다. 부득이 사장에게 자기의 무례를 사과하지 않을 수 없었으나, 사무소가 이제부터 그에게는 벌집을 쑤셔놓은 것처럼 바늘방석이 되리라는 것을 잘 알고 있었다. 사장이 꼬마 피크를 회사에서 내쫓고는 그 자리에 자기 조카를 앉혔던 생각이 머리에 생생하다. 치가 떨리고, 목이 마르고, 복수하고 싶은 생각이 간절했으나, 자기 자신과 모든 다른 사람에 대해 성을 냈다. 사장은 나를 앞으로 연방 들볶을 테지. 앞으로의 내 생활은 생지옥이 될 테지. 이번에는 정말 바보짓을 했다. 왜 나는 입을 꼭 봉하고 있지 못했을까? 그러나 생각하면 그는 사장과 애당초 사이가 좋지 못했다. 히긴즈와 파커 양을 웃기기 위하여 그가 사장의 북부 아일랜드 말씨를 흉내내는 것을 사장이 엿듣던 그날부터의 일이었다. 그것이 시초였다. 히긴즈에게 돈을 좀 돌려달라고 말해보고 싶었으나 이 히긴즈라는 위인은 아직껏 무엇이고 간에 자기 소유의 것을 가져본 적이 없었다. 물론 두 살림을 꾸려나가고 있는 사람인 그에게 무슨……

선술집의 아늑한 분위기를 생각하자 그의 거구는 다시 쑤시기 시작했다. 안개가 몸에 스며들기 시작했다. 그리고 오늘 주점의 패트에게 가서 부탁해볼까 생각했으나 1실링 이상 나올 것 같지도 않았다 —— 그리고 그까짓 1실링은 아무 소용도 없다. 그러나 어디 가서 돈을 구해야 하겠는데, 마지막 한 푼마저 흑맥주를 사서 마시느라고 써버렸으니. 그리고 조금만 있으면 아무 데서도 돈을 구하기엔 너무도 때가 늦을 텐데. 시곗줄을 만지작거리다가 갑자기 플리트 가에 있는 테리 켈리의 전당포 생각이 머리에 떠올랐다. 아, 됐다! 어째서 이 생각이 좀더 일찍 머리에 떠오르지 않았을까?

그는 템플 주점의 좁다란 뒷골목을 빠른 걸음으로 빠져나가며, 나도 오늘밤 한바탕 신나게 놀아볼 테니 네까짓놈들 모두 꺼져버리라고 혼자 중얼거렸다. 테리 켈리의 점원은 1크라운(5실링짜리 은전 한 닢)이라고 했으나, 맡기는 사람이 6실링을 달라고 졸라서 결국 6실링이 글자 그대로 그에게 허용되었다. 그는 기쁜 마음으로 엄지손가락과 나머지 네 손가락 사이에다 동전 여섯 닢을 길다랗게 포개 쥔 채 전당포를 나왔다. 웨스트모어랜드 가의 보도는 보도마다 일터에서 돌아오는 젊은 남녀들로 들끓었고, 누더기옷을 걸친 아이들이 석간 신문의 이름을 외치며 이리 뛰고 저리 뛰고 있었다. 사나이는 사방에 벌어진 광경을 자랑스러운 만족감으로 바라보고, 여사무원들을 능란한 눈초리로 노려보며 사람들 틈을 헤치고 지나갔다. 머릿속엔 전차의 종소리와 스쳐가는 트롤리 소리가 가득 차고, 코로는 벌써 소용돌이치는 술 냄새를 킁킁 맡고 있었다. 걸어가며 친구들에게 오늘 이야기를 어떻게 얘기하면 좋을까 그 말을 미리 생각해보았다.

"그래서 나는 그 자식을 똑바로 쳐다보았어 —— 냉랭한 눈초리로 말이야. 그 다음엔 계집년도 쳐다보았어. 그러고 나서 다시 녀석을 쳐다보았지 뭐야 —— 천천히 말이야. 그러고 '그것은 저에게 물을 말씀이 아닙니다'라고 해줬어."

노지 플린은 벌써 와서 데이비 번 술집의 그가 늘 앉는 자리에 앉아 있었다. 그가 그 얘길 들었을 때 그건 그가 듣던 중 가장 멋진 이야기라고 하면서 패링튼에게 반 잔짜리 한 잔을 샀다. 다음엔 패링튼이 한 잔 사서 갚았다. 잠시 후에 오헬로런과 패디 레너드가 들어오자 이 이야기는 그들에게 다시 되풀이되었다. 오헬로런은 모두에게 독한 맥아주를 한 잔씩 내고는 자기가 포운즈 가에 있는 캘런 회사에 있을 때 과장에게 한 말대답 이야기를 했다. 그러나 자기가 한 말대답은 전원시에 나오는 방자한 목동을 흉내낸 것에 지나지 않는다고 하고는 패링튼의 말대답에 비하면 어림도 없다고 자인하지 않을 수가 없었다. 이 말을 듣고 패링튼은 신이 나서 어서 이 술을 마셔버리고서 또 한 잔씩 새로 마시자고 친구들에게 말했다.

이렇게 모두가 마실 술 이름을 대고들 있는데 그때 마침 들어온 것이 다른 사람 아닌 히긴즈였다! 물론 그도 한 패에 끼여야만 했고, 다들 그가 목격한 바를 대라고 묻자, 아주 신이 나서 하라는 대로 했다. 독한 조그만 위스키 잔 다섯이 있는 것을 보니 신이 나지 않을 수가 없었던 것이다. 앨린 씨가 패링튼의 코 앞에서 주먹을 휘두르던 시늉을 해보였을 때에는 모두가 방 안이 떠나가라 웃어댔다. 그러고 나서 패링튼의 흉내를 한바탕 낸 다음 "대개 본인의 얘긴 이렇습니다" 하고 끝을 맺었다. 그동안 패링튼은 무겁고 흐리터분한 눈으로 좌중을 바라보고 미소를 지으면서 가끔 아랫입술로 콧수염에 달린 술방울을 핥았다.

그 순배가 끝나자 잠시 잠잠해졌다. 오헬로런에게 돈이 있었으나 다른 두 사람에겐 돈이 있는 것 같지 않았으므로 일행은 다소 아쉬워하며 술집을 나왔다. 듀크 가 모퉁이에서 히긴즈와 노지 플린은 왼쪽으로 떨어져 나가고, 남은 셋은 시내 쪽으로 되돌아갔다. 비가 부슬부슬 찬 거리에 내리고 있었다. 그리고 세 사람이 밸러스트 사무소가 있는 데까지 왔을 때 패링튼이 스카치 바로 가자고 제의했다. 그 바는 만원이어서 사람 떠드는 소리, 잔 부딪치는 소리로 소란했다. 세 사람은 문간에서 성냥 좀 팔아달라고 애원하는 성냥팔이 애들을 밀어제치고 안으로 들어가 카운터 한 구석으로 가서 조그맣게 자리를 잡았다. 그들은 이야기를 나누기 시작했다. 레나드는 웨더즈라는 이름의 젊은이에게 그들을 소개했다. 이 젊은이는 티볼리 극장에서 곡예사 겸 엉터리 악사로 출연하는 사람이었다. 패링튼이 모두에게 한 잔씩 샀다. 웨더즈는 자기는 아폴로내리스 탄산수를 탄 아일랜드 위스키를 한 잔 마시겠다고 했다. 패링튼은 주머니 속 생각을 하고서 친구들에게 자네들도 모두들 아폴로내리스 탄산수를 마시겠냐고 물었다. 그러나 그들은 자기들 것은 술을 섞어 독하게 해달라고 팀에게 부탁했다. 이야기는 무르익어갔다. 오헬로런이 한 순배 내고, 다음 패링튼이 또 한 순배 냈다. 그러자 웨더즈는 대접만 받아서 안 되겠다고 하고는 다들 무대 뒤로 데리고 가서 좋은 색시들을 소개해주마고 약속했다. 오헬로런은 자기와 레나드는 가겠지만 패링튼은 결혼한 사람인지라 가지 않을 거라고 말했다. 그러나 패링튼은 무겁고 흐리터분한 눈으로 자기가 조롱을 당하고 있다는 것쯤은 알고 있다는 표시로 좌중을 곁눈으로 흘겨보았다. 웨더즈는 사는 시늉만 내듯 조금 사고는 나중에 풀백 가에 있는 멀리건 술집에서 만나자고 약속했다.

스카치 바가 문을 닫자 다들 멀리건 술집으로 몰려갔다. 뒷방으로 들어가서 오헬로런이 조그만 잔으로 독한 특주를 한 잔씩 샀다. 모두 흥건히 취기가 돌기 시작했다. 패링튼이 마침 새로 한 잔을 내려고 할 때 웨더즈가 돌아왔다. 패링튼이 적이나 마음이 놓이게 이번에는 그는 독한 맥주를 마셨다. 군자금이 바닥이 나기 시작했지만 자리를 지킬 만큼은 가지고 있었다. 잠시 후 커다란 모자를 쓴 젊은 여자 둘과 줄무늬 양복을 입은 젊은 청년 하나가 들어와서 바로 옆의 테이블에 앉았다. 웨더즈는 그들에게 인사를 하고 티볼리 극장 사람들이라고 일행에게 말했다. 패링튼의 눈은 연방 두 젊은 여자 중 하나 쪽으로 쏠렸다. 그녀의 외모에는 특히 눈을 끄는 무엇이 있었다. 모자 둘레에 유난히도 큰 공작새 빛깔의 푸른 명주 스카프를 둘러 턱 아래서 커다란 매듭으로 매고, 팔꿈치까지 올라오는 밝은 노랑색 장갑을 끼고 있었다. 패링튼은 여자가 유난히 자주 아주 우아하게 움직이는 통통한 팔을 우러러보았다. 그리고 잠시 후에 그녀가 자기의 시선을 받아주는 것을 본 후부터는 그녀의 커다란 검은 갈색 눈을 더욱 우러러보았다. 그 눈의 비스듬히 보는 모양이 그를 매혹시켰다. 그녀는 한두 번 그를 흘깃 쳐다보았다. 그리고 그 일행이 방을 나갈 때 그의 의자에 부딪치며, "아, 미안해요!" 하고 런던 말씨로 말했다. 그는 그 여자가 자기를 다시 한번 쳐다보았으면 하는 생각으로 그녀가 방을 나가는 것을 지켜보았으나 실망했다. 돈이 떨어진 것을 저주하고, 여러 차례 술을 사준 것을 저주하고, 특히 웨더즈에게 위스키니 아폴로내리스니를 사준 것을 저주했다. 그가 미워하는 놈이 하나 있다면 그것은 남의 것을 그냥 얻어먹는 놈이었다. 그는 어찌나 화가 났는지 친구들이 하는 얘기도 제대로 듣지 못했다.

패디 레나드가 그를 불렀을 때 알고 보니 그들은 이제 한참 힘자랑에 관한 이야기를 하고 있는 중이었다. 웨더즈는 팔뚝 근육을 모든 사람에게 보이면서 어찌나 뽐내고 있었던지 다른 두 사람은 조국의 명예를 짊어져달라고 패링튼을 부른 것이었다. 그래서 패링튼은 소매를 걷어올리고는 모든 사람에게 그의 팔뚝 근육을 보였다. 두 팔이 조사 비교되고, 드디어 팔씨름을 하기로 합의되었다. 테이블 위에 있는 물건을 치우고서 두 사람은 그 위에다 팔꿈치를 세우고는 서로 손을 꼭 잡았다. 패디 레나드가 "시작!" 하는 신호에 따라 서로 상대방의 손을 테이블 위에 쓰러뜨리는 내기였다. 패링튼의 표정은 아주 진지하고 단호했다.

내기는 시작되었다. 한 30초 후에 웨더즈는 상대방의 손을 천천히 테이블 위에 쓰러뜨렸다. 패링튼의 시꺼먼 포도주 빛깔의 얼굴은 이런 애송이한테 진 까닭으로 분하고 창피스러워 한층 더 얼굴색이 검게 질렸다.

"몸으로 밀어서는 안 돼요, 공명정대하게 하시오."

"누가 공명정대하지 않습니까?"

"다시 한번 하세, 삼판 양승."

내기는 다시 시작되었다. 핏줄이 패링튼의 이마에 솟아오르고, 웨더즈의 푸른 얼굴빛은 자주색이 되고 말았다. 두 사람의 손과 팔은 힘에 벅차 떨렸다. 한동안 싸움 끝에 웨더즈는 또다시 상대방의 손을 천천히 테이블 위에 눕혔다. 구경하던 사람들로부터 경탄의

갈채 소리가 새어 나왔다. 테이블 옆에 서 있던 급사도 승리자를 향해 벌건 민대머리를 끄덕이며, 멋도 모르고 건방지게 한마디 했다.

"아, 그게 바로 기술이라는 거죠!"

"아니, 도대체 네가 뭘 안다구?" 패링튼이 그쪽으로 돌아서며 사납게 쏘아붙였다. "웬 말참견이야?"

"쉿 쉿!" 하고 패링튼 얼굴의 성난 표정을 보고 오핼로런이 끼어들었다. "자, 술값을 내게, 이 사람들. 입가심으로 한 잔씩만 더 하고 가세."

아주 무뚝뚝한 얼굴을 한 사나이가 오코널 다리 구석에 서서 자기를 집으로 데려다줄 샌디 마운트로 가는 작은 전차가 오기를 기다리고 있었다. 그는 부글부글 끓는 분함과 복수심에 가득 차 있었다. 치욕과 불만투성이로 술에 취한 것 같지도 않았다. 돈이라곤 주머니에 있는 동전 두 푼뿐이었다. 그는 모든 것을 저주했다. 회사에선 스스로 일을 그르쳐버렸고, 시계는 잡혔고, 돈은 죄다 새버렸다. 그러면서 술에 취하지도 못했다. 다시 목구멍이 컬컬하며, 후끈하고 들썩거리는 선술집으로 다시 돌아갔으면 하는 생각이 간절했다. 애송이한테 두 번씩이나 졌으니 장사라는 평판도 이제는 잃었다. 가슴은 분노로 터질 것만 같고, 더욱이 커다란 모자를 쓴 여자가 자기한테 부딪치며 "미안합니다!"라고 하던 것을 생각하니 울화가 치밀어 거의 숨이 막힐 지경이었다.

그는 전차를 셸본 로에서 내려 커다란 몸을 휘저으며 판잣집 벽의 어둠 속을 따라 걸어갔다. 집으로 돌아가기가 죽기보다 싫었다. 뒷문으로 해서 집 안으로 들어가니 부엌은 텅 비어 있고, 부엌 불도 거의 꺼져 있었다. 이층에다 대고 버럭 소리를 질렀다.

"에이더! 에이더!"

그의 아내는 키가 작고 얼굴이 날카롭게 생긴 여자로, 남편이 취하지 않았을 때는 남편을 몰아대었고, 남편이 취했을 때는 그에게 시달림을 당하곤 했다. 애가 다섯 있었다. 작은 사내애가 계단을 뛰어 내려왔다.

"거 누구냐?" 사나이는 어둠 속을 기웃거리며 물었다.

"나야, 아빠."

"네가 누구야, 찰리냐?"

"아냐, 아빠. 톰이야."

"엄마 어디 갔니?"

"성당에 갔어."

"잘한다……. 내 저녁은 남겨두었니?"

"예, 아빠, 내가 ── ."

"램프를 켜. 도대체 불도 안 켜고 어떡하자는 셈이냐? 다른 애들은 자냐?"

어린 놈이 램프에 불을 켜는 동안 사나이는 의자 하나에 털썩 주저앉았다. 그는 아들의 억양이 없는 말투를 흉내내어 혼자 절반 중얼거리듯, "성 ─ 당 ─ 에 ─ 갔어. 성 ─ 당 ─ 에 ─ 갔어. 글쎄!" 하고 뇌까렸다. 램프불이 켜지자 주먹으로 테이블을 탕 치고는 버럭 소리를 질렀다.

"내 저녁 밥 어딨어?"

"내가…… 차릴게, 아빠."

사나이는 사납게 벌떡 일어나서 불을 가리켰다.

"저 불로! 너 요놈 불을 꺼뜨렸구나! 다시 그렇게 하면 어떻게 되나 가르쳐주마!"

그는 문 앞으로 한 걸음 걸어가 그 위에 세워놓았던 단장을 집어 들었다.

"불을 꺼뜨리면 어떻게 되나 가르쳐주마!" 하고는 그는 팔이 자유롭게 움직일 수 있도록 소매를 걷어올렸다.

어린아이는, "아, 아빠!" 하고 소리를 지르고 울며 테이블 뒤로 도망쳤다. 그러나 사나이는 그 뒤를 쫓아가서 아이의 저고리를 잡았다. 어린아이는 질겁을 하며 사방을 둘러보았으나 도망갈 길이 없음을 깨닫자 주저앉아버렸다.

"자, 요놈, 다시 불을 꺼뜨려 봐라!" 하면서 사나이는 단장으로 아이를 마구 후려갈겼다. "맞아봐라! 요 못된 놈아!"

단장이 허벅다리를 칠 때마다 아이는 아파서 죽겠다고 비명을 질렀다. 그는 두 손을 모아서 높이 쳐들었고, 목소리는 무서워서 떨렸다.

"아, 아빠!" 아이는 울며 소리를 질렀다. "때리지 마세요, 아빠! 저 아버지를 위해 기도 드릴게요…… 기도 드릴게요…… 아빠, 때리지 않으면 기도 드릴게요…… 기도 드릴게요……."

진흙

일하는 여자들의 곁두리가 끝나는 대로 곧 가도 좋다는 감독 아주머니의 허락을 이미 얻어놓고 있었으므로 마리아는 저녁 외출을 무척 고대하고 있었다. 부엌은 깨끗하게 치워져 있어, 커다란 구리 가마솥은 얼굴이 비칠 지경이라고 취사부가 장담할 정도였다. 불은 활활 타오르고, 곁테이블 하나 위에는 대단히 큰 건포도빵 네 개가 놓여 있었다. 그 빵은 얼핏 보기엔 썰어놓은 것 같지 않았지만, 가까이 가보면 길고 두꺼운 조각으로 고루 썰어 있어 차를 들 때 당장에 나누어줄 수 있게끔 되어 있음을 알 수 있었다. 마리아가 몸소 미리 썰어놓은 것이었다.

마리아는 정말 몸집이 아주 작은 사람이었으나, 코가 아주 길고, 턱도 아주 길었다. 말을 할 때에는 조금 코에 걸리는 소리를 내고 언제나 달래듯 나직이 "예, 그러문요"니, "아아니, 아니죠" 하곤 했다. 빨래하는 여자들이 빨래통 때문에 싸울 때마다 그녀는 늘 불려갔으며, 그럴 때마다 늘 화해를 시키는 데 성공했다. 어느 날 감독 아주머니는 그녀에게 이렇게 말한 적이 있었다.

"마리아, 당신은 정말 진정한 중재자야!"

그리고 부감독 아주머니와 임원되는 두 부인도 이 칭찬의 말을 벌써부터 들었다. 또 진저 무니도 마리아의 체면을 보아서 그렇지, 그렇지만 않다면 다리미 일을 맡고 있는 그 벙어리 계집애에게 무슨 짓을 했을지도 모르겠다고 입버릇처럼 되뇌고 있었던 것이다. 누구 할 것 없이 그토록 마리아를 좋아했다.

여자들이 곁두리를 먹는 게 6시니까 7시 전으로 나올 수 있을 것 같았다. 볼스브리지에서 필라[넬슨 탑]까지 20분, 필라에서 드럼코드라까지 20분, 그리고 물건을 사는 데 20분, 8시 전까진 그곳에 닿을 성싶었다. 그녀는 은고리가 달린 지갑을 꺼내서 '벨파스트로부터의 선물'이라는 글씨를 다시 읽어보았다. 그녀는 그 지갑이 퍽 마음에 들었다. 그것은 조와 앨피가 5년 전에 성령강림일 휴가 여행으로 벨파스트에 갔다가 그녀에게 사다준 선물이었기 때문이다. 지갑 속에는 반 크라운짜리 은화 두 닢과 동전 몇 닢이 들어 있었다. 전차 값을 내고도 5실링은 거뜬히 남겠지. 애들이 모두 노래를 부를 테니 얼마나 즐거운 밤이 될 것인가! 제발 조만 술에 취해 들어오지 말아줬으면. 술이 조금만 들어가도 조는 사람이 아주 달라지니 말이야.

조는 그녀더러 자기 집에 와서 같이 살자고 여러 번 말한 적도 있었지만, 있다 보면 식구들에게 괜히 신세만 지게 될 것 같고(하기야 조의 아내는 늘 아주 상냥하게 대해주었지만), 게다가 이제는 이 세탁소 생활에 몸이 익숙해지기도 했다. 조는 마음씨가 착한 사람이었다. 그녀는 조와 앨피를 길러낸 사람이었다. 그래서 조는 곧잘 이런 말을 했다.

"엄마는 엄마지만 마리아는 나의 진짜 어머니야."

집이 몰락하게 되자 그들이 나서서 '더블린의 등불' 세탁소의 지금 자리를 얻어주었고, 자기도 그것이 마음에 들었다. 신교도들을 전에는 무척 나쁘게 생각했지만 이제는 생각을 고쳐 그들은 사람이 아주 좋고, 약간 말이 없고 답답하기는 하지만, 같이 지내기에는 그만이라고 생각하게 되었다. 그리고 또 온실에서 화초를 가꿔서 그것들을 돌봐주는 일도 마음에 들었다. 귀여운 고사리들이며 소귀나무를 가꾸고 있어, 누구건 그녀를 찾아오면 언제나 온실에서 한두 가지를 꺾어서 선사하곤 했다. 그녀가 싫어하는 것이 꼭 하나 있었는데, 그것은 벽에다 여기저기 걸어놓은 종교 팸플릿 따위들이었다. 그러나 감독 아주머니는 대하기가 무척 좋은 사람이었고, 또 정말 점잖은 분이었다.

모든 준비가 다 되었다고 취사부가 알리자, 그녀는 여자들이 일하는 방으로 들어가서 커다란 종을 울리기 시작했다. 곧 여자들이 둘씩 셋씩 짝을 지어 김이 무럭무럭 나는 손을 속치마로 훔치거나, 김이 나는 빨간 팔뚝 위로 블라우스 소맷자락을 끄집어내리면서 식당으로 들어오기 시작했다. 그들은 각기 커다란 찻잔 앞에 자리를 잡았다. 그 찻잔 속에는 취사부와 그 벙어리 계집애가 커다란 양철통 안에다 미리 우유와 설탕을 섞어서 만들어놓은 뜨거운 차가 가득 들어 있었다. 마리아는 건포도빵을 나누는 것을 맡아하면서 누구에게나 각기 네 조각씩 돌아가는지 보았다.

식사하는 동안 방 안은 웃음과 농담으로 왁자지껄했다. 리지 플레밍은 마리아는 오늘 저녁에 놀러가면 틀림없이 반지를 집을 거라고 농담을 했다. 플레밍은 몇 해고 만성절(萬聖節) 전날 밤[10월 31일. 이날은 점을 침]만 되면 해마다 그렇게 말했지만 마리아는 웃으며 반지도, 남자도 원하지 않는다고 말할 수밖에 없었다. 그리고 그녀가 웃을 때에는 그 회색이 도는 푸릇한 눈은 실망이 깃들인 수줍음에 번득였으며, 코끝이 턱끝에 거의 닿을 듯했다. 그때 진저 무니는 자기 찻잔을 쳐들어 마리아의 건강을 위해 건배를 들자고 제안했다. 그러니까 다른 여자들도 모두 테이블 위에서 각자의 잔을 요란스럽게 덜거덕거렸는데, 무니는 흑맥주 한 잔도 없어서 섞지 못하고 차만 마시는 것이 섭섭하다고 농담을 했다. 그래서 마리아는 다시 한번 코끝이 턱끝에 닿을 듯이, 또 그 조그만 몸이 거의 부서질 듯이 한바탕 웃었다. 그것도 무니란 여자가 물론 세상의 보통 여자의 소견밖에는 없지만 악의를 가지고 그런 말을 한 것은 아니라는 것을 알고 있었기 때문이다.

그러나 여자들이 곁두리를 끝내고 취사부와 그 벙어리 처녀가 뒷설거지를 시작할 때 마리아는 아주 기뻤다. 그녀는 조그만 자기 침실로 들어가 내일 아침은 미사가 있는 아침임이 생각나서 자명종 바늘을 7시에서 6시로 돌려놓았다. 그러고 나서 일할 때 입는 치마와 집에서 신는 구두를 벗고, 나들이 치마는 침대 위에, 그리고 조그만 나들이 구두는 침대 다리 옆에다 놓았다. 블라우스도 갈아입었다. 그리고 거울 앞에 서니 어린 소녀시절 주일 아침에 미사에 가느라고 늘 입던 옷 생각이 머리에 떠올랐다. 그녀는 지금껏 오랫동안 자주 모양을 내온 자기의 조그마한 몸집을 야릇한 애정어린 눈초리로 들여다보았다.

바깥에 나오니 거리는 비에 젖어 번득거렸다. 그래서 그녀는 낡은 밤색 레인코트지만 입고 나서기를 잘했다고 생각했다. 전차는 만원이어서 찻간 맨 끝에 있는 등도 없는 작은 걸상이 있는 데로 가서 발끝이 바닥에 닿을락말락하게 대롱대롱 든 채 모든 사람들을 마주보며 앉았다. 이제부터 앞으로 할 일을 정리하면서 제 힘으로 자립하여 제 호주머니 속에 제 돈을 지니고 다니는 것이 얼마나 좋은 일인가 하고 생각했다. 오늘 저녁은 즐거운 저녁이 되기를 바랐고, 또 그러하리라고 확신했으나, 앨피와 조가 서로 말을 안 하다니 정말 유감스러운 일이라고 생각하지 않을 수 없었다. 이제는 걸핏하면 싸우지만 함께 자랄 때는 그만큼 사이 좋은 형제도 없었다는 생각이 들어, 인생이란 그런 것인가 싶었다.

필라에서 전차를 내려 들끓는 사람들 사이를 빠른 걸음으로 뚫고 나갔다. 다운스 과자점으로 들어갔지만 사람들이 어찌나 많던지 자기 차례가 돌아오기까지는 한참 기다렸다. 그녀는 싸구려 과자를 여남은 가지나 섞어서 사가지고 불룩해진 봉지를 들고 한참 만에야 나왔다. 그 다음 그 밖에 또 무엇을 살까 하고 생각해보았다. 이젠 정말 근사한 무엇을 사고 싶었다. 사과나 호도 따위는 확실히 얼마든지 가지고 있을 테지. 무엇을 사야 할지 좀처럼 머리에 떠오르지 않고, 겨우 생각해 냈다는 것이 케이크 정도였다. 건포도가 든 케이크를 사기로 작정했으나 다운스 과자점의 케이크는 위에다 아몬드의 설탕입힘이 두둑하지 못했으므로 헨리 가의 어느 가게까지 가보았다. 여기서도 그녀는 마음에 드는 것을 고르는 데 오랜 시간이 걸렸다. 그러자 카운터 뒤에 있던 날씬한 젊은 여점원은 분명 이러한 그녀의 태도에 다소 불쾌했던지, 사려는 케이크가 결혼용 케이크냐고 물었다. 이 말에 마리아는 얼굴을 붉히면서 그 젊은 여점원에게 미소를 지어 보였다. 그러나 젊은 여점원은 모두 그런 줄로만 곧이듣고, 결국 건포도 케이크를 두껍게 한 조각 잘라서 종이에 싸서 내밀며 말했다.

"2실링 4펜스입니다."

드럼코드라 행 전차를 탄 그녀는 차 안의 젊은이들이 누구 하나 자기를 거들떠보는 것 같지 않았기 때문에 서서 가야겠다고 생각했다. 그러나 어떤 중년 신사 하나가 자리를 내주었다. 건강하게 생긴 사나이였으며, 딱딱한 밤색 모자를 쓰고, 네모난 붉은 얼굴에 희끗희끗한 회색 콧수염을 기르고 있었다. 마리아는 이분이 대령쯤 되는 신사려니 생각하면서, 그저 자기들 앞만 똑바로 쳐다보고 있는 젊은이들보다 얼마나 점잖은 양반이냐고 생각했다. 신사는 마리아와 만성절 이야기와 비 오는 날씨에 관해 이야기했다. 자기가 보기에 그 봉지 속엔 어린 것들에게 줄 선물이 가득 차 있을 것 같은데 아들이란 어릴 때에 실컷 재미를 봐두는 것이 정말 바람직한 일이라고 말했다. 마리아도 지당한 말씀이라고 동의하고는 점잔을 빼듯 고개를 끄덕이고 또 흥흥 하고 잔기침을 하면서 동의의 뜻을 표했다. 그 신사가 어찌나 친절하게 굴었던지 커낼 브리지에서 전차를 내릴 때 그녀는 그에게 고맙다고 머리를 숙였다. 그러니까 신사도 고개를 숙이면서 모자를 벗어들고 상냥하게 빙긋이 미소를 지었다. 마리아는 비가 내리는 가운데 그 조그만 머리를 숙이고서 비탈길을 따라 올라가면서 술이 좀 들어가도 신사란 알아보기가 극히 쉬운 일이라고 생각했다.

조네 집에 들어서니 모두들 "야아, 마리아 아주머니 오셨다!" 하며 반가워했다. 조도 일터에서 돌아와 있었고, 아이들도 모두 나들이옷을 입고 있었다. 이웃집에서 큰 아가씨 둘도 와 있어, 놀이가 벌어지고 있었다. 마리아는 맏아들 앨피에게 과자 봉지를 내주어 나누게 했다. 그의 어머니 도널리 부인은 이렇게 과자를 많이 사오다니 너무도 고맙다고 하며 모든 아이들에게 "마리아 아주머니, 고맙습니다" 하고 인사하게 했다.

그러나 마리아는 아빠와 엄마를 위하여 특별히 따로 사 온 것이 있는데, 두 분께서 확실히 좋아하실 거라며 그 건포도 케이크를 찾기 시작했다. 다운스 과자점의 봉지며, 레인코트의 양쪽 주머니며, 현관의 모자걸이 위까지 찾아보았으나 아무 데도 없었다. 그 다음 모든 아이들에게 그걸 —— 물론 잘못 알고 —— 먹어버렸나 하고 물어보았으나, 아이들은 모두 안 먹었다고 대답하고는 훔쳤다는 비난을 받게 된다면 아예 과자도 먹지 않겠다는 눈치를 보였다. 모두 이 수수께끼에 대해 자기 나름대로의 해결책이 있었다. 도널리 부인은 전차에다 두고 내린 것이 분명하다고 말했다. 희끗희끗한 회색 콧수염을 기른 그 신사가 아까 자기를 얼마나 얼떨떨하게 했던가를 생각해 내고서 부끄러움과 분한 마음과 실망으로 얼굴을 붉혔다. 케이크를 내놓고 사람들을 놀라게 해주려던 것이 수포로 돌아가고, 2실링 4펜스를 그냥 내버렸다고 생각하니 당장에라도 울음이 터져나올 것만 같았다.

그러나 조는 상관없다고 말하고는 그녀를 난롯가에다 앉혔다. 조는 마리아에게 매우 친절했다. 회사에서 일어난 모든 일을 그녀에게 말하고는 지배인에게 했다는 멋진 말대답을 자랑삼아 그녀 앞에서 되풀이해 보였다. 왜 조가 저렇게까지 자기가 했다는 그 말대답에 웃고 있는지 알 수 없었으나, 그녀는 그 지배인이라는 사람은 모르긴 몰라도 필시 거만해서 다루기가 힘든 사람일 거라고 말했다. 알고 상대하면 지배인은 그리 나쁜 사람이 아니며, 화나게 하지만 않으면 그는 아주 좋은 사람이라고 조는 말했다. 도널리 부인은 아이들을 위해 피아노를 쳤고, 아이들은 춤을 추고 노래를 불렀다. 그 다음 이웃집 아가씨 둘이 돌아가며 호두를 나누어주었다. 호두 까는 집게가 누구의 눈에도 띄지 않아, 조는 당장에 화를 낼 듯하면서 호두 집게가 없다면 마리아 아주머니가 무슨 수로 호두를 까겠느냐고 생각 좀 해보라고 했다. 그러나 마리아는 자기는 호두를 좋아하지 않으니, 자기 걱정은 할 것 없다고 잘라 말했다. 그러자 조는 이번에는 스타우트 맥주를 한 병 하시면 어떻겠느냐고 했고, 도닐리 부인은 집에 포트 와인도 있으니 그쪽을 더 원하신다면 그걸 마시도록 하라고 했다. 마리아는 아무것도 권하지 않았으면 좋겠다고 했으나, 조는 끝내 고집을 피웠다.

그래서 마리아는 더는 고집을 부릴 수도 없어 그가 하는 대로 내 버려두었으며, 모두가 난롯가에 앉아 예전에 같이 살던 이야기로 꽃을 피웠다. 이때 앨피를 위해 한마디 하는 것이 좋겠다고 마리아는 생각했다. 그러나 조는 그런 형과 화해를 하려면 차라리 천벌을 받는 편이 낫겠다고 펄쩍 뛰며 고래고래 소리를 질렀다. 그 바람에 마리아는 자기가 그런 말을 꺼내어 참 미안하게 됐다고 사과했다. 도닐리 부인은 자기 육친에게 그렇게 말하다니 참 부끄러운 일이라고 남편에게 핀잔을 주었으나, 조는 조대로 그래 무슨 형될 자격이 있느냐고 대들었기 때문에 그것으로 한바탕 싸움이 벌어질 뻔했다. 그러나 조는 오늘밤이 명절이니 화를 내지 않겠다고 하고는 아내더러 스타우트 맥주를 좀더 내오라고 말했다. 이웃집 두 아가씨가 벌써부터 만성절 놀이 준비를 해놓고 있어, 다시 곧 모두가 유쾌하게 놀았다. 마리아는 아이들이 그렇게까지 즐거워하고, 또 조 내외가 아주 신나하는 것을 보고 기뻐했다. 이웃집 아가씨들은 테이블 위에다 접시 몇 개를 놓은 다음 아이들의 눈을 가리고서 테이블 앞으로 데리고 갔다. 한 아이는 기도책을 잡았고, 다른 세 아이는 물컵을 잡았다. 이웃집 아가씨 하나가 반지를 집자 도널리 부인은 "오라, 네 마음을 알겠다"라고 말할 것처럼, 얼굴이 홍당무가 된 그 아가씨에게 손가락질을 했다. 그 다음 모두가 억지로 우겨대어 마리아의 눈을 가리게 한 다음 테이블 앞으로 데리고 가 무엇을 집나 보기로 했다. 그리고 그들이 붕대로 눈을 가리고 있는 동안 마리아는 그녀의 코끝이 턱끝에 거의 닿도록 우스워 죽겠다고 몇 번씩 깔깔거렸다.

모두가 웃음과 농으로 떠들썩하면서 그녀를 테이블 앞으로 데리고 갔다. 그리고 그녀는 시키는 대로 한 손을 허공 속으로 내밀었다. 그녀는 허공 이러저리 손을 휘젓다가 어느 접시 위로 손을 내려놓았다. 손가락 끝이 무슨 질척질척한 것(진흙을 말함. 이 놀이에서는 죽음을 뜻함)에 닿았는데, 아무도 말이 없고 또 붕대를 풀어주는 사람도 없는 것이 이상했다. 잠시 잠잠하더니, 다음 순간 떠들썩하게 수군수군하는 소리가 들렸다. 누가 마당에서 어쩌고 하는 말을 했으며, 마침내 도널리 부인이 이웃집 처녀 하나에게 무엇인지 언짢은 듯한 말을 하고는 그런 건 놀이가 아니니 당장 바깥에 내버리라고 분부했다. 마리아도 이번은 어딘가 잘못된 데가 있다는 것을 깨닫고서 다시 한번 집어야만 했다. 그리고 이번엔 기도책을 집었다.

그 다음에 도널리 부인은 아이들을 위해 피아노로 미스 맥클라우드의 릴을 치고, 조는 마리아더러 포도주를 한 잔 들라고 권했다. 곧 모두가 또다시 기분이 완전히 풀렸다. 도널리 부인은 마리아가기도서를 집었으니 이 해가 다 가기 전에 수도원에 들어가게 될 거라고 말했다. 마리아는 조가 그날 밤처럼 자기에게 친절하게 굴고, 또 즐거운 이야기와 추억담을 들려주는 것을 일찍이 보지 못했다. 그녀는 다들 정말 자기에게 친절하게 해준다고 흐뭇해했다.

마침내 아이들이 지쳐서 졸았기 때문에 조는 마리아에게 가기 전에 무슨 짤막한 옛노래 하나를 불러주지 않겠느냐고 청했다. 도널리 부인도 "마리아 아주머니, 하나 부르세요!" 하는 바람에 마리아는 일어서서 할 수 없이 피아노 옆에 섰다. 도널리 부인은 아이들더러 조용히하고 마리아 아주머니의 노래를 잘 들으라고 일렀다. 그다음 전주곡을 치고 나서 "자, 마리아!" 했다. 그러자 마리아는 얼굴이 홍당무가 되어 가느다랗게 떨리는 목소리로 노래를 부르기 시작했다. 노래 곡목은 〈내 살기를 꿈꾸었네〉였다. 2절까지 부르고는 다시 되풀이해서 불렀다.

내 살기를 꿈꾸었네 대리석 궁궐에서
시종과 하인을 양 옆에 거느리고,
이 궁에 모인 만 사람 중에
나야말로 희망이요 자랑이었네.

헤일 수 없는 재산을 지니고
대대로 이름 높은 명문임을 자랑할 수 있어도,
내 꿈에 가장 그지없는 기쁨은,
그대의 변함없는 사랑일 뿐.

그러나 가사가 좀 틀려도 아무도 그것을 지적하려 들지 않았다. 노래가 끝났을 때 조는 아주 감개무량해서 누가 뭐라고 하든 옛날 같은 시절은 없고, 가엾은 밸프[더블린 출신의 작곡가, 바이올리니스트 및 가수, 1908~1970] 노인이지만 그의 노래만 한 노래는 들어본 적이 없다고 말했다. 그는 눈물이 글썽거려 자기가 찾고 있는 것조차 보지 못하다가 결국 할 수 없이 자기 아내를 보고 병마개 따는 것이 어디 있는지 찾아봐 달라고 했다.

끔찍한 사건

　　제임스 더피 씨는 채플리조드[더블린에서 서쪽으로 약 5킬로미터 떨어져 있는 곳]에서 살고 있었다. 그는 자기가 한 시민으로 살고 있는 시에서 되도록 멀리 떨어져서 살고 싶어 했고, 이는 더블린의 모든 다른 교외가 저속하고 유행병이 들고 건방지다는 생각에서였다. 그는 오래되고 음산한 집에서 살았다. 그의 집 창에서는 이제는 폐업한 주류 증류소와 저 위로는 더블린 시가지를 거쳐 흘러내리는 얕은 강을 내다볼 수가 있었다. 카펫도 깔지 않은 방의 높다란 사면 벽에는 그림 한 장 걸려 있지 않았다. 방 안에 있는 세간은 전부 자기가 산 것이었다 —— 검은 쇠 침대, 쇠 세면대, 등나무 의자 네 개, 옷걸이 하나, 석탄 통, 벽난로의 재받이와 다리미, 그리고 네모꼴 테이블 하나와 그 위에 얹힌 이중 책장 하나, 벽의 구석진 곳에는 흰 나무로 선반을 매어 서가로 삼았다. 침대에는 흰 침대보가 덮여 있었고, 그 다리 밑에는 검고 빨간 담요가 깔려 있었다. 조그만 손거울이 하나 세면대 위에 걸려 있고, 낮 동안은 하얀 갓을 씌운 램프 하나가 벽난로 위의 유일한 장식물이었다. 하얀 나무 책꽂이에 꽂혀 있는 책들은 아래에서 위로 크기에 따라 가지런히 정돈되어 있었다. 워즈워스 전집이 제일 아래층 한 끝에 꽂혀 있고, 제일 꼭대기 한 끝

135

에는 공책에 씌웠던 크로스 표지로 싼 메이누스의 《교리 문답서》가 꽂혀 있었다. 글 쓰는 용구는 늘 책상 위에 있었으며, 책상 속에는 무대연출을 자줏빛 잉크로 쓴 하우프트만의 《미카엘 크라메르》의 번역 원고와 놋쇠 핀으로 꽂은 한 묶음의 종이가 들어 있었다. 이 종이에 이따금 문장을 써넣는데, 또 빈정대고 싶을 때는 바일 빈즈〔영국의 위장약〕의 광고문을 오려서 맨 위의 종잇장에다 붙여놓기도 했다. 책상 서랍을 열면 은은한 향기가 새어 나왔는데, 그것은 으름나무로 만든 새 연필이라든가 고무풀 병이라든가 거기 넣어둔 채 잊어버린 너무 익은 사과 등의 냄새였다.

더피 씨는 정신이나 몸이 편치 않은 징조를 나타내는 것이라면 무엇이나 싫어했다. 중세기의 의사라면 더피 같은 사람을 토성(土星)의 운을 타고 나서 침울한 성미라고 말했을 것이다. 그가 살아온 세월을 다 드러내고 있는 그의 얼굴은 더블린의 거리처럼 갈색이었다. 길쭉하고 오히려 큰 머리에는 기름기 없는 검은 머리칼이 자라 있고, 누르스름한 콧수염은 보기 싫은 입을 미처 다 가리지 못하고 있었다. 광대뼈가 나와 또한 그의 얼굴이 무정해 보이게 했으나, 눈에는 조금도 그러한 빛이라곤 보이지 않고, 누르스름한 눈썹 밑에서 세상을 바라볼 때는 남의 마음속에 있는 속죄하려는 본능을 반기려고 찾다가 때로 실망하고 만 사람이라는 인상을 주는 것이었다. 그는 자기의 육체로부터 좀 떨어진 거리에서 자기의 행동을 못 미더워 곁눈으로 살피며 살았다. 그는 때때로 삼인칭의 주어와 과거형 동사를 써서 자기 자신에 관한 단문을 마음속으로 지어보는 괴상한 자서전적인 버릇이 있었다. 거지에게 절대로 무엇을 준 일이 없었으며, 억센 개암나무 단장을 짚고 꿋꿋하게 걸어다녔다.

그는 여러 해 동안 배고트 가에 있는 어떤 개인 은행의 출납계원으로 근무하고 있다. 매일 아침 채플리조드에서 전차로 출근했다. 정오에는 댄 버크 식당으로 가서 점심 —— 라이거 맥주[약한 맥주] 한 병과 조그만 접시에 수북이 담은 칡가루로 만든 비스킷 —— 을 먹었다. 네시에는 일이 끝났다. 그러면 으레 조지 가에 있는 어느 작은 식당으로 가서 저녁을 먹었다. 그곳이 더블린의 건달 청년들의 세계와는 동떨어진 곳같이 느껴졌고, 또 음식값도 신용할 만했기 때문이었다. 저녁에는 하숙집 아주머니가 피아노 치는 것을 듣거나, 아니면 교외를 산책하며 지냈다. 모차르트의 음악을 좋아하여 이따금 오페라나 음악회에 가는 일이 있었는데, 이것이 그의 생활의 유일한 즐거움이었다.

그에게는 이야기 상대자로 친구도 없고, 교파도 신조도 없었다. 남과는 전혀 사귀지 않는 혼자만의 영적 생활을 했다. 크리스마스 때 친척들을 찾아보고, 그 친척들이 세상을 떠났을 때에는 묘지까지 따라가는 것뿐이었다. 이 두 가지 사회적 의무만은 체면에 못 이겨 지켰지만 시민 생활을 제약하는 그 밖의 관습은 일체 개의치 않았다. 어떤 경우에는 은행 돈을 횡령해볼까 생각했으나 그런 경우가 생기지 않았으므로 그의 생활은 평탄하게 굴러 나갔다 —— 아무런 파란이 없는 이력이었다.

어느 날 저녁 그는 로턴더 극장에 갔다가 두 여자 옆에 앉게 되었다. 극장 안은 한산하고 조용하여 구경이 싱거울 것만 같은 예감을 주었다. 자기 옆에 앉은 여인은 쓸쓸한 장내를 한두 번 둘러보고 나서 이렇게 말했다.

"오늘 밤은 이렇게 손님이 적으니 참 안됐군요! 텅 빈 자리를 보고 노래하는 건 정말 따분할 거예요."

　이것은 이야기나 좀 해봅시다, 하고 저쪽에서 자청해 온 거나 다름없다고 그는 생각했다. 여자가 조금도 어색해하지 않는 것에 그는 놀랐다. 서로 이야기하면서 그는 이 여자를 영원히 자기 기억에 남기려고 마음먹었다. 그 여자 옆에 앉은 젊은 처녀가 그 여자의 딸이라는 것을 알았을 때 그는 이 부인이 자기보다 한 살쯤 아래려니 생각했다. 한때는 아름다웠음직한 부인의 얼굴은 아직도 이지적으로 보였다. 윤곽이 아주 뚜렷하게 생긴 갸름한 얼굴이었다. 눈은 아주 짙은 푸른색에 침착성을 띠고 있었다. 그 눈이 사람을 보는 시선은 처음엔 도덕적인 기색이 보였으나 차츰 눈동자가 조금씩 홍채속에 녹아 들어가는 듯하더니, 마침내 그 시선은 흐트러져서 일순간 감수성이 날카로운 기질을 보여주었다. 눈동자는 재빨리 잿빛으로 돌아가고, 이 반쯤 나타났던 본성은 다시 신중한 분별 속에 숨어버렸다. 그리고 통통한 젖가슴을 가린 아스트라칸(모직물의 일종) 저고리가 한층 더 도전적인 기세를 자아내었다.

　그후 몇 주일이 지나서 그는 그녀를 또다시 얼스포트 테라스의 어느 음악회에서 만나 딸이 한눈을 파는 동안에 친해지는 기회를 가졌다. 한두 번 자기 남편 얘길 비쳤으나, 그 말투는 경계해야 한다는 말투는 아니었다. 이름은 시니코 부인이라고 했다. 남편의 고조할아버지가 이탈리아의 레그호른에서 왔다고 했다. 남편은 더블린과 네덜란드 사이를 왕래하는 어느 상선의 선장이며, 아이가 하나 있다는 것이었다.

　세번째로 우연히 만났을 때 그는 용기를 내어 다시 만나자는 약속을 했다. 부인은 왔다. 이것을 시초로 하여 두 사람은 자주 만났다. 그들은 반드시 저녁에 만나서 함께 거닐 장소로 가장 조용한 구역을 골랐다. 그러나 더피 씨는 떳떳치 못한 짓을 하는 것을 싫어하는 성미여서 사람 눈을 피하여 몰래 만나야만 되는 것을 알자, 부인의 집으로 자기를 청해 달라고 강요했다. 시니코 선장은 이 사람이 자기 딸에게 마음이 있는가 보다 생각하고는 오히려 그의 방문을 반겼다. 자신의 향락의 세계에서 완전히 아내를 제해버렸기 때문에 어느 누가 자기 아내에게 관심을 가지리라고는 생각도 하지 않았다. 남편은 집을 비우는 수가 많았고, 또 딸은 딸대로 음악을 가르치러 나가기 때문에 더피 씨는 부인과 단 둘이서만 즐거이 사귈 기회가 많았다. 그도 부인도 전에 이런 모험을 경험한 일이 없었기 때문에, 서로 어떤 부조화를 느끼는 일이라곤 없었다. 조금씩 조금씩 그는 자기의 생각과 부인의 생각을 얽어매기 시작했다. 그는 부인에게 책을 빌리고, 이념도 불어넣어주고, 지적 생활을 나누었다. 부인은 그의 말에 귀를 기울였다.

그의 이론 대신에 부인은 이따금씩 자기의 일생에 있던 이런 일 저런 일을 이야기했다. 거의 어머니처럼 마음을 써가면서 그의 본심을 죄다 털어놓으라고 권유도 했다 —— 부인은 그의 고해를 듣는 신부처럼 되었던 것이다. 그는 자기가 얼마 동안 아일랜드 사회당 회합에 나간 일이 있었는데, 거기에 가면 어두컴컴한 석유 램프 불이 켜진 지붕밑 방에 모인 이십여 명의 심각한 얼굴을 한 노동자들 속에 낀 자기가 특이한 존재로 느껴지더라는 이야기도 부인에게 했다. 그 단체가 세 파로 갈라져 각기 지도자를 달리하여 다른 지붕 밑 방에 모이게 되자 그후부터 그는 발을 끊어버렸다. 그의 말에 따르면 노동자들은 토론에는 겁을 내면서도 임금 문제에 관한 관심은 너무나 지나치더라는 것이었다. 그들은 인상이 나쁜 현실주의자들이며, 자기들은 바라지도 못할 한가한 생활의 생산물인 정밀함에 대하여 불만을 가지고 있는 것 같다고 말했다. 몇백 년 동안 사회 개혁은 더블린에는 일어나지 않을 것 같다고 그는 부인에게 말했다.

부인은 왜 그러한 생각을 글로 쓰지 않느냐고 그에게 물었다. 무엇 때문이에요?라고 조심스러운 냉소를 띠며 그는 반문했다. 60초 동안도 계속해 생각할 수 없는 괴상한 말만 지어내는 따위 놈들과 경쟁하려구요? 도덕은 경찰에 내맡기고 예술은 흥행사들에게 내맡겨 두는 그런 어리석은 중산계급의 비평에 머리를 숙이려구요?

그는 더블린 교외의 그녀의 조그만 집으로 자주 찾아가서, 종종 둘이서만 저녁을 같이 지냈다. 차츰차츰 서로 생각이 얽히게 되자 그들은 자기들에게 가까운 이야기를 하게 되었다. 부인과의 교제는 고향을 잃은 외국산 화초의 뿌리를 싸주는 따뜻한 흙과도 같았다. 어둠이 내려도 램프불을 켜지 않고서 그대로 앉아 있는 때가 한두 번이 아니었다. 어둡고 외진 방, 둘만의 고독, 아직도 그들의 귀에 울리는 음악은 그들을 화합시켰으며, 화합은 그의 마음을 높이고, 그의 성질의 거친 모서리를 유하게 하고, 그의 내적 생활에 정서를 불어넣었다. 때로 그는 자기 말에 도취되어 자기 목소리에 귀를 기울이는 일도 있었고, 부인의 눈에는 자기가 천사와도 같이 고상하게 보이리라고도 생각했다. 그리고 상대방의 열렬한 성질을 차츰 더 가까이 자기에게로 끌어들이면서 그는 자기 목소리라고 알면서도 사람 아닌 무엇의 음성같이 이상하게 들리는 음성이 영혼의 어찌할 수 없는 고독을 주장하는 것을 들었다. 우리는 우리 자신을 내

줄 수는 없다, 우리는 우리 자신의 것이라고 그 음성은 말했다. 이러한 이야기를 하던 끝에 어느 날 밤 시니코 부인은 유달리 흥분된 기색을 보이더니 그의 손을 정열적으로 잡아 자기의 뺨에다 갖다 대었다.

더피 씨는 너무나도 놀랐다. 자기의 말을 부인이 이렇게밖에 알아듣지 못한 데 환멸을 느꼈다. 일주일 동안 그는 부인을 찾아오지 않았다. 그 다음 만나고 싶다는 사연의 편지를 써보냈다. 그는 두 사람의 마지막 대면이 파멸을 가져온 그 고해실의 분위기로 더럽혀질까 두려워 공원 입구에 있는 어느 조그만 케이크 가게에서 만났다. 싸늘한 가을 날씨였으나, 추위에도 불구하고 두 사람은 공원 길을 세 시간 가까이 왔다갔다하며 거닐었다. 그들은 서로간의 교제를 끊어버리기로 합의했다. 모든 인연은 설움으로 이끄는 인연이라고 그는 말했다. 공원에서 나오자 그들은 말없이 전차 쪽으로 걸어갔다. 그러나 여기서 부인이 어찌나 몹시 몸을 떨기 시작했던지 또 부인의 마음이 약해질까 봐 겁이 난 그는 부인에게 빨리 작별 인사를 나누고는 그 옆을 떠났다. 며칠 후에 그는 그의 책들과 악보가 들어 있는 소포를 받았다.

4년이 지났다. 더피 씨는 다시 변화 없는 생활로 돌아갔다. 그의 방은 여전히 그의 마음이 질서정연하다는 것을 증명하고 있었다. 새 악보 몇 개가 아래층 방 악보대에 쌓여 있고, 서가에는 니체의 책 두 권 ──《차라투스트라는 이렇게 말하였다》와《즐거운 지식》이 꽂혀 있었다. 책상 서랍에 있는 종잇장에다 글을 쓰는 일이 별로 없었다. 시니코 부인과 마지막으로 만난 지 두 달 후에 쓴 글 가운데 이런 것이 하나 있었다 ── 성적 관계가 있을 수 없기 때문에 남성간의 사랑은 있을 수 없다. 그리고 남녀간의 우정은 성적 관계가 있어야만 하는 까닭으로 있을 수 없다. 부인을 만날까봐 두려워 그는 음악회에도 가지 않았다. 그 동안에 그의 부친이 세상을 떠났고, 은행의 나이 어린 동업자 하나도 은퇴했다. 그러나 그는 아직도 아침마다 전차를 타고 시내로 들어갔고, 저녁마다 조지 가의 어떤 식당에서 수수하게 식사를 하고 디저트 대신에 석간 신문을 읽은 다음 시내에서 집까지 걸어왔다.

어느 날 저녁 콘 비프와 양배추를 입에다 넣으려는 순간 그는 손을 멈췄다. 물병에 기대 세워놓고 있던 석간 신문의 한 구절에 온 시선이 집중되었다. 그는 먹으려던 음식을 도로 접시 위에 내려놓고 기사를 세밀히 읽었다. 그러고 나서 물을 한 잔 마시고, 접시를 한쪽으로 밀어놓고, 두 팔꿈치 사이에다 신문을 둘로 접어놓고서, 몇 번씩 그 기사를 되풀이해서 읽었다. 양배추에서 차디찬 희끄무레한 기름이 흘러내려서 접시에 엉겼다. 젊은 여급이 와서 요리가 잘못 되었느냐고 물었다. 아니라고 대답하고는 억지로 몇 입 먹는 척을 했다. 그러고 나서 돈을 치르고 나와버렸다.

11월의 황혼 속을 그는 빠른 걸음으로 걸어갔다. 그의 튼튼한 개암나무 단장은 규칙적으로 똑똑 땅을 짚었다. 꼭 끼는 더블 단추 외투 주머니에서 누르스름한 《메일》지의 끝이 내밀어져 있었다. 그는 공원 문에서 채플리조드로 뻗은 인적이 드문 길 위에서 걸음을 늦췄다. 단장이 땅을 짚는 소리가 약해지고, 고르지 못하게 내리 쉬는 그의 숨결이 한숨을 쉬는 듯 겨울 공기 속에서 엉기었다. 집에 이르는 즉시로 침실로 올라가 주머니에서 신문을 꺼내들고 기사를 창으로부터 새어 들어오는 어두워가는 빛으로 다시 읽기 시작했다. 소리를 내지 않고, 마치 신부들이 세크레토〔입술만 놀리며 드리는 기도〕를 드릴 때에 그러듯이 입술만 움직이면서 읽었다. 기사는 다음과 같았다.

시드니 퍼레이드 역에서 부인 역사(轢死)
끔찍한 사건

오늘 더블린 시립병원의 대리 검사관(레버리트 씨가 부재중이므로)은 어제 저녁 시드니 퍼레이드 역에서 차에 치어 절명한 에밀리 시니코 부인(43세)의 시체를 검시했다. 조사한 바에 따르면 사망자는 선로를 횡단하려다가 킹스타운에서 들어오는 10시 완행열차의 기관차에 치여 그 결과 두부와 우측 허리에 부상을 입고 사망한 것이라고 한다.

기관차 운전수, 제임스 레논이 진술하기를 자기는 철도회사에 15년 간 근무해 온 사람이며, 차장의 호각소리를 듣고 발차시켰다가, 1, 2초 후에 높은 고함소리를 듣고 다시 정차시켰으며, 그때 기차는 빨리 가고 있지 않았다고 했다.

역부 P. 던의 진술에 따르면 기차가 발차하는 순간 어떤 부인 하나가 선로를 횡단하려는 것을 목격하고서, 그 부인 쪽으로 달려가서 소리를 질렀지만 미처 그곳에 이르기도 전에 부인은 기관차의 완충기에 걸려 땅에 쓰러졌다고 한다.

배심원 : "부인이 쓰러지는 것을 보았습니까?"

증인 : "예."

경위 크롤리는 진술하기를, 그가 현장에 이르고 보니 사망자는 분명히 죽어서 땅에 누워 있더라는 것이었다. 시체를 대합실로 옮겨 놓고서 구급차가 오기를 기다렸다고 크롤리 씨는 증언했다.

57번 순경도 이 증언을 시인했다.

더블린 시립병원의 외과 부과장인 핼핀 박사는 사망자는 하늑골 두 개가 부러지고 오른쪽 어깨에 심한 타박상을 입었다고 하며, 우측 두부의 부상은 넘어질 때 입은 것이라고 진술했다. 이 부상은 정상적인 사람의 경우라면 생명에 관한 것은 못 되나, 아마 쇼크와 심장마비가 사인이었을 것이라고 했다.

철도회사를 대표하여 H. B. 패터슨 핀레이 씨는 이 사건에 대하여 깊은 유감의 뜻을 표했다. 그의 말에 따르면 회사측으로서는 각 역에 주의를 게시했으며, 또 횡단로에는 특히 자동식 문을 사용하여 구름다리를 이용하지 않고서는 선로를 건너는 일이 없도록 항상 사고를 방지하기에 만전을 기해 왔다고 한다. 고인은 밤늦게 플랫폼에서 플랫폼으로 건너가는 버릇이 있었으며 이 사건의 다른 상황으로 보아도 철도원에게 책임이 있다고는 생각되지 않는다고 진술했다.

시드니 퍼레이드의 레오빌에 사는 고인의 남편 시니코 선장도 또한 증언하여, 고인은 자기 아내이며, 사고 당시 자기는 더블린에 있지 않았고, 오늘 아침 로터댐에서 돌아왔다고 했다. 자기들은 결혼하여 22년 동안 행복하게 살아왔으나, 약 2년 전부터 아내는 술을 마시는 버릇이 생겼다고 했다.

메리 시니코 양은 최근 어머니가 밤에 술을 사러 나가는 버릇이 생겼다고 진술했다. 증인인 딸이 어머니의 잘못을 자주 지적하여 금주모임에 가입시키려고 한 적도 한두 번이 아니었으나, 사고가 발생한 한 시간 후까지 어머니는 집에 돌아오지 않았다고 했다.

배심원들은 의학적 증거에 따라 표결을 답신하여 레논에게는 아무런 과실도 없다고 밝혔다.

대리 검사관은 이것은 끔찍한 사건이라고 하며 시니코 선장과 딸에게 심심한 조의를 표했다. 그는 철도회사 측에 대하여는 앞으로 이와 같은 사고가 절대로 일어나지 않도록 강력한 조치를 취할 것을 역설했다. 누구의 과실도 아닌 것으로 귀결지어졌다.

더피 씨는 신문에서 눈을 떼어 창 밖의 쓸쓸한 저녁 풍경을 물끄러미 내다보았다. 강은 텅 빈 양조장 옆을 조용히 흐르고, 이따금씩 루칸 로에 연해 선 어떤 집에서 불빛이 번쩍 하고 켜졌다. 이렇게 끝날 줄이야! 부인의 죽음에 관한 기사를 전부 읽고 나니 울화가 치밀어올랐다. 자기가 신성하게 가슴속에 지니고 있던 것을 그 여자에게 이야기한 것을 생각하니 울화가 치밀어올랐다. 그 진부한 문구며, 실속없는 동정의 표현이며, 그리고 흔해빠진 개죽음의 참상을 되도록이면 숨겨서 쓰도록 교섭을 받은 신문기자의 조심스러운 말씨가 비위에 거슬렸다. 그 여자는 자기 자신을 타락시켰을 뿐 아니라 나도 타락시킨 것이다. 그는 부인이 악을 행하던 그 더럽고 비참하고 냄새가 고약한 길을 보는 듯했다. 나의 영혼의 반려자! 그는 바맨에게 술을 따라달라고 깡통이나 병을 들고 가는 것을 전에 본 일이 있는, 쩔룩거리면서 가는 그 불쌍한 사람들 생각이 났다. 아, 이렇게 끝날 줄이야! 그 여자가 살아갈 자격이 없었던 것은 분명하다. 의지력도 없고, 쉽사리 악습에 빠지고, 문명의 발밑에 깔린 낙오자의 하나가 되고 만 것이다. 그러나 이렇게까지 그 여자가 타락할 줄이야! 내가 이렇게까지 그 여자를 잘못 보았단 말인가? 그는

145

그 여자가 그날 밤 정열을 폭발시키던 것을 회상하고, 그는 그것을 전에 없이 더욱 가혹하게 해석해 보았다. 지금은 그는 자기가 취한 행동이 단연 옳다고 시인하기를 거리끼지 않았다.

사방이 어두워지고 그의 기억력이 이리저리로 헤매기 시작하자 부인의 손이 자기 손에 닿은 것같이 느껴졌다. 아까는 속이 치밀어 오르는 것 같던 것이 지금은 신경을 건드리기 시작했다. 그는 외투와 모자를 허겁지겁 쓰고는 밖으로 나갔다. 문간에서 찬 바람이 그에게 부딪쳐 외투 소매 안으로 기어들었다. 채플리조드 다리께 선술집까지 와서 안으로 들어가 독한 펀치주 한 잔을 주문했다.

주인은 굽신거리며 술을 따라주었지만 말은 별로 하려들지 않았다. 술집에는 노동자가 대여섯 술을 마시며 킬데어 군에 있는 어떤 사람의 땅값을 따지고 있었다. 그들은 때때로 커다란 일 파인트 들이 잔을 기울이고 담배도 피우다가 가끔 마루에다 침을 탁 뱉고는 무거운 구둣발로 톱밥을 끌어다 침을 덮었다. 더피 씨는 등이 없는 걸상에 앉아, 보는 것도 아니고 듣는 것도 아니고 그저 그들을 물끄러미 쳐다보고 있을 뿐이었다. 잠시 후에 그들은 밖으로 나갔다. 그러자 그는 펀치주를 또 한 잔 청하고는 오랫동안 그것을 들여다보며 앉아 있었다. 가게 안은 아주 조용했다. 주인은 카운터에 기대 누워 《헤럴드》지를 읽으면서 하품을 했다. 가끔 전차가 쓸쓸한 바깥 길을 휙 지나가는 소리가 들려왔다.

거기 앉아서 부인과 같이 지낸 과거의 생활을 더듬고, 그때의 부인 모습과 지금 자기가 생각하고 있는 부인의 모습을 번갈아 회상해 보니, 부인은 이미 죽었다, 이미 존재하지 않는다, 한낱 추억이 되어버렸다는 것을 새삼스럽게 느꼈다. 그는 불안을 느끼기 시작했다. 그럴 수밖에 없었지 않았느냐고 자문해보았다. 남의 눈을 피해 가며 부인과의 그러한 기만의 희극을 계속할 수도 없었고, 그렇다고 버젓하게 부인과 같이 살 수는 더욱 없었다. 자기로서는 최선이라고 생각된 바를 했을 뿐이다. 어째서 나에게 책임이 있단 말인가? 부인이 가버린 지금에 와서 그는 밤마다 홀로 그 방에 앉아 있는 부인의 생활이 얼마나 쓸쓸한 것이었을까를 알게 되었다. 나의 생활도 또한 내가 죽어서 이미 존재가 없어지고, 한낱 하나의 추억 —— 나를 기억해줄 사람이 있다면 —— 이 될 때까지는 외로운 것이리라.

아홉시가 지나서야 그는 술집을 나왔다. 밤은 춥고 음산했다. 첫째 문으로 해서 공원으로 들어가 가늘고 긴 나무들 아래를 따라 걸어갔다. 부인과 사 년 전에 걸어보았던 쓸쓸한 오솔길을 지나갔다. 어둠 속에 부인이 가까이 있는 것만 같았다. 때로 부인의 목소리가 자기 귓전을 울리고, 부인의 손이 자기 손에 닿는 것만 같았다. 가만히 걸음을 멈추고 서서 귀를 기울였다. 왜 나는 그 여자를 살게 해주지 못했나? 왜 나는 그 여자에게 죽음을 선고했나? 그는 그의 도덕관이 산산이 부서지는 것만 같았다.

매거진 언덕 꼭대기에 다다르자 그는 걸음을 잠시 멈추고서 강을 따라 더블린 쪽을 바라보았다. 시내의 빨간 등불들이 추운 밤하늘에 정답게 빛나고 있었다. 산비탈을 내려다보니 산기슭의 공원 담 그늘 속에 드러누운 사람들의 모습이 눈에 띄었다. 이렇게 돈을 주고 남몰래 거래되는 애욕이 그를 절망으로 가득 채웠다. 자기 생활의 공정함을 되씹어보았다. 그러자 자기는 인생의 향연으로부터 추방된 사람만 같았다. 한 인간이 자기를 사랑한 것만 같았다. 그런데 나는 그 여자의 생명과 행복을 거부한 것이 아니었던가? 나는 그 여자에게 치욕을 주고, 부끄러운 죽음을 선고한 것이 아니었던가? 저 아래 담 밑에 몸을 던진 것들이 자기를 주목하며, 어서 내가 가 버리기를 바라고 있다는 것을 모르는 바 아니었다. 아무도 나를 원하는 사람은 없구나. 나는 인생의 향연으로부터 쫓겨난 사람이구나. 구불구불 더블린 쪽으로 흘러 내려가는 회색으로 반짝이는 강쪽으로 눈길을 주었다. 강 너머로 화물 열차 하나가 킹스브리지 역을 구불구불 기어나오는 것이 보였다. 그 꼴은 마치 어떤 벌레가 불을 토하는 머리를 쳐들고 어둠 속을 외고집으로 꾸준히 구불구불 기어오는 것만 같았다. 기차는 천천히 시야에서 사라졌다. 그러나 기관차가 허덕이며 드렁거리는 소리는 부인의 이름을 되풀이 외우는 것처럼 아직도 그의 귀에 들려왔다.

그는 온 길을 되돌아갔다. 기관차의 리듬이 아직도 귀에서 울리고 있었다. 자기의 추억이 일러주는 이야기의 진실성이 의심스러웠다. 그는 어떤 나무 밑에 멈춰 서서 기관차의 그 리듬이 사라지기를 기다렸다. 어둠 속 자기 옆에 부인이 가까이 있는 것도, 부인의 음성이 자기 귀에 들리는 것도 이미 느낄 수가 없었다. 몇 분 동안 귀를 기울이며 기다리고 있었다. 아무 소리도 들리지 않았다. 밤은 죽은 듯이 고요했다. 다시 귀를 기울였다. 밤은 여전히 죽은 듯이 고요했다. 나만이 홀로 남아 있구나 하는 외로운 생각이 들었다.

10월 6일의 위원실

잭 노인은 마분지 조각으로 뜬 숯을 긁어모아 하얗게 꺼져가는 숯불 더미 위에 고루 덮었다. 숯불 더미가 얇게 덮이자 얼굴이 어둠 속에 잠겼으나, 다시 손수 불에 부채질을 시작하니, 쭈그리고 앉은 그의 그림자가 건너편 벽에 비치고, 얼굴이 차츰 불빛에 다시 나타났다. 뼈가 앙상하고, 털투성이 노인의 얼굴이었다. 물기 있는 푸른 두 눈은 불을 보며 껌벅거리고, 물기 있는 입은 이따금 저절로 열리고, 다물었을 때도 한두 번 오물거렸다. 뜬 숯에 불이 붙자 노인은 그 마분지 조각을 벽에다 세워놓고는 한숨을 쉬며 말했다.

"이젠 좀 낫겠군요, 오코너 씨."

오코너란 사람은 머리칼이 회색인 젊은이로, 얼굴에 부스럼과 여드름이 많아서 보기 흉했다. 아직까지 갸름하게 종이에다 담배를 말고 있었는데, 그 말을 듣자 일손을 멈추고서 무슨 생각에 잠기는 듯하더니, 다시 무슨 생각에 잠긴 듯이 담배를 말기 시작했다. 그리고 무슨 생각을 잠시 한 다음에 종이에 침을 발랐다.

"티어니 씨는 언제 돌아오겠다고 했죠?" 하고 그는 일부러 목소리를 만들어 목쉰 소리로 물었다.

"아무 말도 없었는데요."

149

오코너 씨는 담배를 입에 물고, 주머니 속을 뒤져 얇은 마분지 카드 무더기를 꺼냈다.

"성냥을 찾아드리지요" 하고 노인은 말했다.

"괜찮습니다. 이거면 됩니다" 하며 오코너 씨는 카드 하나를 골라 그 위에 인쇄한 글을 읽었다.

시의원 선거
왕립거래소 선거구

후보자 리처드 T. 티어니(빈민구제법 관리위원)
금번 왕립거래소 선거구 선거에 귀하의 한 표와 협조를 복망하나이다.

오코너 씨는 티어니의 대리인이 선거구 일부의 운동을 맡도록 채용한 사람이었으나, 날씨가 나빠 신발에 물이 스며들었기 때문에 그것을 빙자하여 위클로 가에 있는 선거 사무소에서 늙은 사환 잭과 함께 난롯가에 앉아서 하루의 대부분을 보냈다. 두 사람은 날이 어둑어둑해지기 시작한 때부터 이렇게 앉아 있었다. 음산하고 추운 10월 6일〔아일랜드의 애국자 찰스 스튜어트 파넬(1849~1891)의 사망일인 10월 6일이 기념일로 되어 있음〕이었다.

오코너 씨는 카드를 찢어 불을 붙여가지고 담배에 대었다. 그렇게 하노라니 그의 저고리 깃에 꽂은 검은 윤택이 나는 담쟁이잎이 불빛에 반짝였다. 노인은 이 젊은이를 유심히 지켜보고 있다가, 다시 마분지 조각을 집어들고서 천천히 불에 부채질을 하기 시작했다. 그러는 동안 상대방 청년은 담배를 피웠다.

"그렇지요," 하고 노인이 말을 이었다. "아이들을 어떻게 길러야 할지 참 힘듭니다. 내 자식이 그렇게 되리라고 누가 생각했겠소! 가톨릭 초등학교에 보내서 그 자식을 위하여 할 만큼은 다 했는데 결과는 술이나 마시고 저렇게 돌아다니지 않소? 좀 사람다운 사람을 만들려고 애를 썼는데."

그는 고달픈 듯이 마분지를 제자리에 놓고서 다시 말을 이었다.

"내가 이렇게 늙지만 않았다면 그놈을 위하여 버릇을 단단히 고쳐놓겠는데, 내가 아직도 그놈에게 당해 낼 기운이 있는 동안에 작대기를 집어들고 그놈 등을 단단히 패주고 싶단 말이오 —— 그 전에 늘 하던 것처럼 말이오. 그애 어미가 이러고 저러고 해서 그놈 버릇을 굳히고 있단 말입니다."

"그래서 아이들을 버리게 되는 거죠" 하고 오코너 씨가 맞장구를 쳤다.

"암, 그렇고말고요." 노인은 대꾸했다. "그렇다고 어디 놈들이 고마워나 합니까, 도리어 건방지게만 굴지. 아, 글쎄 그놈 눈에 내가 한 잔 한 것이 눈에 띄는 날엔 나한테 대들기가 예사란 말입니다. 자식들이 아비한테 그런 말대답을 하니 도대체 세상이 어떻게 되겠소?"

"몇 살인데요?" 오코너 씨가 물었다.

"열아홉이랍니다."

"왜 무슨 일을 좀 시키지 않는 거죠?"

"아, 글쎄 그 술꾼놈의 애가 학교를 나오고부터 왜 어디 일을 안시켰던가요? '난 널 먹여살리진 않는다. 손수 자기 일자리쯤 구해라.' 이렇게 늘 타이르고 있지만 글쎄 일자릴 구하면 뭘 해요, 더 나빠지는걸. 전부 술만 사먹고 만다니까요."

오코너 씨는 동정의 뜻으로 고개를 설레설레 가로저었고, 노인은 말을 끊고서 물끄러미 불만 쳐다보았다. 이때 방문이 열리며 누가 소리쳤다.

"아니! 이건 무슨 비밀 회담인가?"

"누구시오?" 하고 노인이 물었다.

"어두운 데서 뭣들 하시오?" 하는 소리만 들렸다.

"자넨가, 하인즈?" 하고 오코너 씨가 물었다.

"그래, 어두운 데서 뭣들을 하고 있는 거야?" 하고 하인즈 씨가 묻고는 불빛 속으로 다가왔다.

엷은 밤색 콧수염을 기른 키가 큰 호리호리한 청년이었다. 이제라도 떨어질 것만 같은 빗물 방울이 모자 테에 달려 있고, 짧은 외투 깃은 세워져 있었다.

"그런데, 매트, 재미가 어때?" 하고 그는 오코너 씨에게 물었다.

오코너 씨는 고개를 가로저었다. 노인은 난로 옆을 떠나, 방 안을 이리저리 살핀 다음, 초 두 자루를 들고 난롯가로 다시 와서 차례로 불을 붙여서 테이블 위에 세웠다. 아무런 장식도 없는 방이 시야에 들어오자, 난롯불이 그나마 희미해져 그 모든 다채로운 빛을 잃었다. 방 안의 사면 벽에는 선거 연설문 한 장이 붙어 있는 것 외엔 아무것도 걸려 있지 않았다. 방 한가운데에는 조그만 테이블이 하나 놓여 있고, 그 위에는 서류가 수북이 쌓여 있었다.

하인즈 씨는 벽난로 선반에 기대 서서 물었다.

"그래, 급료는 받았나?"

"아직 못 받았어," 하고 오코너 씨는 대답했다. "정말 곤궁에 빠진 우리를 오늘밤 버리지 않았으면 좋겠는데."

하인즈 씨는 웃었다.

"줄 테지. 걱정 말게."

"일을 잘 해나가려면 정신을 차리고서 돈을 주는 게 낫지."

"노인 생각은 어떠시오?" 하고 하인즈 씨는 비꼬는 조로 노인에게 물었다.

노인은 난로 옆의 자기 자리로 돌아오며 말했다.

"하여간 돈이 없는 분도 아닌데. 저편 놈과는 다르지."

"저편 놈이란 누굽니까?"

"콜건이지 뭐야." 노인은 경멸조로 말했다.

"콜건이 노동자라서 그러는 겁니까? 콜건이 선량하고 정직한 벽돌공이라면 이잔 뭡니까? 술장사가 아닙니까 ── 응? 노동자라고 해서 다른 누구와 마찬가지로 시정(市政)에 참여할 권리가 없다는 겁니까? ── 어때요, 그리고 유권자 앞에서 늘 굽신거리는 그따위 알랑꾼 유지보다는 한층 더 자격이 있지 않습니까? 어때, 이 사람아, 그렇지 않아, 매트?" 하고 하인즈 씨는 오코너 씨에게 말을 건넸다.

"자네 말이 옳은 것 같애" 하고 오코너 씨는 대답했다.

"저편 사람은 절대 정직한 평범한 사람이며, 노동자의 대변자가 되려고 입후보했단 말예요. 근데 당신들이 돕고 있는 이 작잔 일자리가 탐나서 입후보한 거란 말예요."

"물론 노동자의 대변자를 내보내야 마땅하죠" 하고 노인이 말했다.

"노동자란 모든 배척을 다 받으면서도 보수란 쥐꼬리만치도 안 되지 않으냐 말이야? 그러면서도 모든 걸 생산해 내는 건 노동이 아니고 뭐야? 노동잔 자기 아들이나 조카나 사촌을 위해 살찐 일자리를 찾고 있는 것도 아냐. 노동잔 독일 황제의 비위를 맞추려고 더블린의 명예를 더럽히려고는 하지 않을 것일세."

"그건 무슨 말입니까?" 하고 노인이 물었다.

"내년에 에드워드 왕〔영국왕 에드워드 2세. 그가 더블린에 온 것은 1903년, 당시의 독일 황제 빌헬름 2세는 그의 숙부〕이 오면 환영 연설을 한다고 야단들인데 그걸 모르시오? 뭣 땜에 외국 왕에게 굽신거린단 말입니까?"

"우리 입후보자는 그런 연설을 하라고 찬성 투표를 하지는 않을걸세. 국민당 공천으로 출마하니까."

"안 할 거라구?" 하인즈 씨였다. "어디 두고 보세, 할 건지 안 할 건지. 나 그 사람 잘 안다구. 그 사람 사기꾼 디키 티어니가 아냐?"

"정말이야! 아마 자네 말이 옳을지도 몰라, 조." 오코너 씨가 대꾸했다. "그건 어떻게 됐건 좌우간 돈이나 가지고 나타났으면 좋겠다."

세 사람은 말이 없었다. 노인은 뜬 숯을 좀더 바싹 긁어모으기 시작했다. 하인즈 씨는 모자를 벗어서 턴 다음 외투 깃을 내려놓았다. 그 바람에 저고리 깃에 단 담쟁이잎이 보였다.

"이 사람이 살아 있다면" 하고 그는 그 잎〔1891년 10월 6일 사망한 아일랜드의 애국자 파넬의 상징〕을 가리켰다. "환영연설 같은 건 입 밖에도 내지 못할 걸세, 우린."

"그건 그래" 하고 오코너 씨도 맞장구를 쳤다.

"참, 그땐 살 만했지요! 그땐 그 잎사귀도 얼마간 살아 있었는데" 하고 노인도 한마디 했다.

방 안엔 또다시 침묵이 흘렀다. 그때 코를 킁킁거리고 귀가 몹시 언 듯한 키가 작달막한 사람 하나가 부산하게 문을 밀어제치고 들어왔다. 난로 앞으로 빨리 걸어오며 불이 날 듯이 두 손을 비비대며 말했다.

"돈이 없다네, 이 사람들."

"여기 앉으시오, 헨치 씨" 하며 노인이 자리를 내주었다.

"아, 일어서지 말아요, 잭, 일어서지 말아요" 하고 그는 하인즈 씨에게 무뚝뚝하게 고개를 끄덕이면서 노인이 내준 의자에 앉았다.

"안저 가에 다녀오셨소?" 하고 그가 오코너 씨에게 물었다.

"예" 하고 오코너 씨는 주머니에 손을 넣어 메모를 찾기 시작했다.

"그라임 씨도 찾아뵙고?"

"예."

"옳지. 그 사람 어느 편입니까?"

"확답은 못 얻었습니다. '어느 쪽 투표를 하는지 아무에게도 말 못하겠소' 이러던데요, 그분 말씀이. 하지만 그분은 문제 없을 거라고 생각되는데요."

"왜요?"

"추천인이 누구냐고 묻더군요. 그래서 버크 신부님을 대드렸으니 잘될 것 같습니다." 헨치 씨는 한바탕 코를 킁킁거리는 둥 불을 쬐며 무섭게 빨리 손을 비비대는 둥 한 다음 다음과 같이 말했다.

"여보, 잭, 제발 석탄 좀 가져오시구려. 좀 남아 있을 테니."

노인은 방을 나갔다.

"통하지 않아" 하고 헨치 씨는 머리를 설레설레 흔들었다. "그 꼬마 자식더러 돈을 좀 달라고 했더니, 아 글쎄, 하는 소리가 '자, 헨치 선생, 일이 잘돼 나가는 것이 보이면 어찌 노형을 잊겠소. 걱정 마시오' 이러는 게 아니겠소. 야비한 깍쟁이 자식 같으니라구! 그렇지 않고 뭐요?"

"내가 뭐라고 하던가, 매트?" 하인즈 씨가 끼어들었다. "사기꾼 디키 티어니라니까."

"아, 과연 소문과 다름없는 사기꾼이야." 헨치 씨도 맞장구를 친다. "눈이 돼지새끼 눈 같더니 역시 그럴 만한 까닭이 있어. 망할 자식 같으니라구! 남자답게 돈을 척 내놓지 못하고 한다는 소리가, '자, 헨치 씨, 패닝 씨에게 부탁을 좀 해봐야 되겠소…… 돈을 벌써 많이 써버려서' 이러더란 말이야. 깍쟁이 같은 망할 자식! 그 자식은 메리 로에서 제 아비가 누더기 장수를 하던 시절이 생각나지도 않나 봐."

"사실은 이만저만한 사실이 아니지." 헨치 씨는 말을 이었다. "그 얘길 처음 듣소? 그리고 사람들은 일요일 아침에 남들이 나와 다니기 전에 그 가게로 가서 양복 조끼며 바지를 사곤 했지 뭐요! 근데 사기꾼 디키 영감은 가게 한 구석에다 괴상한 조그만 까만 병 하나를 늘 감춰두고 있었다오. 이젠 아시겠소? 거기서 배운 재주요. 자식이 세상 구경을 비로소 하게 된 것이 바로 거기서라는 말이오."

노인은 석탄 몇 덩어리를 가지고 돌아와서 그것을 불 위 여기저기다 놓았다.

"거 잘됐군요" 하고 오코너 씨가 대꾸했다. "돈도 주지 않는다면 어떻게 남더러 자기를 위해 일을 해달랄 셈이죠?"

"난들 어떻게 하겠소?" 하고 헨치 씨가 말했다. "집에 가보면 차입하러 집달관이 와 있을 텐데."

이 말에 하인즈 씨는 껄껄 웃으며, 등으로 벽난로 선반을 밀어 몸을 일으켜세우고서 떠날 준비를 했다.

"왕인지 뭔지가 왕림하시는 날엔 만사가 다 잘될 걸 뭘 그러시오? 자, 여러분, 여기서 소생은 물러나렵니다. 나중에 또 만납시다. 안녕히" 하고 그는 천천히 방 밖으로 나갔다. 헨치 씨도 노인도 아무 말도 하지 않다가, 문이 닫히려고 할 찰나 불을 침울하게 물끄러미 들여다보고 있던 오코너 씨가 별안간 소리를 질렀다.

"잘 가게, 조."

헨치 씨는 잠시 그대로 있다가 문 쪽으로 고개를 끄덕여 보이며 물었다.

"저잔 뭣 하러 여길 왔지? 어쩌자는 거요?"

"참, 불쌍한 친굽니다." 오코너 씨는 담배 꽁초를 불 속으로 던지며 대꾸했다. "군색합니다, 우리와 마찬가지로."

헨치 씨가 어찌나 심하게 콧물을 훌쩍거리고 침을 뱉었던지, 난롯불이 꺼질 듯이 싯 소리를 냈다.

"내 개인적인 의견을 솔직히 말한다면," 하고 그는 말했다. "왠지 저잔 저쪽 선거 사무소에서 온 것만 같애. 말하자면 그잔 콜건의 스파이야. 잠깐 가서 그자들이 어떻게들 하고 있나 보고 오시오. 그쪽선 자넬 의심하진 않을 테니까. 알겠소?"

"아니, 조는 점잖은 사람입니다" 하고 오코너 씨가 대꾸했다.

"그자 아버진, 그야 점잖은 존경할 만한 사람이었지" 하고 헨치 씨도 시인했다. "가엾은 래리 하인즈 영감이었소. 생전에 좋은 일을 한 것도 한두 가지가 아니었지! 근데 어째 저 친군 사람이 순수하지 않은 것 같애, 암만해두. 제기랄, 사람이 군색하다면 그건 이해가 가지만 남의 등이나 쳐먹는 놈이라면 그건 도저히 동정이 안 가. 왜 놈이 저렇게도 사내다운 데가 없는 거지?"

"그놈이 올 땐 어째 반겨 맞을 생각이 안 듭니다." 노인도 한마디 했다. "자기 편 일이나 할 것이지 스파이 짓하러 여길 오다니."

"글쎄요" 하고 동감이 안 간다는 말투로 말하고 나서 오코너 씨는 담배 마는 종이와 담배를 꺼냈다. "내 생각 같아서는 조 하인즈는 곧은 사람 같던데요. 그 친구 글도 곧잘 쓰는 머리도 좋은 친굽니다. 그 친구가 쓴 걸 알고 계십니까······?"

"말하자면 저런 힐사이드 단원이니 패니아 단원[아일랜드의 독립을 위해 1857년에 조직된 비밀결사]이니 하는 녀석들은 좀 너무 약아요" 하고 헨치 씨가 끼어들었다. "이런 쓰레기 같은 녀석들에 대해 내 개인적이며 솔직한 의견이 뭔지 아시겠소? 그놈들 중 반은 성[1922년의 독립 이전에 영국 총독 관저로 사용된 더블린에 있는 옛 성]의 신세를 지고 있다는 게 내 신념이오."

"모를 소린데요" 하고 노인이 말했다.

"아, 하지만 그게 사실이니까, 안다구 난." 헨치 씨도 지질 않았다. "놈들은 성의 삯일꾼들이오······ 하인즈도 그렇다는 건 아니지만······. 아니, 제기랄, 그놈이 그렇게까지 비굴하다곤 생각지 않지만······. 그러나 사팔뜨기 눈을 한 어떤 귀족 부스러기 놈이 하나 있단 말이야 —— 내가 지금 들고 있는 애국잔 누군지 짐작이 가지?"

오코너 씨는 고개를 끄덕였다.

"말하자면 그놈은 서 소령[1803년 애국자 에메트가 더블린에서 반란을 일으켰을 때 그를 체포하여 사형당하도록 방조한 군인]의 직계요! 아, 애국자 중의 애국자지! 그놈은 자기 조국을 능히 동전 네 푼에 팔아먹을 놈이란 말이오 —— 그렇고말고 —— 전능하신 예수님 앞에 무릎을 꿇고, 팔아먹을 나라가 있는 걸 고마워할 놈이란 말이오."

이때 노크 소리가 들렸다.

"들어오시오!" 헨치 씨였다.

가난한 목사 같기도 하고, 가난한 배우 같기도 한 사람이 문간에 나타났다. 작달막한 몸을 감싼 그의 까만 옷에는 단추가 빳빳하게 채워져 있었다. 신부의 칼라를 대고 있는지 평신도의 그건지는 알 수 없었다. 가리지 않은 단추가 촛불에 번쩍이는 초라한 프록코트의 칼라가 세워져 있어 목이 보이지가 않았기 때문이다. 딱딱한 까만 펠트 천의 둥근 모자를 쓰고 있었다. 빗방울로 번쩍이는 얼굴은 두 개의 장미색 반점이 광대뼈가 있는 자리를 알려주는 곳 이외는 비에 젖은 노란 치즈같이 보였다. 아주 길쭉한 입을 갑자기 벌리고는 실망의 뜻을 나타냈고, 동시에 유난히 맑은 푸른 눈을 동그랗게 뜨고서 기쁨과 놀람을 나타냈다.

"아, 키온 신부님 아니십니까!" 하고서 헨치 씨는 의자에서 벌떡 일어났다. "신부님이셨군요? 어서 들어오세요!"

"아, 아니, 아니, 아닙니다." 키온 신부는 급히 이 말을 하고서 마치 어린애라도 상대하는 것처럼 입술을 동그랗게 모아 앞으로 내밀었다.

"들어와 앉으십시오."

"아니, 아니, 아닙니다!" 하고 키온 신부는 정중하고, 너그럽고,

비로드 같은 목소리로 연방 사양했다. "괜히 폐를 끼치는가 보군요! 그저 잠깐 패닝 씨가 계신가 하고서……."

"블랙 이글〔술집 이름〕에 가 계신데요." 헨치 씨가 대꾸했다. "하지만 들어오셔서 잠깐 앉으십시오."

"아니, 아니, 고맙습니다. 그저 잠깐 볼일이 있어서요. 고맙습니다, 정말."

그러면서 신부는 문간에서 돌아섰다. 헨치 씨는 초 한 자루를 집어들고서 신부가 내려가는 길을 비춰주려고 문까지 따라갔다.

"아, 괜찮습니다, 정말!"

"천만에요, 계단이 너무 컴컴해서."

"아니, 아닙니다. 잘 보입니다…… 고맙습니다, 정말."

"이젠 괜찮으십니까?"

"문제없습니다, 고맙습니다…… 고맙습니다."

헨치 씨는 초를 들고 방 안으로 돌아와 그것을 다시 테이블 위에 세워놓고 난롯가에 다시 앉았다. 잠시 동안 침묵이 흘렀다.

"그런데 저, 존" 하고 오코너 씨는 다시 마분지 카드로 담배에 불을 붙였다.

"뭐요?"

"저 사람 정체가 뭡니까?"

"수수께끼요."

"패닝과 아주 친한 사이 같더군요. 가끔 캐바나 술집에서 어울리던데요. 도대체 저 사람 신부이기나 합니까?"

"음 그렇죠, 그렇게 믿소, 난……. 소위 검은 양이라는 그걸 거요. 그런 사람이 많지 않기가 다행이죠! 하지만 좀 있기는 있지……

160

일종의 불운한 사람인가 봐요……."

"그리고 어떻게 해서 먹고 사는 거죠?" 하고 오코너 씨가 물었다.

"그것도 수수께끼."

"어느 예배당이나 성당이나 수도원이나 그렇지 않으면 그 밖에 어디 소속된 데라도 있는 겁니까?"

"없어. 제멋에 겨워 저러고 다니는가 봅니다…… 뭣한 얘기지만" 하고는 덧붙여, "스타우트 맥주쯤은 한 다스는 거뜬히 치우는가 봅니다."

"술 얘기가 났으니 말이지 한 잔 안 될까요?" 오코너 씨가 물었다.

"나도 간절한뎁쇼." 노인도 맞장구를 친다.

"그 깍쟁이 새끼한테 세 번이나 부탁을 했소이다." 헨치 씨는 대답했다. "스타우트 한 다스만 보내달라고. 좀 전에도 다시 한번 부탁했는데, 와이셔츠 바람으로 카운터에 기대앉아서 부시장 카울리하고 수군덕거리고만 있습디다."

"왜 좀 알아듣도록 말 못했죠?" 오코너 씨가 따지는 투다.

"글쎄, 부시장 카울리에게 얘길 하고 있는 동안 가까이 가기가 싫었습니다. 시선이 마주칠 때까지 기다리고 있다가 '부탁한 그 사소한 것 말인데……' 했지만 '문제없다니까, 헨치 씨' 이러는 게 아니겠어. 그 꼴로 봐서 그 새끼가 모든 걸 다 감쪽같이 잊어버리고 있다는 것이 분명하다니까."

"그자들이 거기서 무슨 공작을 하고 있더군요." 오코너 씨가 무슨 생각되는 바가 있다는 듯이 말했다. "어저께 그자들 셋이 서포크가 모퉁이에서 열심히 그 공작을 하고 있는 걸 보았어요."

"그자들이 무슨 공작을 하고 있는지 알 만하군." 헨치 씨가 대꾸했다. "요새는 시장으로 뽑아준단 말이야, 그자들이. 아니, 나도 시의원이 되고 싶은 생각이 제법 드는데. 노형 생각은 어떻소? 나도 제법 그 일을 해낼 것 같소?"

오코너 씨는 껄껄 웃었다.

"돈을 돌리는 일뿐이라면 그야……."

"시장 댁에서 차를 몰고 나온단 말이야." 헨치 씨는 말을 이었다. "버러지 같은 중생들 속으로. 여기 계신 잭 노인은 분을 칠한 가발을 쓴 내 뒤에 서 있고 —— 어때?"

"그리고 날 개인 비서로 삼고."

"그렇지. 그리고 키온 신부는 내 전용 신부로 삼고. 그러면 그때 우린 다 모여 집안 잔치나 한번 차립시다."

"참, 저, 헨치 선생" 하고 노인이 끼어들었다. "선생은 그 사람들보다는 훨씬 더 호화스럽게 사실 겁니다. 어느 날 시장댁 문지기 영감 키건을 만나 '그래 새 주인이 마음에 드시오, 패트? 요샌 연회도 그리 많지 않은 것 같더군요' 하고 말했더니 영감 하는 소리가 '연회요! 시장이란 사람이 기름 걸레 냄새를 반찬으로 알고 사는 걸요' 이러더란 말예요. 그리고 그 영감이 나에게 뭐라고 한 줄 아쇼? 꿈에도 믿지 못할 소리였소이다."

"뭐라고 했는데요?" 헨치 씨와 오코너 씨가 이구동성으로 물었다.

"이럽디다 —— '더블린의 시장 나으리가 사람을 시켜 저녁거리로 고기 한 근만 사오라고 한다면 노형은 어떻게 생각하시겠소? 높으신 분이 사시는 꼴이 그래 이래서야 되겠소?' 이 말을 듣고 내가 '흥! 흥' 했더니, '고기 한 근을 시장댁에서 사들였다니까요' 이러더라구요, 그 영감이. '흥! 이번엔 어떤 사람이 시장이 될지 원?' 하고 내가 말했죠."

이때 노크 소리가 들리더니 소년 하나가 머리를 안으로 디밀었다.

"뭐냐?" 하고 노인이 물었다.

"블랙 이글에서 왔는데요" 하고 소년이 비틀거리며 안으로 들어와 병 소리가 덜거덕거리는 바구니를 마루 위에 놓았다.

노인은 소년을 도와 병을 바구니에서 비워 테이블로 옮긴 다음 전체를 세어보았다. 다 옮기고 난 다음 소년은 바구니를 팔에 걸치고는 물었다.

"빈 병이 있습니까?"

"무슨 병 말이냐?" 노인이 물었다.

"마셔야 빌 것이 아니냐?" 헨치 씨도 한마디 했다.

"병이 있느냐고 물어보라고 주인이 그랬어요."

"내일 오너라" 하고 노인이 말했다.

"야, 이봐! 너 오패럴 댁에 달려가서 병따개를 좀 빌려다 줄래?—— 헨치 씨가 빌려달랜다고그래. 곧 돌려보내드린다고. 그리고 바구닌 거기 놔라."

소년이 나가자, 헨치 씨는 아주 기분이 좋아서 두 손을 싹싹 비비며 말했다.

"아, 그래도 사람이 그렇게까지 나쁘진 않군그래. 약속만큼은 지키는 사람이군, 어쨌든."

"잔이 없습니다" 하고 노인이 말했다.

"아, 그런 데 마음 쓸 것 없어요." 헨치 씨가 대꾸했다. "자고로 병째로 마신 어른이 얼마나 많았다구요."

"어쨌든, 없는 것보다는 낫군."

오코너 씨가 한마디 했다.

"나쁜 사람은 아냐."

헨치 씨는 말을 이었다.

"패닝이 빚을 많이 져서 그럴 따름이야. 손은 작지만 마음만은 좋은 사람이야, 알지?"

소년이 병따개를 가지고 돌아왔다. 노인은 병 셋을 따고, 그것을 소년에게 주려는데 헨치 씨가 소년에게 말했다.

"너도 한 잔 할래, 애야?"

"주시렵니까?"

하고 소년이 말했다. 노인은 마지못해하면서 병 하나를 더 따서 소년에게 주며 물었다.

"너 몇 살이냐?"

"열일곱입니다."

노인이 그 이상 더 아무 말이 없었으므로 소년은 집어들고서, "헨치 아저씨, 정말 고맙습니다" 하고는 술을 쭉 마시고 나서 병을 테이블 위에 다시 놓고 소맷자락으로 입을 닦았다. 그리고 나서 병따개를 집어들고서 비틀비틀 문을 나가며 뭐라고 인사말을 남겼다.

"저게 망하게 되는 시초랍니다" 하고 노인이 말했다.

"바늘 도둑이 소 도둑 된다, 그 말이지요." 헨치 씨가 맞장구를 쳤다.

노인이 병마개를 딴 병 셋을 나누자 세 사람은 동시에 나발을 불었다. 다 마신 다음 제각기 마신 병을 손을 뻗어 난로 위에 놓고 흐뭇한 숨을 길게 내뿜었다.

"아, 오늘은 일 많이 했다." 잠시 후에 헨치 씨가 입을 열었다.

"그렇습니까, 존?"

"그렇지. 도슨 가에서 한두 군데 표를 확보했어. 크로프튼하고 나하고 둘이서 말이야. 자네도 알잖아, 우리 두 사람 사이에서 크로프튼은(물론 사람은 점잖지만) 선거 운동원으로서는 아무 소용도 없어. 말하는 덴 담쌘 사람이거든. 그래서 내가 얘길 하는 동안 그 친군 그저 가만히 서서 사람들 얼굴만 쳐다보고 있을밖에."

이때 웬 사람 둘이 방 안으로 들어왔다. 그 중 하나는 아주 살찐 사람으로, 푸른 사지 양복이 절구통 같은 몸에서 흘러내릴 것만 같고, 표정이 황소 새끼를 닮은 커다란 얼굴에는 푸른 눈이 떼굴떼굴하고, 희끗희끗한 콧수염이 자라 있었다. 또 한 사람은 훨씬 젊고 몸이 약해 보이는 편인데, 여원 얼굴에는 깨끗이 면도질이 되어 있었다. 그는 아주 높은 더블 칼라를 대고 있고, 테가 넓은 중산모자를 쓰고 있었다.

"어이, 크로프튼!" 헨치 씨가 뚱뚱보 사나이를 보고 반색을 했다.

"호랑이도 제 말을 하면 온다더니……."

"술은 어디서 났어? 암소가 새끼를 낳은 셈인가?" 하고 젊은이가 익살을 부렸다.

"그래, 개 눈엔 똥만 보인다더니 자넨 술 냄새부터 맡나!" 하고 오코너 씨가 껄껄 웃었다.

"그러면서 자네들 선거운동을 한다는 거야?" 라이언스도 지질 않는다.

"나와 크로프튼은 찬비를 맞아가며 표를 긁어모으고 있는데."

"뭐라고, 집어쳐." 헨치 씨도 지질 않는다.

"난 자네 두 사람이 일주일에 얻어내는 표를 단 오 분 내에 얻어내는 사람이야."

"스타우트 두 병만 따요, 잭." 오코너 씨가 말했다.

"어떻게요?" 노인이 대꾸했다.

"병따개가 있어야지요?"

"가만 있어, 잠깐만 기다려!" 하고 헨치 씨가 빨리 자리에서 일어났다.

"이런 재줄 구경한 적 있소?"

그는 테이블에서 병 두 개를 집어들고, 난롯불로 가지고 가서 벽난로의 양쪽 시렁 위에다 놓고, 난롯불 옆에 앉아서 자기 병을 들고 또 한 모금 마셨다. 라이언스 씨는 테이블 모서리에 앉아 모자를 뒤로 제껴쓴 다음 두 다리를 흔들흔들하며 물었다.

"어느 것이 내 병이지?"

"이거지 뭐야, 이 사람." 헨치 씨가 대꾸했다.

크로프튼 씨는 상자 위에 걸터앉아 시렁 위의 다른쪽 병을 뚫어져라 쳐다보았다. 그는 두 가지 이유 때문에 잠자코 있었다. 하나는 —— 그것만으로도 충분한 이유가 되지만 —— 할 말이 없었기 때문이고, 또 한 가지 이유는 여기 있는 사람들을 깔보고 있었기 때문이다. 그는 전에는 보수당원인 윌킨스의 운동원이었으나, 보수당이 입후보를 포기하고 두 가지 피해 중 덜 불리한 것을 택하여 국민당 입후보자를 지지하게 되자 그는 티어니 씨의 운동원이 된 것이다.

얼마 있자 "폭!" 하는 소리와 함께 라이언스 씨의 병에서 병마개가 날아갔다. 라이언스 씨는 테이블에서 뛰어내려 난롯가로 가서 병을 집어들고 테이블 있는 데로 돌아왔다.

"방금 그 얘길 하던 중이야, 크로프튼." 헨치 씨가 말을 이었다.

"우리가 오늘 확실히 표를 몇 표 얻었다는 얘길 말이야."

"누구 표를요?" 하고 라이언스 씨가 물었다.

"저, 파크스의 한 표, 앳킨슨의 두 표, 그리고 도슨 가의 와드도 끌어들였지 뭐야. 역시 훌륭한 영감이더군 —— 제법 점잖은 멋쟁이 영감이던데그래, 오랜 보수당원이고! '그런데 노형 후보잔 국민당원이 아니던가요?' 하고 묻길래, '훌륭한 사람입니다. 이 나라에 이익이 되는 일이라면 뭐나 그 편에 드는 사람이지요. 굉장히 세금을 많이 내는 사람입니다. 시내에 굉장히 큰 집을 가지고 있고, 사업체도 세 군데나 됩니다. 그래서 세금을 깎아내리는 것이 그 자신의 이익을 위하는 일도 됩니다. 저명하고 존경을 받는 시민일 뿐만 아니라, 빈민구제법 관리위원이기도 하고, 좋든 나쁘든 어느 당에도 소속되어 있지 않는 초연한 사람입니다' 라고 해줬지 뭐야. 말만은 이렇게 해야 하는 법이거든."

"그리고 왕에 대한 환영 연설은 어떻습니까?" 하고 라이언스 씨는 술을 마신 다음 입맛을 다시면서 물었다.

"내 말 좀 들어보시오" 하고 헨치 씨는 말을 이었다.

"내가 와드 노인에게 말했듯이 이 나라에 필요한 것은 자본이오. 왕이 여기 온다는 것은 이 나라에 돈이 흘러들어온다는 것을 의미하오. 더블린 시민은 그것으로 혜택을 보게 될 것이오. 여기 부둣가의 모든 공장이 폐업중인 것을 보시오! 우리가 종래의 산업, 제분소니 조선소니 그리고 각종 공장이니 하는 것들을 움직일 수만 있다면 나라 안에 굴러들어올 돈이 얼마나 될지 그걸 좀 보란 말이오. 우리에게 필요한 건 자본이오."

"하지만 이것 봐요, 존" 하고 오코너 씨가 끼어들었다.

"왜 우린 영국 왕을 환영해야만 하는 거죠? 파넬 자신도……."

"파넬은요," 하고 헨치 씨가 대꾸했다.

"이미 간 사람이오. 자, 난 이렇게 본단 말이오. 이제 온다는 이 작잔 노모[빅토리아 여왕을 가리킴] 때문에 머리가 성성하기까지 왕위에 오르지도 못하고 있다가 이제 왕위에 오른 사람이오. 그는 세상물정을 잘 아는 사람이며, 우리에게 악의가 없소. 내 생각 같아서는 그 사람은 명랑하고 훌륭한 점잖은 사람이고, 악의라곤 전혀 없어요. 그는 오직 이렇게 혼잣말을 할 뿐이란 말이오 —— '선왕께선 이 야만스러운 아일랜드 사람들을 보러 간 적이 없었다. 어디 내가 친히 가서 어떻게 생겼는지 보고 와야겠다.' 근데 이처럼 우호적 의도로 찾아오는 사람을 모욕할 셈인가요, 우린? 어때? 그렇지 않아, 크로프튼?"

크로프튼 씨는 머리를 끄덕였다.

"그러나 결국 이제……" 하고 라이언스 씨는 따지고 들었다.

"알잖아요, 에드워드 왕의 생활은 그다지……."

"과거지사는 과거지사대로 내버려두라구요." 헨치 씨는 말을 이었다.

"난 개인적으로는 그 사람을 숭배해. 자네나 나와 마찬가지로 놀기 좋아하는 평범한 사람에 지나지 않아. 한 잔 술을 좋아하고, 아마 다소 난봉기가 있을지 모르지만 훌륭한 스포츠맨이야. 제기랄, 우리 아일랜드인은 페어 플레이도 할 줄 모른단 말이오?"

"모두 다 대단히 지당한 말씀이에요. 하지만 파넬의 경우도 좀 생각해보셔야죠."

"도대체 양자간에 무슨 관계가 있다는 거지?"

"내 말은 우리에게도 우리 이상이 있다는 말이지요. 자 왜 우린 그따위 사람을 환영해야 합니까? 파넬의 업적으로 보아서 파넬이야말로 우릴 지도할 수 있는 적임자라고 생각하지 않느냐 말예요. 당신은 어때? 그렇다면 뭣 땜에 우리가 에드워드 7세를 위하여 그따위 짓을 해야 하겠느냐 말예요."

"오늘은 파넬의 기념일이오." 두 사람 사이로 오코너 씨가 끼어들었다.

"그러니 서로 감정이 상하게 하지는 맙시다. 파넬이 고인이 되어 이제 없기 때문에 우리는 모두 그를 존경하는 게 아니겠소? —— 보수당원들까지도 말예요." 크로프튼 씨를 돌아다보며 그는 이 말을 덧붙였다.

폭! 하고 이때서야 크로프튼 씨의 병마개가 날아갔다. 크로프튼 씨는 앉아 있던 상자에서 일어나 난로 앞으로 갔다. 술병을 들고 돌아오며 그가 가라앉은 목소리로 말했다.

"우리 당도 그를 존경해요. 그는 신사였으니까."

"자네 말이 맞았어, 크로프튼!" 하고 헨치 씨는 버럭 화를 냈다.

"그 고양이 우리 같은 의사당의 질서를 지킬 수 있는 사람은 그 사람밖에 없었으니까. '앉아라, 개들아! 드러누워라, 똥개들아!' 이렇게 취급했으니까. 들어와, 조! 들어와!" 하며 그는 문간에 들어선 하인즈 씨를 보고서 불렀다.

하인즈 씨는 천천히 들어왔다.

"스타우트 한 병만 더 따시오, 잭. 아니, 병따개가 없는 걸 깜박 잊어버렸군! 자, 이리 하나만 보내시오, 그러면 난로 위에다 놓을 테니."

헨치 씨의 말에 노인이 술병 하나를 건네주자, 그는 그것을 벽난로 시렁 위에다 놓았다.

"앉아, 조. 우리 지금 대장[파넬은 국민당 당수였음] 애길 하는 중일세."

오코너 씨의 이 말에 헨치 씨도 맞장구를 쳤다.

"그렇지, 그렇지!" 하인즈 씨는 라이언스 씨 가까이에 있는 테이블 한쪽에 앉았으나 아무 말도 하지 않았다.

"어쨌든 이 사람 하나만은 파넬을 반대한 일이 없는 사람이오." 헨치 씨는 말을 이었다.

"내 말이 옳지, 조! 자넨 시종일관 그를 지지해 왔지!"

"어이, 조" 하고 오코너 씨가 별안간 끼어들었다.

"자네가 쓴 그걸 내놓게 —— 무슨 말인지 알지? 지금 가지고 있나?"

"아, 그래!" 헨치 씨도 맞장구를 쳤다.

"이리 내놔. 들어본 일이 있어, 크로프튼? 이제 들어보라구, 참 근사할 테니."

"자, 어서." 오코너 씨가 재촉했다.

"시작해, 조." 하인즈 씨는 이 사람들이 어느 것을 말하는지 금방 생각나지 않는 것처럼 보이더니 잠시 생각해본 다음 입을 열었다.

"아, 그것 말이군……. 알았어, 그건 퍽 오래돼서."

"그걸 해봐, 이 사람아!" 오코너 씨가 계속 재촉했다.

"쉿, 쉿." 헨치 씨도 거들었다.

"자, 조!"

하인즈 씨는 좀더 망설였다가 모두가 말이 없는 가운데 모자를 벗어, 테이블 위에다 놓고 일어섰다. 속으로 다시 외워보는 것 같더니 좀더 가만히 있다가 읊기 시작했다.

그는 한두 번 헛기침을 한 다음 외우기 시작했다.

파넬의 죽음

1891년 10월 6일

님 가시다, 우리의 무관(無冠)의 왕 가시다.

오, 아일랜드여, 설움과 슬픔으로 울지어다.

현세의 위선자들 무리에 꺾여

님 이제 가시고 말았으니.

님 비겁한 도배들의 칼에 맞고 가시니

님 도탄에서 영광의 나라로 오르셨네.

아이랜드의 희망이며 아일랜드의 꿈은

우리 왕을 보내는 불 위에서 사라지다.

궁전과 초옥과 또한 오막살이에

아일랜드의 정기가 살아 있는 곳이면

어디든지 설움에 묻혀 있으니
아일랜드의 운명을 지으실 님 가셨으니.

조국의 명성을 떨치셨고,
영광의 초록색 깃발을 휘날리시며,
세계의 만방 앞에
조국의 문무(文武)의 성좌를 빛내셨을 님.

님은 자유의 꿈을 품으셨으나
(아, 슬프도다, 꿈에 지나지 않았음이!)
그 자유를 얻으려고 싸우실 때에
배신을 당하시와 못 이룬 님의 사랑.

시왕(弑王)의 대역(大逆)을 저지른 비겁한 놈들이여
기꺼이 님의 친우가 아닌
어중이떠중이 돌중의 무리에게 님을 팔아버린
비겁한 놈들이여 부끄럽지 않느냐.

님의 자부심으로 저들을 물리치신
님의 거룩하신 이름을 애써 더럽히려 한
자들의 기억은 썩어 천만년
치욕에 묻혀 썩을지어다

용맹한 자들이 가시듯이,

님도 종생토록 고결하고 두려움 없이 가셨으니,
그 죽음, 님을 이끌어 아일랜드의 역대
영웅들 사이에 님을 끼게 하였어라.

어떠한 투쟁의 소리도 님의 잠을 괴롭히지 말라!
님 고요히 잠드시니, 이제는 그쳤어라.
영광의 정상에 오르려는 님의
그 어떤 인간적인 고통도, 그 어떤 고상한 야망도.
저들은 소원대로 님을 꺾었으되
들어라, 아일랜드여, 님의 영혼은
새 날의 먼동이 훤히 틀 때,
불사조처럼 불꽃에서 일어나리.

자유의 통치를 가져다 주는 그날
조국이 기쁨에 드리는 술잔 속에서
한 방울 설움 —— 파넬의 기억을
잊지 말 것을 조국이여, 맹세할지어다.

하인즈는 다시 테이블 위에 앉았다. 낭독이 끝나자 잠잠하던 침묵을 깨뜨리고 박수가 터졌다. 라이언스 씨까지도 박수를 쳤다. 갈채는 한동안 계속되었다. 그것이 끝나자 그것을 듣던 모든 사람들은 아무말도 없이 병을 들어 술을 마셨다.

폭! 하고 하인즈 씨의 술병에서 병마개가 날아갔으나, 하인즈 씨는 홍조 띤 얼굴에 모자를 벗은 채 테이블 위에 그냥 그대로 앉아 있었다. 어서 그 술을 마시라는 소리도 못 들은 것만 같았다.

"잘했어, 조!" 하며 오코너 씨는 흥분을 감추려고 담배 마는 종이와 쌈지를 꺼냈다.

"노형 생각은 어떻소, 크로프튼?" 헨치 씨가 큰소리로 외쳤다.

"훌륭하지요? 어때요?"

크로프튼 씨도 정말 훌륭한 글이라고 칭찬했다.

어머니

아일랜드 독립협회 사무차장 홀로한 씨는 때묻은 서류를 손에 잔뜩 들고, 또 주머니마다 잔뜩 쑤셔넣고서 거의 한 달 동안이나 음악회를 준비하느라고 더블린 시내를 동분서주하고 있었다. 다리를 저는 그를 친구들은 절름발이 홀로한이라고 불렀다. 그는 쉬지 않고 동분서주했고, 거리에서 만난 사람하고도 거리 모퉁이에 한참 동안씩 서서 상의했으며, 메모도 해두었다. 그러나 결국 모든 일을 마련한 사람은 키어니 부인이었다.

미스 디블린이 화풀이로 키어니 씨와 결혼하여 키어니 부인이 되고 만 것이었다. 그녀는 상류 수도원에서 교육을 받아 거기서 불어와 음악을 배웠다. 나면서부터 얼굴색이 창백하고, 태도에 있어 남에게 굽히지 않는 사람이었기 때문에 학교 때 친구도 많지 않았다. 혼기가 되었을 때 이 집 저 집으로 놀러도 다녀, 거기서 그녀의 연주와 우아한 태도 때문에 많은 사람들의 칭찬을 받기도 했다. 그녀는 자기 교양의 싸늘한 울 안에 도사리고 앉아, 어떤 구혼자가 나타나 그 울을 쳐부수고 자기를 찬란한 생활로 이끌어주기를 기다렸다. 그러나 그녀가 만난 청년들이란 그저 그렇고 그래서, 그들에게 아무런 반응도 보이지 않고, 그저 젤라틴을 굳혀 설탕을 뿌린 과자

175

나 몰래 먹으며 처녀의 로맨틱한 꿈을 달래곤 했다. 그러나 혼기의 한계점에 거의 이르러 친구들이 그녀 애길 수군거리기 시작하자 별안간 키어니 씨하고 결혼하여 그 입을 막고 말았다. 키어니 씨는 오몬드 선창가에 사는 구두장사였다.

신랑은 신부보다 훨씬 나이가 많았다. 남편이 늘어놓는 화제도 싱거웠으며, 그나마도 그의 커다란 갈색 텁석부리 수염 속에서 이따금씩 드문드문 나왔다. 결혼 생활의 첫해가 지나자, 키어니 부인은 이러한 사나이가 낭만적인 사나이보다는 같이 살기 좋으리라는 것을 깨달았지만 그녀 나름대로의 낭만적인 생각만은 버리지 않았다. 남편은 착실하고 검소하고 신앙도 독실하여, 달마다 첫 금요일이면 성당에 가곤 했다. 때로는 동부인해서 갔지만 혼자 가는 때가 더욱 많았다. 그렇다고 해서 그녀는 신앙이 흔들리는 일도 없었고, 그에게는 좋은 아내였다. 생소한 집에서의 어떤 파티에서 아내가 눈썹을 조금만 쳐들어도 그는 알아차리고서 냉큼 일어서서 잘 있으라는 인사를 남기고서 그 집을 나왔으며, 감기가 그를 괴롭히면 그녀는 털이불로 발을 감싸주고는 독한 럼 펀치 술을 만들어주었다. 그는 그대로 또 모범적인 아버지였다. 매주 조금씩 돈을 어떤 조합에 부어서 두 딸이 스물네 살이 될 때에는 각기 백 파운드의 결혼 지참금이 되도록 마련해주었다. 큰딸 캐들린을 좋은 수도원에 보내불어와 음악을 배우게 했고, 그 다음엔 학자금을 주어 왕립 음악학교에 보냈다. 해마다 7월이 되면 키어니 부인은 친구에게 이렇게 말할 수 있었다.

"글쎄, 애아버지가 우리더러 몇 주일 스케리즈에 피서를 갔다오라고 하지 뭐야."

스케리즈가 아니면 하우드나 그레이스톤즈〔셋 다 더블린 근처의 피서지〕였다.

아일랜드 문예부흥운동이 평가를 받기 시작하자 키어니 부인은 딸의 이름을 떨치기 위하여 아일랜드어 선생을 집으로 초청했다. 캐들린 자매가 아일랜드 그림엽서를 친구들에게 보내자, 친구들도 아일랜드 그림엽서를 보내왔다. 특별한 일요일마다 키어니 씨가 가족과 함께 대성당에 갈 때에는 미사가 끝난 후 성당 가(街) 모퉁이에 사람들이 조그만 떼를 지어 모여 있곤 했다. 모두가 키어니 식구들을 잘 아는 사람들이었다 —— 음악 친구가 아니면 국민당 친구였다. 사소한 잡담이 끝나면 서로 다들 악수를 교환하고, 서로 아일랜드어로 잘 가라는 인사를 나누었다. 곧 미스 캐들린 키어니의 이름이 곧잘 사람들 입에 오르내리기 시작했다. 그녀는 음악에 재주가 이만저만이 아닌 데다 대단히 훌륭한 처녀이고, 더욱이 국어운동에 힘을 쓰고 있다는 평판이 자자했다. 이 모든 것에 키어니 부인은 매우 만족스러웠다. 그래서 어느 날 홀로한 씨가 자기 집에 와서 아일랜드 독립협회의 주최로 에인센트 음악당에서 열리게 될 네 번의 대공연에 딸을 반주자로 삼겠다고 청하는 말을 듣고도 별로 놀라지 않았다. 그녀는 그를 응접실로 데리고 나가 앉게 하고는 술병과 은그릇에 과자를 담아 내놓았다. 다음 이 계획의 세부를 꼬치꼬치 캐고들며, 이렇게 하라, 저렇게 하라는 등 충고와 설득을 늘어놓았다. 마침내 계약서가 작성되었으며, 그 계약서에 따르면 캐들린은 네 번 공연 반주 출연료로 8기니를 받기로 되었다.

홀로한 씨는 광고문이나 프로그램 작성 따위의 섬세한 일에는 서투른 사람이었으므로 키어니 부인의 도움을 받았다. 부인은 이런 일에 재주가 있어, 어떤 악사의 이름은 큰 글씨로 쓰며, 어떤 악사의 이름은 작은 글씨로 써야 한다는 것도 알고 있었고, 제1테너는 미드 씨가 희극적인 노래를 부른 다음에 나오기를 싫어할 것이라는 것도 알고 있었다. 청중의 흥미를 계속 새롭게 하기 위하여 부인은 그전부터 인기 있는 곡목 사이에다 좀 자신없는 곡목을 집어넣기도 했다. 홀로한 씨는 매일같이 여러 가지 일을 상담하기 위하여 부인을 찾아왔다. 부인은 늘 다정히 상담에 응했는데 —— 사실상 그녀는 가정적인 성격이었다. 부인은 술병을 그에게로 밀어주며 이렇게 말했다.

"자요, 마음껏 잡수세요, 홀로한 선생!"

그리고 그가 사양치 않고 마시는 것을 보고 부인은 다시 말했다.

"걱정 마세요! 그런 걱정 마세요!"

모든 것이 다 순조롭게 진행되었다. 키어니 부인은 캐들린의 옷섶에 대려고 브라운 토머스 상점에 가서 복숭아꽃 색깔의 예쁜 샤르뮤즈 비단도 사왔다. 그것은 다소 비싼 편이었으나, 이럴 때 좀 돈이 든들 어떠랴 싶었다. 부인은 마지막 공연의 2실링짜리 입장권을 열두 장이나 구해서 그렇게라도 하지 않으면 올 성싶지 않은 친구들에게 돌렸다. 빠뜨린 일이라곤 하나도 없었다. 그래서 그 덕택으로 만반의 준비는 갖추어졌다.

음악회는 수, 목, 금, 토의 나흘에 걸쳐 있을 예정이었다. 수요일 밤에 키어니 부인이 딸과 함께 에인센트 음악당에 와보니 모든 꼴이 다 마음에 들지 않았다. 저고리에 제각기 엷은 푸른색 배지를 단 젊은이들 몇 명이 문간에 서서 빈들거리고 있었고, 그 중 아무도 연주복을 입고 있지 않았다. 딸과 함께 그 옆을 지나며 홀의 열린 문

사이로 흘깃 객석을 둘러보니 접대원들이 빈들거리고 있는 까닭을 알 수 있었다. 처음엔 시간을 잘못 알고 온 것이 아닌가 싶었으나, 그렇지도 않았다. 8시 20분 전이었다.

무대 뒤의 휴게실에서 협회 사무장 피츠패트리크 씨에게 소개되어 생글 웃으며 악수를 나누었다. 허여멀쑥한 키가 작은 사나이였다. 유심히 보니 부드러운 갈색 중절모자를 아무렇게나 머리 한쪽에다 얹고 있고, 억양이 없는 말씨였다. 한쪽 손에다 프로그램을 한 장 들고 있는데, 부인과 얘기를 하고 있는 동안 그 한쪽을 씹어서 펄프로 만들고 있었다. 관객이 적은 것에 그다지 개의치 않는 눈치였다. 홀로한 씨는 표가 몇 장 팔렸다는 매표소의 보고를 가지고 연방 휴게실로 들어왔다. 악사들은 조바심을 치며 저희들끼리 수군거리며 이따금씩 거울 속을 흘깃 들여다보기도 하고, 또 악보를 말았다 폈다 하기도 했다. 여덟시 반이 거의 다 되자 관람석에 있는 많지 않은 사람들이 이젠 시작하라고 떠들기 시작했다. 피츠패트리크 씨가 들어와서 방 안을 얼빠진 눈초리로 생글 웃으며 둘러보고 나서 말했다.

"자, 여러분, 시작하는 것이 어떨까요?"

키어니 부인은 그의 아주 억양이 없는 마지막 말을 듣고 경멸을 담은 빠른 눈초리로 그를 힐끗 쳐다보고 나서 격려하는 듯 딸에게 말했다.

"얘야, 준비는 다 됐니?"

기회를 보아 부인은 홀로한 씨를 옆으로 오라 하여 도대체 어찌 된 영문이냐고 대답해 보라고 물었다. 홀로한 씨는 자기도 어찌 된 영문인지 모르겠다며, 네 번씩이나 공연을 갖기로 한 위원회의 처사는 실수이며, 네 번은 너무 많다는 것이었다.

"그리고 저 악사들 좀 보세요!" 키어니 부인은 음성을 높였다. "물론 그야 최선을 다하고 있겠지만 실은 쓸 만한 데라곤 아무 데도 없군요."

홀로한 씨도 악사들이 돼먹지 않았다고 시인했지만, 위원회는 처음 세 공연은 되는 대로 하기로 하고, 토요일 밤 공연을 위하여 모든 역량을 아껴두기로 결정했다고 말했다. 이에 대해 키어니 부인은 아무 말이 없었으나, 보잘것없는 곡목이 차례차례로 진행되고 그렇지 않아도 많지 않은 청중들이 점점 줄어드는 것을 보자, 이따위 음악회를 위하여 자신도 얼마간의 비용을 쓴 것을 후회하기 시작했다. 어쩐지 일이 되어가는 꼴이 마음에 들지 않는 부분이 있었고, 피츠패트리크 씨의 얼빠진 미소가 그녀를 대단히 격분시켰다. 그러나 아무 말도 하지 않고서 어떻게 끝이 나나 기다리고 있었다. 음악회는 10시가 다 되어서 끝이 났고, 모든 사람들은 빨리 집으로 돌아갔다.

목요일 밤에 열린 음악회는 청중들의 출석률이 좀 나은 편이었으나, 키어니 부인은 공짜가 많이 와서 이렇게 되었다는 것을 대번에 알아챘다. 청중들의 행동은 제멋대로였으며 음악회는 마치 비공식적인 최종 연습이나 하는 것 같았다. 피츠패트리크 씨는 흥이 나서, 키어니 부인이 성난 눈으로 자기의 행동을 지켜보고 있다는 것도 전혀 모르는 눈치였다. 그는 막 끝에까지 나와 서서 이따금씩 머리를 불쑥 밖으로 내밀고는 발코니 구석에 앉아 있는 그의 친구들과 서로 웃음을 교환했다. 그날 저녁에 키어니 부인은 금요일 공연은 그만두기로 하고, 토요일 밤에 초만원을 이루기 위하여 위원회는 전력을 다하기로 했다는 것을 알았다. 이 말을 듣자 키어니 부인은 홀로한 씨를 찾기 시작했다. 어떤 젊은 여자를 주려고 레모네이드 잔을 들고서 부리나케 절름거리며 나가고 있는 홀로한 씨를 잡아놓고서 그것이 사실이냐고 물었다. 과연 사실이었다.

"하지만, 물론 그건 계약에는 영향을 미치지 않겠지요. 계약에는 네 번이라고 했는데."

홀로한 씨는 바쁜 체를 하며, 피츠패트리크 씨에게 말해보라고 했다. 이 말에 키어니 부인은 덜컥 걱정이 되기 시작했다. 그래서 그녀는 막 뒤에 있는 피츠패트리크 씨를 불러내어, 자기 딸은 네 번 공연하기로 계약에 서명했으니, 물론 계약 조문에 있는 대로 협회가 공연을 네 번 갖든 말든 간에 처음에 정한 금액을 주어야 한다고 말했다. 문제점을 곧 알아채지 못한 피츠패트리크 씨는 이 난점을 그로서는 해결할 길이 없는 듯 위원회에 회부해보겠다고 답변했다. 키어니 부인은 분해서 대번에 얼굴색이 새빨개지며 묻는 것을 억제하기 위하여 갖은 애를 다 썼다.

"그럼 그 위원회라는 것이 누구지요?"

그리고 그런 짓을 하는 것은 여자답지 않다는 것을 알고서 그녀는 입을 꾹 다물고 말았다.

조그만 아이들에게 여러 다발의 광고지를 안겨 금요일 아침 일찍 더블린의 여러 주요 거리로 내보냈다. 과장된 호평기사를 모든 석간 신문에 실어, 다음날 저녁을 위해 준비한 음악의 향연을 음악 애호가들에게 상기시켰다. 키어니 부인은 다소 안심은 되었으나, 그래도 자기에게 걱정이 되는 몇 가지를 남편에게 의논하는 것이 좋겠다고 생각했다. 자세히 들은 남편은 토요일 밤엔 자기도 동행하는 것이 좋을 것 같다고 말했다. 그녀도 동의했다. 그녀는 자기 남편이 큼직하고 듬직하고 끄떡없는 존재만 같아 중앙우체국을 존경한 만큼이나 자기 남편을 존경했다. 재주라고는 별로 없는 사람이라는 것을 알고 있었지만 남성으로서의 그 추상적인 가치를 그녀는 인정했다. 자기를 따라가겠다고 남편이 선뜻 나선 것이 반가웠다. 이것으로 자기 일이 일단 끝난 것으로 그녀는 생각했다.

대음악회의 밤이 왔다. 키어니 부인은 남편과 딸과 함께 음악회가 열리기 45분 전에 에인센트 음악당에 도착했다. 운이 없으려니까 비 오는 저녁이었다. 키어니 부인은 딸의 옷과 악보를 남편에게 맡기고 홀로한 씨나 피츠패트리크 씨를 찾아서 온 장내를 돌아다녔다. 아무도 찾아낼 수 없었다. 안내원에게 위원회 사람이 누구라도 좋으니 지금 여기 있느냐고 물었더니, 안내원은 한참 애쓴 끝에 미스 베언이라는 이름의 키가 작은 여인을 하나 데리고 왔다. 이 여인에게 키어니 부인은 아무라도 좋으니 간사를 만나고 싶다는 뜻을 전했다. 미스 베언은 간사들이 곧 올 것이라며 무엇 때문에 그러느냐고 물었다. 키어니 부인은 믿음직한 표정과 열성적인 표정이 역력히 드러나보이는 상대방의 좀 늙은 얼굴을 뜯어보듯 들여다보면서 대답했다.

"예, 아닙니다!"

그 몸집이 작은 부인은 사람이 많이 올 것이라고 말하고는 비 오는 것을 멍하니 내다보는데, 어느새 비에 젖은 쓸쓸한 거리는 그녀의 뒤틀린 용모로부터 그 모든 믿음직한 표정과 열성적인 표정을 지워버렸다. 그녀는 다음에 나지막이 한숨을 내쉬며 말했다.

"아, 글쎄! 할 수 있는 일은 다했건만 이 모양이니……."

키어니 부인은 휴게실로 돌아오지 않을 수 없었다.

가수들이 한둘씩 도착하는 중이었다. 베이스와 제2테너는 벌써 와 있었다. 베이스인 더건 씨는 검은 콧수염을 드문드문 기른 몸집이 호리호리한 청년이었다. 그는 시내 어느 사무실 현관 문지기의 아들이었는데, 어릴 때, 목소리가 울려퍼지는 그 현관에서 베이스 목소리를 길다랗게 내뽑아 노래를 부른 적이 있었다. 이러한 미천한 상태에서 출세하여 일류급 가수가 되었다. 그랜드 오페라에 출연한 적도 있었다. 어느 날 밤, 어떤 오페라 가수 하나가 병이 나, 그 대신 퀸즈 극장에서 〈마리타나〉[1845년에 초연된 아일랜드 작곡가의 가극. 같은 이름의 집시 처녀가 여주인공으로 나온다]라는 오페라에서 왕 역을 맡은 적도 있었다. 기분을 잘 살려서 우렁차게 자기 곡목을 불러 관중들로부터 열렬한 갈채를 받았으나, 불운하게도 무심코 장갑 낀 손으로 한두 번 코를 닦아서 모처럼 준 좋은 인상을 그르치고 말았다. 그는 겸손한 데다 말도 적었다. 당신들이라는 말을 어찌나 부드럽게 썼던지 누구의 눈에도 띄지 않을 정도였으며, 성대를 위해서 우유보다 독한 음료는 절대로 마시지 않았다. 제2테너인 벨 씨는 금발의 키 작은 사나이로, 해마다 페이스 시오일[아일랜드의 음악제] 경연대회에 나가, 네번째에 동메달을 타기도 했다. 그는 극도로 신경질적이며, 다른 테너들을 극도로 시기했지만, 넘쳐흐르는 듯한 다정한 태도로 그 신경질적인 시기심을 감췄다. 그는 음악회에 나가는 일이 그에게는 얼마나 괴로운 일인가를 사람들에게 알리고 싶어 했다. 그러므로 더건 씨를 보자 그에게로 달려가서 물었다.

"선생도 출연하시는군요?"

"네" 하고 더건 씨가 대답했다.

벨 씨는 같이 고생하게 된 이 사람을 보고 웃으며 한 손을 내밀어 악수를 청했다.

키어니 부인은 이들 두 젊은이 옆을 지나 장내를 둘러보려고 막 가장자리로 갔다. 좌석은 청중들로 채워지고 있어, 장내에는 홍성거리는 분위기가 감돌았다. 그녀는 남편 있는 데로 돌아와서 남편에게 귓속말로 소곤거렸다. 딸이 국민당 관계의 친구이며 콘트랄토인 미스 힐리와 이야기하는 것을 힐끗힐끗 쳐다보는 것으로 보아 캐들린에 관한 이야기임을 알 수 있었다. 웬 창백한 얼굴을 한 낯선 여자 하나가 혼자 방 안을 지나갔다. 여윈 몸에 걸친, 색이 낡은 푸른 옷을 여자들은 날카로운 눈으로 좇았다. 누가 하는 소리를 들어보면 이 여자가 소프라노인 마담 글린이라는 것이었다.

"글쎄, 어디서 저런 사람을 주워왔지?" 하고 캐들린은 미스 힐리에게 속삭였다. "정말 이름도 듣지 못한 사람이야."

미스 힐리는 그저 싱긋 웃었다. 이때 홀로한 씨가 절름거리며 휴게실로 들어왔으므로 두 젊은 여자는 저 여자가 누구냐고 그에게 물었다. 홀로한 씨는 런던에서 온 마담 글린이라고 대답했다. 마담 글린은 방 한구석에 자리를 잡고 악보 말은 것을 앞에 뻣뻣이 들고 서서, 이따금 놀란 눈으로 장내를 두리번거렸다. 그림자가 져서 그 색이 낡은 옷이 눈에 띄지 않았지만, 그 대신 목뼈 뒤 움푹 들어간 곳을 드러나보이게 했다. 장내는 좀더 왁자지껄해졌다. 제1테너와 바리톤이 같이 도착했다. 둘 다 옷을 잘 입었고, 몸이 튼튼하고, 마음이 흡족한 듯해 보이며, 다른 사람들보다는 부유해 보였다.

키어니 부인은 딸을 그 사람들 있는 데로 데리고 가서, 상냥하게 말을 걸었다. 사귀고 싶었지만, 다정하게 굴려고 무척 애를 쓰면서도 눈으로는 절룩거리면서 돌아다니는 홀로한 씨를 좇고 있었다. 되도록 빨리 미안하다는 말을 남기고서 그들 곁을 떠나 그를 좇아 밖으로 나왔다.

"저, 홀로한 선생, 잠깐 얘기할 게 있는데요."

두 사람은 복도의 조용한 곳을 찾아갔다. 키어니 부인은 자기 딸이 언제 공연료를 받게 될 것이냐고 물었다. 홀로한 씨는 그것은 피츠패트리크 씨의 소관이라고 대답했다. 키어니 부인은 피츠패트리크 씨에 관해서는 처음 듣는 얘기라고 말하고는 자기 딸은 8기니를 받기로 하고서 계약서에 서명했으니까 그것을 받아야겠다고 말했다. 홀로한 씨는 그것은 자기가 알 바 아니라고 딱 잘라 말했다.

"어째서 선생님이 모르신다는 겁니까?" 키어니 부인이 따지고 들었다. "계약서를 손수 우리 딸애에게 가져온 것은 선생님이 아니셨던가요? 어쨌든 선생님이 알 바 아니라고 하셔도 전 알아야겠어요. 꼭 결말을 보겠어요."

"피츠패트리크 씨에게 말씀하시는 게 좋을 겁니다." 홀로한 씨도 단호했다.

"그 양반이 무슨 상관이에요?" 키어니 부인도 지질 않았다. "계약하셨으니 이행하셔야겠어요."

휴게실로 돌아왔을 때 부인의 두 뺨은 다소 불그레했다. 방 안은 활기를 띠고 있었다. 외출복을 입은 두 사나이가 아까부터 난롯가에 앉아서 미스 힐리와 바리톤하고 친밀하게 담소하고 있었다. 《프리맨》지의 기자와 오매든 버크 씨였다. 《프리맨》지 기자가 온 것은 어떤 미국인 신부가 시장 관저에서 설교하는 것을 취재해야만 하기 때문에 음악회를 기다리지 못하겠다고 알리기 위해서였다. 《프리맨》사에다 기사를 써서 보내주면 실어주겠다는 것이었다. 믿음직한 목소리와 조심성 많은 태도를 가지고 있는 머리칼이 희끗희끗한 사람이었다. 불이 꺼진 시거를 손에 들고 있는데, 시거 연기의 향기가 부근에 떠돌고 있었다. 그는 음악회나 가수들을 무척 따분하다고 생각했기 때문에 잠시도 그대로 있고 싶은 생각이 원래부터 통 없었지만 그래도 난롯가에 기대 서서 그대로 있었다. 미스 힐리는 그 사람 앞에 서서 깔깔거리며 아양을 떨고 있었다. 그는 왜 이 여자가 이렇게 공손하게 굴까 그 까닭을 알 만큼 나이가 들었으나, 마음이 아직도 젊어서 그런 기회를 그저 이용할 줄 알았다. 여자의 몸의 체온, 향기, 빛깔 따위가 그의 오감에 뭉클하게 풍겨왔다. 그의 눈 아래서 천천히 오르내리는 그 가슴은 이 순간 그를 위하여 오르내리고, 그 웃음과 향기와 추파는 그에게 바치는 공물(貢物)이라는 것을 깨닫자 그는 기분이 좋았다. 이 이상 더 그대로 있을 수 없게 되자 그는 애석해하면서 그녀와 헤어졌다.

"오매든 버크가 기사를 쓸 겁니다" 하고 그는 홀로한 씨에게 설명했다. "그러면 제가 꼭 내드리겠습니다."

"정말 고맙습니다, 핸드리크 씨" 하고 홀로한이 고마워했다. "그러실 줄 저도 압니다. 자, 가시기 전에 뭘 좀 드시지 않겠습니까?"

"글쎄요" 하고 핸드리크 씨가 대꾸했다.

두 사람은 꼬불꼬불한 복도를 걸어 컴컴한 계단을 올라 어느 동떨어진 방으로 왔다. 접대원 하나가 몇몇 신사에게 술병을 따주고 있었다. 그 중 하나는 으레 이런 곳이 있을 거라는 것을 본능적으로 알고서 이 방을 찾아낸 오매든 버크 씨였다. 그는 상냥한 중년 남자로 쉴 때에는 커다란 비단 우산에다 듬직한 몸을 의지하는 사람이었다. 그의 어마어마한 서부지방식 이름은 그가 미묘한 그의 금전 문제에 의지하는 정신적인 우산이었다. 그는 모든 사람의 존경을 받았다.

홀로한 씨가 《프리맨》지 기자를 접대하는 동안, 키어니 부인이 어찌나 큰소리로 자기 남편에게 이야기를 하고 있던지 그는 음성을 좀 낮추라고 그녀에게 이르지 않을 수가 없었다. 휴게실에 있는 다른 사람들의 이야기는 좀 뜸해져 있었다. 제일 먼저 나갈 사람인 벨 씨는 일어서서 악보를 들고 준비를 하고 있었으나 반주를 맡은 사람은 꼼짝도 않고 그대로 앉아 있었다. 무엇이 잘못된 것이 분명했다. 키어니 씨는 자기 턱수염을 쓰다듬으면서 앞만 똑바로 쳐다보고 있고, 한편 키어니 부인은 딸의 귀에다 대고 뭐라고 낮은 목소리로 또박또박 소곤거리고 있었다. 관람석에서는 어서 하라고 박수를 치며 발을 굴렀다. 제1테너와 바리톤과 미스 힐리는 함께 일어서서 가만히 기다리고 있었으나, 벨 씨는 자기가 늦게 온 것으로 청중들이 생각할까 봐 그 걱정 때문에 제정신이 아니었다.

홀로한 씨와 오매든 버크 씨가 방 안으로 들어왔다. 방 안이 찬물을 끼얹은 듯이 고요 속에 잠긴 그 까닭을 대번에 알아차리고서 홀로한 씨는 대뜸 키어니 부인에게로 가서 간곡하게 타일렀다. 그동안에도 장내에서 떠드는 소리는 점점 더 커졌다. 홀로한 씨는 얼굴색이 아주 빨개지고 흥분하여 사정사정해 보았으나 키어니 부인은 이따금씩 짤막하게 말했다.

"안 나가요. 8기니를 받아야 해요."

홀로한 씨는 다 죽은 얼굴이 되어 청중들이 박수를 치고 발을 구르고 있는 장내를 가리켰다. 키어니 씨와 캐들린에게 사정해보았다. 그러나 키어니 씨는 그냥 턱수염만 쓰다듬고 있고, 캐들린은 자기 잘못이 아니라는 듯이 새 구두 끝을 꼼틀거리면서 아래만 내려다보고 있었다. 키어니 부인은 다시 되풀이했다.

"돈을 받지 않으면 꼼짝도 안 합니다."

뭐라고 한참 빨리 입씨름을 하더니 홀로한 씨는 절룩거리며 부리나케 밖으로 나갔다. 방 안은 물을 뿌린 듯 잠잠했다. 이러한 침묵의 긴장 상태가 어느 정도 괴로울 지경이 되자 미스 힐리가 바리톤에게 물었다.

"이번 주에 패트 캠블 부인〔영국의 유명한 여배우로 G. B. 쇼의 친구였음〕을 만나셨어요?"

바리톤은 보진 못했지만 건강하다는 말을 들었다고 대답했다. 대화는 그것으로 끝났다. 제1테너는 고개를 숙이고서 가슴에 가로 걸친 금시곗줄의 고리를 세며, 싱글싱글하면서 아무렇게나 콧노래를 흥얼거렸다. 이따금씩 사람마다 키어니 부인을 힐끗 쳐다보았다.

피츠패트리크 씨가 방 안으로 부리나케 달려들어오고, 그 뒤를 따라 헐떡거리면서 홀로한 씨가 들어왔을 때 장내는 떠들썩한 소리로 바뀌어 있었다. 장내에서 손바닥을 치는 소리와 발을 구르는 소리를 째고 휘파람소리가 들려왔다. 피츠패트리크 씨는 손에 몇 장의 수표를 들고서, 그 중 네 장을 세어서 키어니 부인의 손에 쥐어주며 나머지 네 장은 쉬는 시간에 드리겠다고 말했다.

"4실링이 부족합니다" 하고 키어니 부인이 말했다.

그러나 캐들린은 치맛자락을 사리고서 사시나무처럼 떨고 있는 첫 곡목을 맡은 사람에게, "자, 그럼, 벨 씨" 하고 불렀다. 가수와 반주자는 함께 무대로 나갔다. 장내의 떠드는 소리가 잠잠해졌다.

몇 초 동안 잠잠하더니 피아노 소리가 들렸다.

마담 글린의 순서만을 제외하고 음악회의 전반은 대성공이었다. 이 여자는 〈킬라니〉를 불렀는데, 성량이 부족하여 헐떡거리는 소리 인 데다가 본인은 노래에 우아함을 띄워준다고 부른 것이 도리어 케케묵은 억양과 발성이 되고 말았다. 그 꼴은 마치 케케묵은 무대 용 의상에서 부활해나온 것만 같은 꼴이었고, 장내의 싸구려 관람 석으로부터 높은 야유의 소리가 날아왔다. 그러나 제1테너와 콘트 랄토는 절찬을 받았다. 캐들린이 아일랜드 가요를 추려서 연주한 것이 대갈채를 받았다. 아마추어 극도 지어낸 바 있는 어떤 젊은 여 자가 열렬한 애국시를 낭독함으로써 1부는 끝났다. 그것도 상당한 갈채를 받았으며, 모두들 막간을 쉬기 위하여 자못 만족한 얼굴로 휴게실로 나왔다.

그동안 내내 휴게실은 흥분의 도가니였다. 한쪽 구석엔 홀로한 씨, 피츠패트리크 씨, 미스 베언, 접대원 두 사람, 바리톤, 베이스, 오매든 버크 씨가 있었다. 오매든 버크 씨는 이 음악회야말로 자기 가 보아온 중 가장 수치스러운 구경거리라고 말하고는 캐들린 키어 니 양의 음악가로서의 생애는 더블린에서는 이것으로 끝났다고 하 고, 바리톤에게 키어니 부인의 이번 행동을 어떻게 생각하느냐고 물었다. 바리톤은 아무 말도 하고 싶지 않았다. 그는 이미 자기 공 연료를 받았으므로, 남들과 다정하게 지내고 싶었던 것이다. 그러 나 그는 키어니 부인은 가수들의 입장도 좀 고려하는 것이 좋지 않 겠느냐고 의견만은 말했다. 접대원과 간사들은 쉬는 시간이 되면 어떻게 해야 할 것인가에 관한 문제를 열렬히 토론했다.

"내 생각도 미스 베언과 같습니다." 오매든 버크 씨가 한마디 했다. "한 푼도 주지 마십시오."

　　다른 구석에는 키어니 부처, 벨 씨, 미스 힐리, 그리고 아까 애국시를 낭독한 그 젊은 여자가 있었다. 키어니 부인은 위원회가 사람을 대접하는 꼴이 모욕적이다. 자기는 온갖 수고와 비용을 아끼지 않고 협조했는데 이런 대접밖엔 받지 못했다고 투덜거렸다.

　　상대가 나이 어린 여자라고 생각하고서 함부로 막 억누르면 될 줄로 아는 모양인데, 그들이 잘못이라는 것을 단단히 알려주어야겠다, 자기가 남자였다면 감히 그런 대접은 하지 않았을 것이다, 어쨌든 딸의 권리만은 기어이 찾고 말겠다, 속아 넘어가지는 않겠다, 마지막 한 푼까지 지불하지 않으면 온 더블린에다 소문을 퍼뜨리겠다, 물론 가수들을 위해선 미안한 일이지만 별 도리가 없다. 제2테너에게 호소하자, 이 사람은 자기 생각도 부인이 대접을 잘 받았다고는 생각지 않는다고 말했다. 다음 키어니 부인은 미스 힐리에게도 호소하였다. 미스 힐리는 다른 그룹에 끼고 싶었으나, 자기는 캐들린과 아주 친한 사이이고, 키어니 집에 가끔 초대를 받고 놀러간 일도 있고 해서 그렇게 할 수는 없었다.

　　1부가 끝나자 피츠패트릭 씨와 홀로한 씨는 키어니 부인이 있는 데로 와서 나머지 4기니는 다음 화요일에 위원회 회합이 있은 후에 주겠으며, 만일 당신 딸이 2부의 출연을 거부한다면 위원회는 계약이 파기된 것으로 간주하고서 한 푼도 주지 않겠다고 말했다.

　　이 말에 키어니 부인은 발끈 화를 내며, "전 위원회라는 건 구경도 못했어요. 우리 애는 계약을 했단 말예요. 그애 손 안에 4파운드 8실링이 쥐어지지 않는 날엔 한 발도 저 무대에 들여놓지 않겠어요." 하고 말했다.

"부인에겐 정말 놀랐습니다, 키어니 부인." 홀로한 씨도 기가 막힌 모양이었다. "부인께서 우릴 이렇게 대접해주실 줄은 천만뜻밖의 일입니다."

"선생님들은 저를 어떻게 대접해주셨구요?" 키어니 부인도 지질 않았다.

얼굴은 분에 못 이겨 이글이글 탔으며, 두 손으로 아무한테나 달려들 기세였다.

"전 제 권리를 주장한 것뿐입니다."

"체면도 좀 차리셔야죠."

"제가요, 정말? ……딸애에게 언제 공연료를 주겠느냐고 묻는데 공손한 대답 하나 들을 수 없군요."

그녀는 독사처럼 꼿꼿이 머리를 쳐들고는 일부러 거만한 목소리를 만들어냈다.

"사무장에게 말씀하세요. 전 모릅니다. 사람을 아주 천치바보로 아시는군요. 점잖은 부인으로 알았더니" 하는 말을 남기고는 홀로한 씨는 갑자기 몸을 돌리고서 저쪽으로 걸어갔다.

이 일이 있은 후 키어니 부인의 행동은 사방에서 비난을 받게 되었다. 누구나 다 위원회가 한 일을 찬성했다. 키어니 부인은 분해서 얼굴이 핼쑥해 가지고 문간에 서서 딸과 남편에게 따지고 들며 마구 삿대질을 했다. 간사들이 자기 쪽으로 올 테지 하는 생각에서 2부가 시작될 때까지 기다렸다. 그러나 미스 힐리가 친절하게도 한두 번 반주를 맡아주겠다고 동의했다. 키어니 부인은 바리톤과 그 반주자를 무대로 내보내기 위하여 옆으로 비켜서지 않으면 안 되었다. 그녀는 성난 돌부처처럼 잠시 가만히 서 있다가, 노래의 첫 운

율이 귓전을 울리자 딸의 외투를 집어들고 남편에게 말했다.

"마차를 부르세요!"

남편은 곧 뛰어나갔다. 키어니 부인은 외투를 딸에게 입혀주고서 남편 뒤를 따랐다. 문간을 지날 때 걸음을 멈추고서 홀로한 씨의 얼굴을 뚫어지게 노려보며 말했다.

"난 아직 선생님과의 일이 끝나지 않았어요."

"하지만 전 끝난 줄 아는데요" 하고 홀로한 씨는 대꾸했다.

캐들린은 순순히 어머니 뒤를 따랐다. 화가 나서 전신이 타는 것만 같았기 때문에 홀로한 씨는 흥분을 가라앉히기 위하여 방 안을 서성거리기 시작했다.

"대단한 여자야!" 그는 혼자 중얼거렸다. "정말 대단한 여자야!"

"선생, 정말 잘하셨습니다, 홀로한 선생" 하고 오매든 버크 씨는 우산에 기대 앉아 찬의를 표했다.

은총

 그때 화장실에 있던 두 신사가 그 사람을 일으켜세워 보려고 했으나 어쩔 수가 없었다. 그는 굴러떨어진 계단 밑에 웅크리고 누워 있었다. 두 사람이 겨우 뒤집어놓았다. 모자는 몇 미터 저쪽에 굴러 떨어져 있고, 얼굴을 아래로 하고서 나자빠져 있는 마룻바닥의 때와 질벅질벅한 물에 옷은 범벅이 되어 있었다. 그는 두 눈을 꼭 감고, 드렁드렁 소리를 내면서 숨을 쉬고 있었다. 입가에서 가느다란 피가 한 줄기 흘러내렸다.

 두 신사와 급사 하나가 그를 이층으로 들어다 또다시 바의 마룻바닥에 눕혔다. 2분도 못 되어 사람들이 그를 빙 둘러쌌다. 바의 지배인이 그 사람이 누구며, 같이 온 손님은 누구냐고 모든 사람에게 물었다. 그가 누군지 아는 사람이라곤 아무도 없었으나, 급사 하나가 그 손님에게 럼주를 조금 갖다드린 일이 있었다고 말했다.

 "그 양반이 혼자였던가?" 하고 지배인이 물었다.

 "아뇨, 다른 손님 두 분이 같이 계셨습니다."

 "그 손님들은 지금 어디 계셔?"

 아는 사람은 아무도 없었다. 누가 말했다.

 "바람을 쏘이시오. 기절했나 봐요."

둥글게 둘러싸고 있던 구경꾼들이 물러났다가 다시 다가섰다. 바둑판 마루 위에 누운 그 사람의 머리 가까이에 거무죽죽한 핏덩이가 엉겨 있었다. 그 사람의 얼굴이 잿빛처럼 창백해진 데 놀라 지배인은 순경을 부르러 보냈다.

사람들이 그 사람의 칼라와 넥타이를 풀어주었다. 그는 잠시 눈을 떴다가 후우 한숨을 쉰 다음 다시 눈을 감았다. 그를 2층으로 끌어올린 신사 중 하나는 더럽혀진 실크 모자를 손에 들고 있었다. 지배인은 부상을 입은 이 사람이 누구이며, 같이 있던 사람들이 어디로 갔는지 아무도 모르냐고 거듭 물었다. 바의 문이 열리더니 몸집이 큰 순경이 들어왔다. 순경 뒤를 좇아 골목을 내려온 군중들이 유리창 너머로 들여다보려고 서로 싸우면서 문 밖에 모여들었다.

지배인은 곧 자기가 아는 대로 이야기를 하기 시작했다. 둔중한 표정의 젊은 순경은 가만히 듣고 있었다. 순경은 무슨 속임수에 넘어가는 것이 아닌가 경계하는 듯이 지배인과 땅바닥에 누운 사람을 번갈아 보았다. 그러다가 장갑을 벗고 가슴에서 조그만 수첩을 꺼내더니, 연필에 침을 묻혀 적어놓을 태세를 갖추었다. 그는 사투리가 섞인 말씨로 사람들을 의심하는 듯이 물었다.

"이 사람이 누구지요? 이름과 주소는?"

자전거복을 입은 어떤 청년이 빙 둘러싼 구경꾼을 헤치고 나와 재빨리 그 다친 사람 옆에 무릎을 꿇고 앉더니 물을 가져오라고 했다. 순경도 도우려고 무릎을 꿇었다. 그 청년은 다친 사람의 입에서 피를 닦아낸 다음 브랜디를 가져오라고 했다. 순경은 명령조로 같은 명령을 되풀이했다. 보이가 술잔을 들고 달려왔다. 브랜디를 사나이의 목구멍으로 흘려넣었다. 몇 초 이내에 사나이는 눈을 뜨고 주위를 둘러보았다. 자기를 둘러싼 얼굴들을 보고 어찌 된 영문인지 알았는지 일어서려고 버둥거렸다.

"이젠 괜찮으십니까?" 자전거복을 입은 청년이 물었다.

"예, 아무렇지도 않습니다" 하고 다친 사나이는 일어서려고 했다.

그는 부축을 받고 일어섰다. 지배인이 병원에 가라고 뭐라고 일러주고, 구경꾼들 중 몇 사람은 충고를 주었다. 짜부라진 실크 모자가 사나이의 머리 위에 놓여졌다. 순경이 물었다.

"어디 사시오?"

사나이는 아무 대답도 하지 않고서 콧수염 끝을 비틀기 시작했다. 자기 사고를 가볍게 보는 눈치였다. 아무 일도 아니라 사소한 사고에 지나지 않는다고 말했다. 말소리가 분명치 않았다.

"어디 사시오?" 순경이 되물었다.

사나이는 사람들더러 마차를 하나 불러달라고 했다. 마차를 부를까 어떨까 의논하는 동안 키가 크고 날씬하며 얼굴빛이 흰 신사가 길다란 누런 얼스터 외투를 입고 바 저쪽 끝에서 건너왔다. 이 광경을 보고 그가 외쳤다.

"어이, 톰, 웬일이야?"

"아무것도 아니야." 사나이는 대답했다.

이 신사는 자기 앞에 있는 사나이의 딱한 꼴을 훑어보고 순경을 향해 말했다.

"염려 마시오, 순경. 내가 이 사람 집까지 바래다줄 테니."

순경은 경례를 하며 대답했다.

"알겠습니다, 파워 선생님!"

"자, 가세, 톰" 하고 파워 씨는 친구의 한 팔을 잡았다. "뼈는 다치지 않았어? 뭐? 걸을 수 있겠어?"

자전거복을 입은 청년이 저편 팔을 잡자 구경꾼들은 갈라졌다.

"어쩌다가 이 지경이 됐소?" 하고 파워 씨가 물었다.

"계단에서 굴러떨어졌습니다" 하고 자전거복을 입은 청년이 대꾸했다.

"이거 정말 고맙습니다" 하고 다친 사람이 중얼거렸다.

"천만에요."

"우리 그럼 한 잔⋯⋯?"

"다음에 하지요, 다음에."

세 사람은 바를 나갔다. 구경꾼들도 이 문 저 문으로 빠져 골목으로 흩어졌다. 지배인은 사고 현장을 조사하기 위하여 계단 있는 데로 순경을 데리고 갔다. 두 사람은 그 손님이 헛디딘 것이라는 데 의견 일치를 보았다. 손님들은 다시 자리에 앉고, 보이가 마루의 핏자국을 닦아냈다.

그래프튼 가로 나오자 파워 씨가 휘파람을 불어 차를 세웠다. 다친 사람은 또다시 성의껏 치하했다.

"정말 고맙습니다. 다시 뵐 때가 있었으면 합니다. 제 이름은 커난이라고 합니다."

충격과 시작되는 고통 때문에 다소 취기가 깨는 것만 같았다.

두 사람은 악수를 나누었다. 사람들이 커난 씨를 차로 끌어올렸다. 그리고 파워 씨가 마부에게 갈 곳을 일러주고 있는 동안 커난 씨는 청년에게 다시 치하하며, 서로 같이 술을 좀 나눌 수 없는 것이 유감이라고 말했다.

"다음에 하지요" 하고 청년은 말했다.

마차는 웨스터모어랜드 가를 향해 떠났다. 밸러스트 사무소 앞을 지날 때 보니 시계는 아홉시 반을 가리키고 있었다. 하구(河口)에서 불어오는 동풍이 찌르는 것만 같았다. 커난 씨는 추워서 움츠리고 앉아 있었다. 친구가 어떻게 된 사고냐고 말해보라고 했다.

"대답 못 하겠어, 혀가 아파서."

"어디 봐."

친구는 마차 바퀴 위로 몸을 굽히고서 커난 씨의 입 안을 들여다보았으나 보이지 않았다. 그는 성냥을 그어서 두 손으로 싸 가리고 커난 씨가 순순히 벌린 입 속을 다시 들여다보았다. 차가 흔들려서 성냥이 딱 벌린 입 앞에서 까불거렸다. 아랫니와 잇몸에 선지피가 엉겨붙고 혀끝이 조금 깨물려 떨어져나간 것 같았다. 성냥불이 꺼졌다.

"보기 흉한데." 파워 씨가 뇌까렸다.

"아무렇지도 않아." 커난 씨는 이렇게 대꾸하고서 입을 다물고는 더럽혀진 외투 깃을 잡아당겨 목을 쌌다.

커난 씨는 자기 직업의 위신을 무엇보다 중히 여기는 구식 외판원이었다. 시내로 나올 적에는 언제나 과히 초라하지 않은 실크 모자를 쓰고 각반까지 쳤다. 이 두 가지 몸단장 덕분으로 언제나 일이 잘 통한다고 스스로 말했다. 또 자기가 숭배하는 영웅, 블래크화이트의 전통을 이어받아서 이따금씩 그 위인의 추억담을 옛말과 흉내를 섞어가면서 하기도 했다. 현대적인 장사술은 그에게 크로 가에 조그만 사무실을 하나 겨우 갖게 했으며, 창문의 블라인드 위에는 회사 이름과 런던, EC라는 주소가 적혀 있었다. 이 조그만 사무소의 벽난로 위에는 납으로 만든 양철통이 몇 개 가지런히 놓여 있고, 창가에 있는 테이블 위에는 검은 액체가 늘 반쯤 들어 있는 자기 그릇이 너댓 개 놓여 있었다. 이 그릇으로 커난 씨는 차 맛을 보았다. 한 모금 입에 물고 훌쩍 빨아들이고서 입 안을 적시고는 난로 속 쇠살대 위에다 뱉았다. 그러고는 가만히 맛을 음미했다.

그보다 나이가 훨씬 젊은 파워 씨는 더블린 성(城)의 아일랜드 왕립 경찰 본부에 근무하고 있었다. 그가 사회적으로 출세해 가는 곡선과 그의 친구가 몰락해 가는 곡선이 서로 교차했다. 그러나 커난 씨가 성공의 절정에 있을 때에 그를 사귄 사람들이 아직도 그를 그럴듯한 인물로 존경하고 있다는 사실이 커난 씨의 몰락의 설움을 덜어주고 있었다. 파워 씨는 이러한 친구 중의 하나였다. 파워 씨가 무슨 신세를 지고 있기에 저렇게까지 정답게 굴까 하고 친구들까지 수군거렸다. 그는 그러한 명랑한 젊은이였다.

마차가 글래스네빈 로의 조그만 집 앞에 서고 커난 씨는 부축을 받으며 집 안으로 들어갔다. 아내가 그를 침대에 눕히는 동안 파워 씨는 아래층 부엌에 앉아 아이들에게 어느 학교에 다니며 무슨 책을 배우느냐고 물었다. 아이들 ──딸 둘과 아들 하나 ── 은 아버지는 꼼짝 못하게 되고, 어머니가 자리에 없는 것을 알고 그와 장난을 치기 시작했다. 그는 아이들의 태도와 말버릇에 이맛살을 찌푸렸다. 잠시 후에 커난 부인이 소리를 지르면서 부엌으로 들어왔다.

"저런 꼴이 어디 있습니까! 저이는 저러다가 결국 가고 말 거란 말예요. 천벌이지요. 금요일부터 내리 술타령이랍니다, 글쎄!"

파워 씨는 자기는 모르는 일이며, 그저 우연히 사고 현장에 갔던 것이라고 조심조심 설명했다. 커난 부인은 파워 씨가 가정 싸움을 자주 화해시켜 주던 일과 그 밖에도 요긴할 때에 작은 돈이나마 여러 번 얻어 쓴 일을 생각하고서 이렇게 말했다.

"그런 얘긴 안 하셔도 잘 알고 있어요, 선생님. 선생님은 저 양반의 친구이며, 다른 사람들과는 다르시다는 걸 잘 압니다. 그 친구분들은 저 양반이 주머니에 돈푼이나 있으면 여편네나 자식들 가까이에는 얼씬도 못하게 모시고 다니는 사람들입니다. 흥, 좋은 친구들이지요? 오늘 저녁엔 누구하고 놀았죠, 저 양반?"

파워 씨는 고개만 설레설레 흔들 뿐 아무 말도 하지 않았다.

"집에 아무것도 없어 대접도 못 하니 미안합니다." 부인은 말을 이었다. "하지만 조금만 기다려주시면 모퉁이에 있는 포가티 가게에 누굴 보내겠어요."

파워 씨는 일어섰다.

"저이가 돈을 좀 가지고 들어올까 하고 우린 목이 빠지게 기다리고 있었지 뭐예요. 저이는 식구가 있는 것도 모르는 모양이에요."

"아, 이거 보세요, 부인" 하고 파워 씨는 입을 열었다. "시정 좀 하도록 우리가 애써보겠어요. 마틴에게 얘기해보겠습니다. 그 사람이면 무슨 방법이 있을 겁니다. 언제 저녁에 둘이서 찾아와서 상의하겠습니다."

부인이 문까지 배웅을 나왔다. 마부가 발을 구르며 왔다갔다하면서 몸을 녹이느라고 팔을 휘두르고 있었다.

"주인을 집까지 데려다주셔서 대단히 감사합니다."

"천만에요."

그는 마차에 올라탔다. 마차가 떠날 때 그는 쾌활하게 부인에게 모자를 흔들었다.

"새 사람을 만들어보겠습니다. 안녕히 계십시오, 부인."

커난 부인은 마차가 보이지 않을 때까지 당황한 눈으로 마차를 지켜보고 있다가 돌아서서 집으로 들어가 남편의 호주머니를 뒤져보았다.

그녀는 일손이 빠른, 실리적인 중년 부인이었다. 얼마 전에 은혼식을 축하하고, 파워 씨의 반주에 따라 남편과 왈츠를 추어 정분을 더욱 돈독히한 일도 있었다. 그리고 지금도 결혼식이 어디서 있다는 말을 들을 때에는 성당 문으로 달려가서 신랑신부를 보고는, 말쑥하게 프록코트와 보라색 바지를 입고, 다른쪽 팔에는 점잖게 실크 모자를 걸친 살찐 쾌활한 사나이의 팔에 매달려 샌디마운트의 해성교회(海星敎會)에서 나오던 것을 회상하며 생생한 기쁨에 잠기는 것이었다. 신혼 3주 만에 아내 생활에 싫증을 느끼고 더 참을 수 없다고 느끼기 시작했을 때에는 이미 아이 어머니가 되어 있었다. 어머니란 역할이 그녀로 하여금 어떠한 어려움이라도 견디어내게 했으며, 25년 동안 남편을 위하여 영악하게 살림을 꾸려온 것이었다. 위로 두 아들은 자립해 살고 있었다. 하나는 글라스고의 포목점에서 일하고, 또 하나는 벨파스트의 어떤 차(茶) 상점의 점원으로 있었다. 둘 다 효자여서, 꼬박꼬박 집으로 편지를 보내왔으며, 때로는 집에 돈을 부쳐올 때도 있었다. 다른 애들은 아직도 학교에 다니고 있었다.

커난 씨는 다음날 자기 사무소에 편지를 보내고서 자리에 누워 있었다. 커난 부인은 남편을 위하여 고깃국을 끓여주고는 톡톡히 바가지를 긁었다. 그녀는 남편이 자주 술을 마시는 것을 기후의 변화쯤으로 받아들이고는, 병이 나면 성의껏 간호를 하며, 늘 억지로라도 조반을 들게 했다. 이보다 못한 남편들도 얼마든지 있으며, 아이들이 다 자란 후부터는 난폭하게 구는 법도 없고, 또 조그만 주문이라도 맡으려고 토마스 가 끝까지 갔다 돌아오기도 꺼리지 않는 성미임을 그녀는 잘 알고 있었다.

이틀 밤이 지난 후에 그의 친구들이 찾아왔다. 그녀는 그들을 병실로 안내했다. 방 안 공기는 앓는 사람의 체취로 코를 찔렀다. 그녀는 난로 옆에 있는 의자를 그들에게 권했다. 이따금씩 혀가 뜨끔뜨끔 쑤셔서 종일토록 다소 짜증만 부리던 커난 씨도 이제는 훨씬 공손해져, 침대 위에 베개를 고여놓고 거기 기대 앉아 있었다. 부은 두 뺨에 떠오른 불그레한 빛은 다 꺼지지 않은 숯불을 연상시켰다. 방 안이 정돈되어 있지 않은 것을 그는 손님들에게 사과했으나, 동시에 선배라는 자부심을 가지고 다소 우쭐한 마음으로 그들을 바라보았다.

그는 그의 친구들, 즉 커닝엄 씨, 머코이 씨, 파워 씨가 응접실에서 커난 부인에게 털어놓은 계획의 대상이 되어 있는 줄은 꿈에도 모르고 있었다. 그 계획을 짜낸 사람은 파워 씨였으나 그것을 실제로 추진시켜 나가는 일은 커닝엄 씨가 맡았다. 커난 씨는 본시 신교 집안 출신이었다가 결혼할 당시 천주교로 개종했으나 20년 동안 한 번도 성당에 발을 들여놓은 일이 없었다. 그뿐만 아니라 가톨릭 교회를 즐겨 공격했다.

커닝엄 씨는 이런 일에는 적임자였다. 그는 파워 씨보다 나이는 많으나 동료였다. 가정 생활은 그다지 행복하지 못했다. 어떻게 할 수 없는 주정뱅이여서 남의 앞에 내놓을 수 없는 여자와 결혼했다는 사실이 알려져 있었기 때문에 사람들은 그를 몹시 동정했다. 그는 아내를 위하여 여섯 번이나 살림을 마련했으나 그때마다 아내는 남편 명의로 가구를 잡혀먹었다.

누구나 다 이 가엾은 마틴 커닝엄을 존경했다. 그는 다시 없을 만큼 생각이 깊고, 영향력도 크고, 머리도 좋았다. 천성이 민첩한 데다가 경범죄 재판소에서 여러 사건을 오랫동안 다루어왔기 때문에 더욱 날카로워진 인간에 대한 예리한 지식은 일반 철학이라는 물 속에 잠깐 동안 잠겼던 탓으로 단련되어 있었다. 그는 박식했으며, 친구들은 그의 의견이라면 존중하고, 그의 얼굴이 셰익스피어를 닮았다고 생각했다.

그 계획을 다 듣고 나서 커난 부인은 다음과 같이 말했다.

"선생님께 일임하겠습니다. 커닝엄 선생님."

25년 동안 결혼 생활을 해온 그녀에게는 꿈이라는 것이 거의 남아 있지 않았다. 그녀에게는 종교도 하나의 습관이 되어버려, 자기 남편의 나이쯤 된 사람이 죽기 전에 사람이 일변되리라고는 꿈에도 생각지 않았다. 이번 사건만 하더라도 그녀는 그래야 마땅하다고 생각하고 싶었으며, 혹독한 여자라고 보이기가 싫어서 그렇지, 그렇지만 않다면 남편의 혀가 짧아진 것쯤은 아무 상관이 없다고 말해주고 싶은 심사였다. 그러나 커닝엄 씨는 능력 있는 사람이고, 그래도 종교는 역시 종교가 아니냐, 그 계획은 잘될지도 모르고, 또 적어도 해는 없을 것이라고 생각되었다. 그녀의 신앙은 지나친 것이 아니었다. 그녀는 가톨릭 신앙 가운데서도 성심(聖心)이야말로 가장 널리 유익한 것이라고 굳게 믿었으며, 또 성례(聖禮)를 시인하고 있었다. 그녀의 신앙은 부엌 세계에 한정된 것이었지만 경우에 따라서는 밴시[집에 죽을 사람이 있다는 것을 통곡으로 예고해 준다는 요정]나

성신(聖神)의 존재도 믿을 수 있는 사람이었다.

손님들은 이번 사고 이야기를 하기 시작했다. 커닝엄 씨는 전에 한번 이와 비슷한 경우를 안 적이 있었다고 말했다. 어떤 일흔 살 나는 노인이 간질로 발작을 일으킨 동안에 혀끝을 깨물어 조각이 떨어졌는데, 나중에 혀가 다시 자랐기 때문에 흠집이 없었다고 말했다.

"하지만 난 일흔이 아냐" 하고 환자가 뚱딴지 같은 소리를 했다.

"일흔이면 어떡하게." 커닝엄 씨도 지질 않았다.

"지금은 아프지 않아?" 머코이 씨가 끼어들었다.

머코이 씨는 한때는 꽤 명성을 떨치던 테너 가수였다. 역시 전에 소프라노 가수였던 그의 아내는 싼 레슨료로나마 이제 아이들에게 피아노를 가르치고 있었다. 그가 아직까지 걸어온 인생길이란 두 점 사이의 최단거리는 아니어서 꾀로 살아가야 할 때도 한두 번이 아니었다. 중부 철도회사의 역부로 있던 때도 있었고, 《아일랜드일보》와 《프리맨즈 저널》사의 광고 모집원, 석탄회사의 시내 위탁판매원, 사립탐정, 부군수의 사무원으로도 있었으며, 최근에는 시검시관(市檢屍官)의 비서가 되었다. 이 새 직책 때문에도 커난 씨의 사고에 관심이 없지 않았다.

"아프냐고? 별로 뭐" 하고 커난 씨가 대답했다. "근데 속이 좀 쓰려. 구역질이 날 것만 같아."

"술 탓이야." 커닝엄 씨가 자신있게 대꾸했다.

"천만에." 커난 씨도 지진 않았다. "차에서 감기에 걸린 것만 같아. 목으로 자꾸만 무엇이 넘어와. 가래인지 혹은 ——"

"쓴물이야." 머코이 씨가 끼어들었다.

"저 목구멍 속에서 자꾸만 올라오는데, 기분이 나빠."

"그래, 그래." 머코이 씨가 음성을 높였다. "가슴 말이지."

그러고 나서 그는 내 말이 맞지 않느냐는 듯이 커닝엄 씨와 파워 씨를 동시에 바라보았다. 커닝엄 씨는 빨리 고개를 끄덕끄덕하고, 파워 씨는 이렇게 말했다.

"아, 글쎄, 결과만 좋으면 그만이지 뭐야."

"정말 자네 신세 많이 졌네" 하는 환자의 말에 파워 씨는 손을 저으며 말했다.

"나와 같이 있던 그 두 친구는 ──"

"누구하고 있었는데?" 하고 커닝엄 씨가 물었다.

"어떤 녀석이야. 이름은 몰라. 제기랄, 그자 이름이 뭐라더라? 노르께한 머릴 한 땅딸막한 녀석이었는데⋯⋯."

"그리고 또?"

"하포드."

"홍!" 하고 커닝엄 씨가 코웃음을 쳤다.

커닝엄 씨가 이렇게 말하자 모두 입을 다물었다. 그것은 그가 남몰래 알고 있는 일이 있다는 것을 다들 눈치챘기 때문이다. 이 경우에 "홍" 하는 단음절 소리에는 어떠한 도덕적인 의미가 들어 있었다. 하포드 씨는 때로 다른 친구들과 작은 그룹을 지어 일요일 정오 때가 지나면 곧 시내를 떠나 교외에 있는 어느 술집으로 나갔다. 거기를 찾아오는 멤버들은 성실한 나그네라는 자격을 얻었다. 그러나 동료들도 절대로 그의 출신을 잊으려 들지는 않았다. 그는 인생의 첫걸음을 노동자들에게 적은 돈을 비싼 이자로 빌려 주는 궁벽한 이자놀이로 시작했다. 그후 골드버그 씨라는 뚱뚱하고 키가 작은 사람과 동업으로 리피 대부은행이라는 것을 경영하게 되었다. 하포드 씨가 받드는 것은 유대인적인 도덕관에 지나지 않았으나, 친구인 가톨릭 교인들은 자기들이 직접 혹은 대리인을 통하여 그의 가혹한 빚 재촉에 시달릴 적마다 아일랜드계 유대놈이니 무식쟁이니 하고 욕을 하고, 백치 아들을 둔 것은 고리대금 때문에 하나님의 천벌을 받은 탓이라고 했다. 그렇지 않을 때는 그들은 그의 좋은 점을 알아주기도 했다.

"그 사람 어딜 갔는지 모르겠어" 하고 커난 씨가 끼어들었다.

그는 사건의 상세한 점이 밝혀지지 않은 채로 있기를 바랐다. 어떤 착오가 생겨서 하포드 씨와 자기가 헤어진 것으로 친구들이 알아주기를 바랐다. 하포드 씨의 술버릇을 잘 아는 친구들은 일언반구도 없었다. 파워 씨가 다시 입을 열었다.

"끝이 좋은 게 제일이지."

커난 씨는 곧 화제를 바꾸어 말했다.

"그 젊은이 참 사람이 점잖던데, 그 의사 말이야. 그 사람이 없었더라면 ——"

"그 사람이 아니었더라면," 하고 파워 씨가 맞장구를 쳤다. "과료(科料) 정도에 그치지 않고 일주일쯤 구류를 당했을지도 모르지."

"그렇고말고." 커난 씨도 맞장구를 치고는 그때 일을 생각해 내려고 한다. "아, 생각나는군. 그때 순경이 하나 있었겠다. 점잖은 청년 같았어. 도대체 어떻게 된 거야?"

"자네가 곤드레만드레가 돼 있던 것 같던데 그래, 톰" 하고 커닝엄 씨가 정색을 하면서 말했다.

"사실이야" 하고 커난 씨도 정색을 하면서 맞장구를 쳤다.

"자네가 순경을 적당히 구워삶은 모양이군, 잭?" 머코이 씨가 끼어들었다.

파워 씨는 세례명[잭이라는 이름]으로 불리는 것을 좋아하지 않았다. 그는 고루한 편은 아니었으나 얼마 전에 머코이 씨가 부인이 있지도 않은 지방 공연 초대를 받은 것처럼 보이게 하기 위하여 손가방과 여행용 가방을 구하러 다닌 일을 잊을 수가 없었다. 자기가 속았다는 사실보다도 이런 졸렬한 장난을 친 데 화가 났던 것이다. 그래서 그는 커난 씨가 묻기라도 한 것처럼 대답했다.

이 이야기를 듣고 커난 씨는 대단히 화를 냈다. 그는 시민으로서의 자격을 깊이 자각하고 시 당국하고는 점잖은 관계를 가지고 살고자 하며, 그가 시골 바보들이라고 부르는 순경들에게 모욕을 당하게 된 것을 분개했다.

"우리가 세금을 내는 것이 그래서야?" 하고 그는 물었다. "이 무례한 바보들을 먹이고 입히려고? ……바보 아니고 뭐야, 그놈들이?"

커닝엄 씨는 웃었다. 그는 근무시간에만 시의 공무원이었다.

"그렇지 않고 뭐야, 톰?" 하고 텁텁한 목소리로 시골 사투리를 섞어가며 명령조로 말을 이었다.

"65번, 양배추 받아유!"

모두가 웃었다. 어떻게 해서라도 이야기에 한몫 끼고 싶은 머코이 씨가 그 이야기는 금시초문이라는 눈치를 보였으므로 커닝엄 씨는 다시 말을 이었다.

"이봐, 그건 말이야, 덩치만 커다란 시골 양반들을 몰아다가 훈

련하는 수용소에서 있던 일이라는데, 경사 나으리가 양반들을 벽을 따라 죽 일렬로 서게 하고서 접시를 번쩍 쳐들게 한단 말이야." 그는 괴상한 몸짓으로 설명을 했다.

"식사 때 말이야. 경사 나으리는 자기 앞 식탁 위에다 무지하게 큰 통을 올려놓고 삽만큼이나 큰 스푼으로 양배추 덩어리를 건져서 방 건너로 던지면 양반들이 그걸 접시로 받아야 해. 그런데 던질 때, 65번, 양배추 받아유! 이러더란 말이야."

모두가 또다시 웃었다. 그러나 커난 씨는 아직도 화가 풀리지 않았다. 그는 신문에 투서하겠다는 말을 꺼냈다.

"여기 오는 그 짐승 같은 촌뜨기놈들은 사람을 맘대로 하려고 든단 말이야. 마틴, 그놈들이 어떤 인간인지 말 안 해도 알지, 자넨."

커닝엄 씨는 적당히 동의하는 듯했다.

"세상 만사가 다 그런 법이라네" 하고 그는 맞장구를 쳤다. "나쁜 놈도 있고 좋은 놈도 있고."

"아, 그래, 좋은 놈도 더러 있다는 건 나도 인정해." 그 말이 마음에 든다는 듯이 커난 씨도 맞장구를 쳤다.

"그런 인간들에게는 그저 말대꾸를 안 하는 게 상수지 뭐야." 머코이 씨가 끼어들었다. "이게 내 의견이야."

커난 부인이 방으로 들어와 테이블 위에다 쟁반을 놓으며 말했다.

"자, 어서들 드세요."

파워 씨가 덜어서 돌리려고 자리에서 일어서며, 자기 의자를 부인에게 권했다. 부인은 아래층에서 다리미질하다 왔다고 하면서 사양했다. 그리고 파워 씨 등뒤에서 커닝엄 씨와 서로 고개를 끄덕거린 후에 방을 나가려고 했다.

"여보, 내게는 아무것도 주지 않소?" 하고 남편이 큰소리로 호통을 쳤다.

"아, 당신 말이오! 내 손등이나 드릴까!" 하고 커난 부인은 톡 쏘아붙였다.

남편은 아내 뒤에다 대고 다시 큰소리로 호통을 쳤다.

"가엾은 주인 양반에겐 아무것도 안 주기냔 말이야, 여보!"

그가 어찌나 우스운 얼굴과 목소리로 말했던지 스타우트 병을 돌리면서 모두들 와 하고 웃었다.

손님들은 잔에다 따라 마시고는 잔을 테이블 위에다 놓고 잠시 쉬었다. 그러다가 커닝엄 씨가 파워 씨 쪽을 돌아보며 무심코 하는 말로 물었다.

"목요일 저녁이라고 그랬지, 잭?"

"그래 목요일이야."

"좋아!" 하고 커닝엄 씨가 재빨리 말을 받았다.

"그럼 우리 모두 머올리 집에서 만나기로 하지" 하고 머코이 씨가 끼어들었다. "거기가 제일 편리할 테니까."

"하지만 늦어선 안 돼." 파워 씨가 진지한 목소리로 다짐을 했다. "문간까지 대만원이 될 테니까 말이야."

"7시 반에 만나세." 머코이 씨였다.

"좋아!" 커닝엄 씨가 말을 받았다.

"7시 반에 머올리 집에서!"

잠시 침묵이 흘렀다. 커난 씨는 그 틈에 자기도 넣어주려나 하고 눈치를 보다가 이렇게 물었다.

"무슨 일이 있나?"

"아무것도 아니야. 그저 목요일에 뭘 좀 해볼까 그러는 것뿐이야."

"오페란가?" 커난 씨가 재차 물었다.

"아냐, 아냐." 커닝엄 씨가 대꾸했는데 피하는 말투였다. "그저 종교상의 일로 잠깐……."

"그래." 믿어지지 않는다는 말투였다.

다시 침묵이 흘렀다. 그때 파워 씨가 솔직히 털어놓고 말았다.

"실은 말이야, 톰, 묵상기도회를 가지려는 거야."

"맞았어, 그거야." 커닝엄 씨가 말을 보탰다. "잭하고 나하고 여기 이 머코이하고 —— 셋이서 다 속속들이 깨끗해지려구 말이야."

그는 은근히 힘을 주어 비유를 섞어 이 말을 하고는, 자기 목소리에 힘을 얻어 다시 말을 이었다.

"생각하면 우리는 다 너나 할것없이 악당이라고 할 수 있을 거야, 너나 할것없이 말이야" 하고 일부러 무뚝뚝하게 말하고 나서, 파워 씨를 돌아다보며 "자, 자백해!" 하였다.

"자백하지." 파워 씨가 순순히 복종했다.

"그래, 우리 모두 함께 마음을 씻으러 가려는 거야." 커닝엄 씨가 끼어들었다.

무슨 생각이 문득 그의 머리에 떠오른 것만 같았다. 그는 갑자기 앓는 사람을 돌아보며 말했다.

"톰, 이제 방금 무슨 생각이 내 머리에 떠올랐는지 자네 알아? 자네도 같이 한몫 끼면 우린 사중무(四重舞)가 될 거란 말이야."

"좋은 생각이야." 파워 씨가 한마디 했다. "우리 넷이 같이 하세."

커난 씨는 잠자코 있었다. 이 제안은 그의 마음에 아무런 뜻도 전하지 않았으나, 어떤 정신적인 힘이 자기로 인하여 친구들에게 미치고 있나 보다고 생각하고 위신상으로라도 가담하지 않을 수 없겠다고 생각했다. 한참 동안 잠자코 아무 말도 없이 다소 언짢은 듯한 태도로 듣고만 있는데 친구들은 제수이트 교파에 관한 이야기를 하고 있었다.

"나도 제수이트 교파는 과히 나쁘게 생각지 않아." 마침내 그도 끼어들고 말았다. "교양이 있는 교파야. 취지도 좋다고 생각해."

"제수이트 교파는 교회 중에서도 제일 큰 교파야" 하고 커닝엄 씨가 힘을 주어 말했다. "제수이트 교파의 단장은 교황 다음 가니까."

"그건 틀림없어." 머코이 씨가 맞장구를 쳤다. "무슨 일을 제대로 잘하려면 그리로 가야 해. 그 사람들 세력도 대단해. 일례를 들 것 같으면……."

"제수이트 교파는 훌륭한 단체야." 파워 씨였다.

"제수이트 교파에 관해선 한 가지 이상한 점이 있지" 하고 커닝엄 씨가 끼어들었다. "다른 모든 교파는 한번씩은 다 개혁을 했는데 이 교파만은 한번도 개혁한 일이 없어. 한번도 그 교파는 문란해진 일이 없단 말이야."

"그런가?" 하고 머코이 씨가 물었다.

"사실이고말고." 커닝엄 씨가 대꾸했다. "역사가 증명하는걸."

"그 파의 성당을 보고, 또 거기 모이는 교인들을 보라구." 파워 씨였다.

"제수이트 파는 상류계급의 기호에 맞아." 머코이 씨였다.

"그럼." 파워 씨가 맞장구를 쳤다.

"그렇고말고." 커난 씨도 맞장구를 쳤다. "그들에게 호감이 가는 것은 그 때문이야. 더러 그 가운데 속되고 무식하고 거만한 신부들이 ——"

"그 사람들도 제나름대로 좋은 사람들이라구." 커닝엄 씨였다. "아일랜드의 성직자들은 전세계에서 존경을 받고 있거든."

"그야 물론이지." 파워 씨가 맞장구를 쳤다.

"유럽 대륙의 일부 성직자들과는 유가 다르지." 머코이 씨가 말을 이었다. "이름이 아까운 그런 자들하고는……."

"자네 말이 옳을지도 몰라" 하고 커난 씨도 수그러졌다.

"물론 내 말이 옳다니까." 커닝엄 씨도 지질 않았다. "오랫동안 세상 물정을 살피며 살아온 내가 인물 판단도 못할 리가 있나."

손님들은 서로 뒤따라 술을 마셨다. 커난 씨는 마음속으로 무슨 생각에 잠겨 있는 것만 같았다. 그는 감명을 받은 것이다. 그는 커닝엄 씨를 판단력이 있고 감식력이 있는 사람으로 높이 평가하고 있었다. 그는 자세한 내용을 물어보았다.

"그저 묵상회야." 커닝엄 씨가 대답했다. "퍼든 신부가 사회를 봐. 실업계 인사들을 위한 것이라네."

"톰, 그 신부가 우리에게 너무 까다롭게 굴진 않을 거야." 파워 씨가 끼어들었다. 권유하는 말투였다.

"퍼든 신부라고? 퍼든 신부라고?" 커난 씨는 생각나지 않는 모양이다.

"아니, 잘 알 텐데 그래, 그 신부를, 톰" 하고 커닝엄 씨가 힘을 주어 말했다. "쾌활하고 훌륭한 친구야! 우리처럼 세상을 잘 아는 사람이야."

"아 —— 그래, 나도 알 것 같군. 얼굴이 좀 붉고 키가 크지?"

"바로 그 사람이야."

"그런데 마틴…… 그 사람 설교는 잘하나?"

"아냐…… 여느 설교하고는 달라. 그저 친구 사이의 대화 같은 거야, 상식적인."

커난 씨는 생각에 젖어 있었다. 머코이 씨가 말을 이었다.

"톰 버크 신부, 그 사람 굉장하던데!"

"아, 톰 버크 신부 말이지," 커닝엄 씨가 맞장구를 쳤다. "타고난 웅변가야. 그 사람 설교를 들은 적이 있지 자네, 톰?"

"들은 적이 있느냐고 내가!" 무시를 당했다는 말투였다. "그야 뭐 듣긴 들었지……."

"그러나 신학자로선 대수롭지 않다는 평이던데 그래." 커닝엄 씨가 어쩌 신통치 않다는 말투로 말했다.

"응 그래?" 머코이 씨도 의심이 간다는 듯했다.

"아, 그야 물론 조금도 잘못된 점은 없지만 들리는 말에 의하면 그의 설교가 정통은 아니라는 말들을 어쩌다 하는 것 같더군."

"아! ……굉장한 사람이던데." 머코이 씨가 감탄했다.

"한번 나도 그의 설교를 들은 적은 있어." 커난 씨가 말을 이었다. "지금은 설교 제목을 잊어버렸어. 크로프튼하고 내가 성당 뒷자리였지…… 거기가 어디더라 —— ."

"본진 말인가?" 커닝엄 씨가 말을 받았다.

"그래, 저 뒷문 가까이였어. 무슨 얘긴지 이젠 잊어버렸군…….

옳지, 생각난다. 법왕 얘기, 먼젓번 교황에 관한 얘기였어. 잘 기억이 나. 정말 기가 막혔어, 그 말솜씨하고 그 음성이 말이야! 정말! 기가 막힌 음성이었지 뭐야! '바티칸의 죄수'라고 교황을 부르던데 그래. 우리가 바깥에 나오니까 크로프튼이 날 보고 하는 소리가 ——"

"그러나 크로프튼은 오렌지당원〔아일랜드에서 신교와 영국을 옹호하려고 1759년에 조직된 단체〕이 아니던가?" 파워 씨가 끼어들었다.

"물론 그렇지." 커난 씨가 대꾸했다. "그것도 알짜 오렌지당원이지 뭐야. 우린 무어 가의 버틀러 술집으로 들어갔는데 —— 난 정말 감동을 받았지 뭐야. 신앙이 하나님의 진리를 우리에게 알려준단 말이야 —— 크로프튼이 그때 한 말이 지금도 잘 생각이 나. '커난, 우리가 섬기는 제단은 다르지만 믿음은 같은 것일세' 하더란 말이야. 아주 말 잘했다고 감동을 받았지 뭐야."

"그건 의미심장한 말인데" 하고 파워 씨가 맞장구를 쳤다. "톰 신부가 설교하는 성당에는 항상 신교도들도 떼를 지어 왔으니까."

"신교와 구교 사이엔 그다지 차이가 많지는 않아." 머코이 씨가 끼어들었다. "둘 다 ——" 여기서 잠시 말을 멈추고 머뭇머뭇하다가 다시 말을 이었다.

"……구세주를 믿거든. 다만 신교도들은 교황과 성모 마리아를 안 믿을 뿐이지."

"그렇지만 물론," 하고 커닝엄 씨가 조용히 그러나 힘있게 대꾸했다. "우리 종교가 진짜 종교거든, 오래된 근본이 되는 신앙이란 말이야."

"그건 의심할 여지도 없어." 커난 씨도 힘있게 맞장구를 쳤다.

그때 커난 부인이 침실 문어귀에 와서 "손님이 오셨어요!" 하고 알렸다.

"누구요?"

"포가티 씨."

"아, 들어오게! 들어와!"

창백하고 갸름한 얼굴이 불빛 속으로 들어왔다. 기다란 금빛 콧수염을 하고 깜짝 놀란 것 같은 눈 위에 또한 동그라미를 그린 눈썹을 가진 사람이었다. 포가티 씨는 수수한 식료품상이었다. 시내에서 인가를 맡아가지고 술집을 경영하다가 재정이 여의치 않아서 이류 양조업자들과 특약을 맺어야만 했기 때문에 사업에 그만 실패하고 만 것이었다. 그는 글래스네빈 로에다 조그만 가게를 열고, 자기 태도가 상냥하니 동네 주부들이 많이 사줄 거라는 자부심을 가지고 있었다. 그는 몸가짐이 다소 우아했고, 아이들을 칭찬해주고, 말씨도 단정했다. 교양이 없지도 않았다.

포가티 씨는 반 파인트들이 특제 위스키를 한 병 선물로 가지고 왔다. 그는 공손히 커난 씨의 안부를 묻고, 선물을 테이블 위에 놓은 다음 다른 사람들과 대등하게 앉았다. 커난 씨는 포가티 씨에게 식료품 외상값이 아직 좀 남아 있었기 때문에 더욱 그 선물이 고마웠다. 그는 입을 열었다.

"과연 자네답군, 이 사람. 잭, 그걸 따주지 않겠나?"

파워 씨가 다시 잔심부름을 하며, 잔을 부시고 위스키 다섯 잔을 조금씩 따라놓았다. 새 술의 힘으로 대화가 활발해졌다. 의자 위에 오똑 앉은 포가티 씨는 유난히 관심을 보였다.

"교황 레오 13세는," 하고 커닝엄 씨가 먼저 기염을 올렸다. "당대의 등불의 하나였지. 그분의 대이상은 라틴계 교회와 그리스계 교회를 통합시키는 데 있었단 말이야. 그게 그분의 목표였어."

"그분이 유럽에서도 최고 지식인의 하나였다는 말은 나도 가끔 들었어." 파워 씨가 끼어들었다. "교황이었다는 것을 떠나서 말이야."

"그렇지." 하고 커닝엄 씨가 맞장구를 쳤다. "제일 박식은 아닐지 몰라도. 교황으로서의 그분의 모토는 Lux upon Lux —— 즉 '광명 위의 광명'이었어."

"아니, 아니," 포가티 씨가 부리나케 말을 가로막았다. "좀 말씀이 틀리신 것 같은데요. Lux in Tenebris였다고 생각하는데요 —— '어둠 속의 광명'이라는."

"아, 그래." 하고 머코이 씨가 끼어들었다. "Tenebris가 아니라 Tenebrae가 옳아."

"실례지만," 커닝엄 씨도 지질 않았다. 자신있는 말투였다. "역시 Lux upon Lux가 옳아. 그분 전의 교황 비오 9세의 모토가 Crux upon Crux —— 즉 '십자가 위의 십자가'였으니까 두 교황의 차이를 잘 보여주는 거지."

이 추론이 좌중의 승인을 받았다. 커닝엄 씨가 말을 이었다.

"레오 교황은 위대한 학자이자 시인이었다네."

"얼굴이 억세게 생겼다더군." 커난 씨가 뚱딴지 같은 소리를 했다.

"그래." 커닝엄 씨가 맞장구를 쳤다. "라틴어로 시를 썼어."

"그렇습니까?" 포가티 씨가 물었다.

머코이 씨는 만족스럽게 위스키 맛을 보고 이중의 의미로 고개를 저으며 말을 이었다.

"그건 틀림없는 사실이야."

"톰, 수업료가 일주일에 1페니인 가난뱅이 학교에 다니던 때도 우린 그런 건 배우지 않았어" 하고 파워 씨가 머코이 씨의 말을 따라 말했다.

"책은 고사하고 흙덩이를 겨드랑이 밑에 끼고 그 가난뱅이 학교에 다닌 사람 중 훌륭하게 된 사람이 얼마든지 있었지." 커난 씨가 우겨대며 한마디 했다. "옛날 제도가 제일이야. 소박한 교육이었거든. 요즈음의 겉만 번지르르한 교육과는 달라……."

"지당한 말이야." 파워 씨가 맞장구를 쳤다.

"사치스러운 점이 없었죠." 포가티 씨도 맞장구를 쳤다.

그는 사치라는 말을 똑똑히 발음하고 나서 침울하게 술을 마셨다.

"레오 교황의 시 하나에 사진 발명에 관한 것이 있던 것을 읽은 기억이 나 —— 물론 라틴어 시지만." 커닝엄 씨였다.

"사진에 관해서라구!" 커난 씨가 음성을 높였다.

"그래" 하고 커닝엄 씨도 잔을 들어 술을 마셨다.

"글쎄, 생각해보면 사진이란 신기하지 않아?" 하고 머코이 씨가 끼어들었다.

"아, 물론이지." 파워 씨가 맞장구를 쳤다. "위대한 사람은 보는 눈이 달라."

"시인도 말했듯이 '위인은 광인과 일맥 상통한다' 는 말씀이군요." 포가티 씨가 한마디 했다.

커난 씨는 마음속이 뒤숭숭한 것 같아 보였다. 그는 어떤 까다로운 문제에 관한 신교의 주장을 생각해내려고 하다가 결국 커닝엄 씨에게 이렇게 말했다.

"이봐, 마틴, 교황 중에는 —— 물론 지금 교황이나 그 먼저 교황이 아니고 —— 옛날의 어떤 교황들은 —— 절대로…… 과히 훌륭치 못한 이들도 있었지 않나?"

침묵이 흘렀다. 커닝엄 씨가 말을 이었다.

"아, 그야 더러 나쁜 사람도 있었지…… 하지만 이건 놀랄 만한 일이란 말이야. 단 그 중 한 사람도, 가장 심한 주정뱅이도 철저한 악당도 법좌(法座)에서 그릇된 교의를 설교한 사람은 단 한 사람도 없었지 뭐야. 자, 놀라운 일이 아니냔 말이야?"

"그렇지." 커난 씨가 맞장구를 쳤다.

"그래요." 포가티 씨도 맞장구를 쳤다. "교황이 법좌에서 설교할 때에는 절대로 틀리는 일이 없으니까요."

"그렇습니다." 커닝엄 씨가 말을 받았다. "교황이 절대로 틀리지 않는다는 건 저도 압니다. 내가 아직 어렸을 때의 일인데…… 그렇지 않으면 그것이?——"

포가티 씨가 말을 가로막았다. 그는 술병을 집어서 다른 사람들에게 조금씩 따라주었다. 머코이 씨는 술이 전부 돌아갈 만큼 남아 있지 않은 것을 보고 처음 잔이 아직 비지 않았다고 사양했다. 다들 사양하면서 받았다. 잔에 떨어지는 위스키의 가벼운 음악소리는 듣기 좋은 간주곡이었다.

"이야기가 어디서 중단되었지, 톰?" 머코이 씨가 물었다.

"교황은 절대로 잘못이 없다는 얘기였지 뭐야." 커닝엄 씨가 말을 받았다. "이건 교회사에서도 가장 큰 사건이었어."

"어떤 사건이었는데, 마틴?" 파워 씨가 물었다.

커닝엄 씨가 굵직한 손가락 둘을 쳐들어 보이면서 말했다.

"추기경, 대주교, 주교들로 된 로마 교황 추기단 가운데서 두 사람만이 이 설에 반대했지 뭐야. 다른 사람들은 만장일치였는데, 근데 이 두 사람만이 절대로 말을 안 듣는다 그말이야."

"하아!" 하고 머코이 씨가 놀랐다.

"그 중 하나는 독일 추기경인데 이름이 돌링인지…… 다울링인지…… 하는 ──"

"다울링은 독일 사람이 아냐. 그건 확실해" 하며 파워 씨가 웃었다.

"글쎄, 이름은 어찌 되었든지 간에 이 위대한 독일 추기경이 한 사람이었고, 또 한 사람은 존 매케일이었어."

"뭣이?" 커난 씨가 음성을 높였다. "튜엄의 존 말인가?"

"그게 확실하십니까?" 포가티 씨가 물었다. 의심이 간다는 말투였다. "난 이탈리아 사람이나 미국 사람으로 아는데요."

"튜엄의 존이 맞습니다."

커닝엄 씨가 다시 이렇게 말하고서 술을 마셨다. 다른 두 사람도 따라 술을 마셨다. 그러고 나서 그는 다시 말을 이었다.

"그래서 세계 각지에서 온 모든 추기경, 주교, 대주교들하고 이두 사람 사이에 일대 논쟁이 벌어져 결국엔 교황 자신이 일어나 법좌에서 불과오설(不過誤說)은 교회의 교리라고 선언을 했지 뭐야. 바로 그 순간 그때까지 반대해 온 존 매케일이 일어나서 사자 같은 목소리로 'Credo!' 하고 부르짖었어."

"'믿습니다' 라는 말이군요." 포가티 씨가 말했다.

"'Credo!' 라고! 이 말은 그 사람의 신앙을 나타낸 말이야. 교황의 말이 떨어진 순간 그 사람은 복종하고 말았지 뭐야" 하고 커닝엄 씨가 말했다.

"그리고 다울링은 어찌 되었지?" 머코이 씨가 물었다.

"그 독일인 추기경이 복종할 것 같아? 교회에서 도망쳐 버렸지."

커닝엄 씨의 말은 그의 말을 듣고 있는 사람들의 가슴속에 교회라는 거대한 이미지를 그려놓았다. 그의 우렁차고 거센 목소리는 신앙이니 복종이니 하는 말을 할 때에 모든 사람들을 감동시켰다. 커난 부인이 손을 닦으며 방 안으로 들어와 한몫 끼였을 때 방 안에 있는 사람들은 엄숙한 분위기 속에 잠겨 있었다. 그녀는 침묵을 깨뜨리지 않고 침대 발 쪽에 몸을 기대었다.

"난 한때 존 매케일〔1791~1881. 처음 교황 불과오설에 반대했다가 결정된 후엔 즉시 복종했다는 것으로 유명. 아일랜드의 독립투사이기도 함〕을 본 적이 있는데," 하고 커난 씨가 침묵을 깨뜨렸다. "죽을 때까지 그 생각이 머리에서 사라지지 않을 거야."

그는 아내의 동의를 구하려는 듯이 아내 쪽을 바라보며 말했다.

"당신에게 여러 번 얘기했잖아?"

부인도 고개를 끄덕였다.

"존 그레이 경〔1816~1875. 위크로의 계곡에서부터 더블린 시에 음료수를 제공한 상수도 창설의 공로자. 그의 동상이 오코넬 가에 있다〕 동상 제막식 때였어. 에드먼드 드와이어 그레이가 횡설수설 연설을 하고 있는데, 이 괴팍하게 생긴 노인이 숱한 눈썹 밑으로 그레이를 바라보고 있더군."

커난 씨는 이맛살을 찌푸리고, 고개를 숙이고, 성난 황소처럼 아내를 노려보았다.

"야아!" 하고 고함을 치고는 자연스런 얼굴로 돌아갔다. "사람 얼굴에서 그런 눈을 본 적은 없어. '이놈, 네 속을 다 안다' 하는 듯한 눈초리였다구. 매 같은 눈알이었어."

"그레이 집안에 어디 쓸 만한 놈이 있어야 말이지" 하고 파워 씨가 한마디 했다.

또다시 잠시 침묵이 흘렀다. 파워 씨가 커난 부인을 돌아다보며 갑자기 명랑한 말투로 말했다.

"저, 커난 부인, 우리가 이제부터 주인 양반을 독실하고도 경건한 로마 가톨릭교도로 만들어볼 작정입니다."

그는 일동을 전부 포함한다는 듯이 일동을 가리켰다.

"전원이 다 함께 묵상회에 가서 우리들의 죄를 고해하렵니다 —— 우리도 진정 그러길 원하니까요."

"난 상관없어" 하고 커난 씨는 다소 어색하게 미소를 지었다.

부인은 자기가 만족해하는 얼굴을 보이지 않는 것이 상수일 거라고 생각하고는 이렇게 말했다.

"당신 얘길 들어줄 신부님이 가엾으시지."

이 말에 커난 씨는 얼굴빛이 달라졌다.

"내 얘기가 듣기 싫다면 듣지 말라지. 난 그저 내 신세타령이나 들려줄 셈이야. 나도 그리 못된 인간은 아냐 —— ."

커닝엄 씨가 재빨리 말을 가로챘다.

"우리 다 악마를 물리치도록 합시다. 다같이 악마의 공작과 허식도 잊지 말고."

"마귀야, 물러가라!" 하고서 포가티 씨는 껄껄 웃으며 일동을 바라보았다.

파워 씨는 잠자코 있었다. 자기야말로 완전히 당했다는 생각이 들었으나 기쁜 표정이 얼굴에 언뜻 떠올랐다.

"우리가 해야 할 일은," 하고 커닝엄 씨가 입을 열었다.

"두 손에 촛불을 켜들고 서서 영세받을 때 하는 서약을 다시 하면 돼."

"참, 초를 잊지 말게, 톰." 머코이 씨가 끼어들었다.

"자네가 뭘 하든지 간에."

"뭐라고?" 커난 씨는 놀라는 눈치였다.

"초를 가져가야 한다고?"

"아, 그럼" 하고 커닝엄이 말했다.

"어림도 없는 소리." 커난 씨가 재치있게 슬쩍 넘겨버린다.

"그렇게까지는 못하겠어. 난, 나도 그만 한 일은 할 수 있단 말이야. 묵상기도도, 고해도…… 다 하겠지만…… 촛불만은 안 돼! 어림도 없는 소리, 촛불만은 싫어!"

그는 일부러 위엄을 차리며 고개를 저었다.

"저 소릴 좀 들어보세요!" 아내는 기가 막히다는 말투로 말했다.

"촛불만은 싫어." 커난 씨는 자기가 손님들에게 어떤 감명을 주었다는 것을 의식하면서 연달아 이리저리 고개를 저었다.

"그런 요술등 같은 걸 누가 들고 가느냐 말이야."

모두 한바탕 와 하고 웃었다.

"훌륭한 신자시군!" 여전히 비꼬는 아내의 말투였다.

"촛불은 싫어!" 커난 씨도 여전히 지질 않았다.

"그것만은 안 돼!"

가디너 가에 있는 제수이트 성당은 거의 가득 차 있었다. 그러나 아직도 사람들은 옆문으로 들어와 신도의 안내로 발끝으로 살금살금 통로를 걸어가면서 앉을 자리를 찾고 있었다. 사람들은 옷들을 잘 입고 태도가 단정했다. 성당 안의 등불 빛이 검은 옷에다 흰 칼라를 댄 무리와 이따금 여기저기에 보이는 스카치 양복을 입고 있는 사람들과 녹색 대리석 무늬가 있는 기둥과 서글퍼 보이는 그림 위에 비쳤다. 양복을 입은 신사들은 양복 바지를 약간 무릎 위로 끌어올리고 모자를 안전하게 놓은 다음 벤치에 앉았다. 깊숙이 기대 앉아서 높다란 제단 앞에 매달린 빨간 점 같은 먼 불빛을 곧장 바라보았다.

설교단에 가까운 한 벤치에는 커닝엄 씨와 커난 씨가 앉아 있었다. 그 뒤 벤치에는 머코이 씨가 혼자 앉아 있었고, 그 뒤 벤치에 파워 씨와 포가티 씨가 앉아 있었다. 머코이 씨는 다른 친구들과 한자리에 앉으려고 했으나 끝내 자리를 못 찾았던 것이다. 그래서 일행이 X꼴로 자리잡고 앉았을 때 윷의 다섯 눈처럼 앉았다고 농담을 던져보았으나 다들 웃지 않아 그만두고 말았다. 그도 또한 엄숙한 분위기에 감동되어 종교적인 자극을 느끼기 시작했다. 귓속말로 커닝엄 씨는 커난 씨에게 좀 떨어진 곳에 앉아 있는 고리대금업자 하포드 씨며 설교대 바로 밑에 새로 선발된 시의원의 한 사람과 나란히 앉아 있는 등기업자이며 시장 보조인인 패닝 씨를 보라고 속삭였다. 그 오른편에는 전당포를 셋이나 소유하고 있는 마이클 그라임즈 노인과 구청에 다니는 댄 호건의 조카가 앉아 있었다. 저 앞쪽으로는 《프리맨즈 저널》지의 주필 헨드리크 씨와 한때 실업계에서 상당한 거물이었고 커난 씨의 옛 친구인 오캐롤 씨가 앉아 있었다.

낯익은 사람들의 얼굴이 눈에 띄자 커난 씨의 마음은 점점 더 놓였다. 아내가 손질해준 모자는 무릎 위에 놓여 있었다. 한두 번 그는 한 손으로 모자 테를 가볍게 그러나 떨어지지 않게 쥔 채 또 한 손으로 커프스를 당겨서 바로잡았다.

상반신을 흰 법의로 싼 풍채가 당당한 사람이 허우적거리며 설교단으로 올라가는 것이 보였다. 그와 동시에 회중들은 수선거리다가 손수건을 꺼내어 펴놓고 조심조심 그 위에 무릎을 꿇었다. 커난 씨도 남이 하는 대로 따라했다. 신부의 선 모습이 이제 설교단 위에 우뚝 보였는데, 신장의 3분의 2와 큼직한 붉은 얼굴이 난간 위로 드러나 보였다.

퍼든 신부는 무릎을 꿇고 앉아 성단 위의 빨간 불을 향하여 두 손으로 얼굴을 가리고 기도를 올렸다. 잠시 후에 얼굴을 들고 일어섰다. 회중도 일어나서 모두 다시 벤치에 앉았다. 커난 씨는 모자를 다시 무릎 위 제자리에 놓고, 신부에게로 긴장된 얼굴을 돌렸다. 설교자는 정중하고도 큰 몸짓으로 법의의 넓은 소맷자락을 하나씩 뒤로 보내고, 회중의 얼굴을 주욱 살피며 입을 열었다.

"이 세상의 아들들은 자기 세대에 있어서는 천사들보다 더 지혜롭습니다. 그러므로 불의(不義)의 재물로 친구를 삼을지니 너희가 죽을 때 저희가 영원한 처소로 너희를 영접하리라."

퍼든 신부는 우렁찬 음성으로 자신있게 이 구절을 설명해 나갔다. 이 구절이야말로 성경 가운데서 정당하게 해석하기 가장 힘든 구절이라고 그는 말했다. 얼핏 보기에는 다른 곳에서 예수 그리스

도께서 설교하신 고매한 가르치심과는 상반되는 것같이 보이지만, 이 구절은 세속적인 생활을 해야 할 운명에 놓여 있지만 속되지 않게 살아가기를 원하는 사람들의 지침으로는 특별히 적절한 것이라고 신부는 말했다. 이것은 실업가와 직업인을 위한 구절이다. 예수 그리스도는 인간성의 모든 구석구석을 살피시는 거룩하신 총명으로 모든 사람이 종교생활을 해야 하는 것이 아니고 대다수의 사람들은 세속 가운데서 살지 아니하지 못하며, 또 어느 정도까지는 속세를 위하여 살아야 한다는 것을 알고 계시다 —— 그리하여 이 성서의 글귀로 예수께서는 그러한 사람들에게 충고의 말씀을 주시고자 종교적인 문제에는 세상에서 가장 관심이 적은 황금 숭배자들을 종교생활의 모범으로서 그들에게 보이신 것이라고 했다.

"내가 오늘 저녁 여기 나온 것은 어떤 무시무시한 대단한 목적을 위해서가 아니라, 일개 세속인으로서 같은 형제들에게 이야기하고자 온 것입니다. 나는 실업인에게 이야기하러 온 것이니까 실업가답게 이야기하고 싶습니다. 이런 은유를 쓸 수가 있다면 나는 당신들의 심령의 회계원입니다. 그래서 나는 여러분 모두가 각기 자기의 장부, 심령의 장부를 펴서 그것이 양심과 꼭 부합이 되나 보시기를 바랍니다."

"예수 그리스도는 엄격한 감독자는 아니셨습니다. 예수는 우리 인간의 사소한 잘못도 이해하시고, 우리의 가엾은 타락한 본성의 약점도 이해하시고, 이 세상살이의 여러 가지 유혹도 이해하십니다. 우리 인간은 누구나 과오를 범할 뻔했으며, 또 모두 범했습니다. 그러나 단 한 가지 여러분께 부탁하고 싶은 일이 있습니다. 그것은, 즉 하나님에 대하여 솔직하고 남자다워라 하는 것입니다. 만일 여러분의 장부가 모든 점에 있어 잘 부합되면 이렇게 말하면 됩니다. '자, 수지계산을 맞춰보았더니 다 잘 되었습니다' 라고."

"그러나 흔히 그렇듯이 혹 무슨 착오가 있으면 그 사실을 인정하고 솔직하고 정정당당하게 이렇게 말씀해야 옳을 것입니다. '자, 저의 장부를 조사하였더니 이 점과 이 점이 잘못되었습니다. 그러나 하나님의 은총으로 이러이러한 점은 시정하겠습니다. 제 장부를 바로 맞추어보겠습니다' 라고."

사자(死者)

　문지기의 딸 릴리는 글자 그대로 발이 닳아빠질 지경이었다. 아래층 사무실 뒤에 있는 자그마한 식기실로 손님 한 분을 안내하여 미처 외투를 벗겨주기도 전에 현관문 초인종이 찌르릉 하고 울렸기 때문에 곧 또 널마루를 달려가 다른 손님을 맞아들여야 했다. 여자 손님들까지 맞아들이지 않아도 된 것이 다행이었다. 그러나 케이트와 줄리아는 여자 손님이 올 것을 예상하여 위층 욕실을 여자들의 휴게실로 만들어놓았다. 케이트와 줄리아는 거기서 노닥거리고 웃고 법석대다가는 우르르 층계 꼭대기로 몰려나와서 난간 위를 기웃거리기도 하며 아래층에 있는 릴리에게 버럭 소리를 질러 누가 왔느냐고 묻기도 했다.

　모컨의 자매가 해마다 여는 댄스 파티는 언제나 큰 행사였다. 파티에는 그녀들을 아는 모든 사람, 즉 일가 친척, 집안의 오랜 친구들, 줄리아가 지휘하는 합창단원들, 케이트의 제자 중에서 성인이 다 된 사람들 전부와 메리 제인의 제자들 중 몇 명도 왔다. 파티가 시시하게 끝난 예는 한번도 없었다. 사람들의 기억이 더듬을 수 있는 한의 여러 해를 두고 이 파티는 늘 대성황을 이루었다. 오빠 패트가 세상을 떠난 뒤에 케이트와 줄리아 두 자매가 하나밖에 없는 조카 메리 제인을 데리고 스토니 배터[더블린의 거리 이름]에 있는 집을 떠나 어셔스 아일랜드의 어두컴컴하고 초라한 이 집에 와서 살게 된 이래로 해마다 그 댄스 파티는 계속되었다. 그들은 이집 이층을 그 아래층에서 곡물 도매상을 하는 풀럼 씨에게 세낸 것이었다. 그 것은 줄잡아도 족히 30년도 더 전의 일이다. 그 당시 짧은 옷을 입은 소녀였던 메리 제인이 이제는 집안의 기둥이 되었고, 해딩턴 로의 성당에서 오르간을 쳤다. 메리 제인은 왕립 음악학교를 나오고, 해마다 에인센트 음악당 이층에서 제자들의 음악회를 열었다. 그녀의 제자들 대다수는 킹스타운과 돌키 사이 철도 연변에서 사는 상류 가정의 아이들이었다. 늙기는 했으나 두 고모도 제 몫을 다했다. 줄리아는 아주 백발이긴 했지만 아직도 '아담과 이브회(會)'의 제1 소프라노였고, 케이트는 몸이 허약해서 나다닐 수가 없어 뒷바에 있는 헌 피아노로 초보생들에게 음악 개인지도를 하고 있었다. 문지기의 딸인 릴리가 살림을 도맡아보았다. 간소한 살림이긴 했으나 식사만은 잘해야 한다고 믿는 사람이었기 때문에 무엇이든 가장 좋은 것 —— 마름모꼴로 썬 등심, 3실링짜리 차, 병에 담은 상등품 스타우트 술 따위를 썼다. 그러나 릴리는 별로 시키는 일을 어기는 일이 없어서 안주인을 셋이나 무난히 모시고 있었다. 잔소리가 더러 있었을 뿐 모시기가 그리 힘들지 않았다. 그러나 말대답만은 금물이었다.

물론 이런 날 밤엔 그들이 수선을 떠는 것도 그럴 법한 일이었다. 그런 데다가 10시가 지난 지 오래되었으나 아직도 가브리엘 내외는 감감무소식이었다. 뿐만 아니라 프레디 맬린즈가 곤드레가 되어 오지 않을까 몹시 겁이 났다. 무슨 일이 있어도 메리 제인의 제자들 앞에서 프레디의 그런 꼴을 보일 수는 없었다. 프레디는 술에 취하면 여간 다루기 힘든 사람이 아니었으니 말이다. 프레디가 늦게 오는 것쯤은 예사지만 가브리엘이 왜 이렇게 늦게 오는지 알 수 없었다. 2분마다 그들 자매가 난간 있는 데로 와서 릴리에게 가브리엘과 프레디가 왔느냐고 묻는 것은 이 때문이었다.

"아, 콘로이 선생님" 하며 릴리가 가브리엘에게 문을 열어주었다. "케이트 아주머니와 줄리아 아주머니께서 선생님이 아주 안 오시나 보다고 걱정들을 하고 계셨지 뭐예요. 안녕하세요, 사모님."

"그러셨을 거야. 그러나 우리 집사람이 차리고 나서는 데 지겹게 세 시간이나 걸린다는 걸 잊어버리신 게로군."

가브리엘은 자리 위에 서서 덧신에 묻은 눈을 탁탁 털어냈다. 그러는 동안에 릴리는 그의 부인을 계단 밑까지 안내하고 나서 위층으로 소리쳤다.

"케이트 아주머니, 콘로이 선생님 사모님께서 오셨어요."

그 말을 듣고 케이트와 줄리아는 어두운 계단을 구르듯 내려왔다. 둘이 가브리엘의 아내에게 키스하고는 추워서 혼이 났겠다고 하면서 가브리엘도 같이 왔느냐고 물었다.

"편지처럼 틀림없이 여기 와 있습니다. 케이트 이모님! 어서 올라가세요. 곧 따라갈 테니까요" 하고 가브리엘이 어둠 속에서 소리쳤다.

세 여자가 웃으면서 위층 부인 휴게실로 올라가는 동안에 그는 내내 신발을 닦고 있었다. 그의 외투 어깨에 케이프를 두르듯이 얄팍하게 눈이 덮이고, 덧신 콧머리에도 하얗게 눈이 묻어 있었다. 외투 단추가 눈에 얼어 뻣뻣해진 프리즈 천 사이로 뻬걱뻬걱 소리를 내며 빠져나왔을 때 바깥으로부터 싸늘한 향기로운 바람이 문 틈과 커튼의 주름 사이로 들어왔다.

"또 눈이 오나요, 콘로이 선생님?" 하고 릴리가 물었다. 릴리는 앞장서서 식기실로 들어가서 그의 외투를 벗겨주었다. 가브리엘은 그녀가 그의 성을 부른 세 음절에 싱긋이 웃으며 릴리를 힐끔 쳐다보았다. 릴리는 성장기에 있는, 안색이 창백하고 노릿한 머리칼을 가진 몸매가 호리호리한 아가씨였다. 식기실 가스등 때문에 그녀는 한층 더 창백하게 보였다. 가브리엘은 릴리가 어릴 때 층층대 맨 밑 계단에 앉아 헝겊 인형을 가지고 놀던 때부터 릴리를 알고 있었다.

"그래, 릴리, 밤새 올 것 같은데" 하고 그는 대답했다.

그는 위층에서 쿵쿵거리고 찍찍 끄는 발자국 소리 때문에 흔들거리는 식기실 천장을 올려다보며, 피아노 소리에 잠시 귀를 기울이다가, 선반머리에서 자기 외투를 정성껏 개고 있는 처녀를 다시 흘끗 바라보았다.

"이봐, 릴리야, 너 아직도 학교에 다니니?" 하고 그가 다정한 목소리로 물었다.

"아아뇨, 학교를 졸업한 지가 1년도 넘어요."

"아, 그렇다면," 가브리엘의 목소리가 명랑한 목소리로 바뀌었다. "머지않아 신랑을 보러 네 결혼식에 가보게 되겠구나, 응?"

처녀는 어깨 너머로 그를 돌아다보며 독살맞게 쏘아붙였다.

"요새 남자들은 모두 입만 까져서 사람을 곯리려고만 드는 걸요."

가브리엘은 큰 실수라도 한 것처럼 얼굴을 붉히고, 처녀를 쳐다보지도 못하며 덧신을 벗어버리고, 목도리로 에나멜 구두를 부지런히 닦았다.

가브리엘은 건장하고 키가 큰 사나이였다. 두 뺨의 붉은 빛은 이마까지 퍼져올라가 거기서 희미한 몇 개의 반점이 되어서 퍼졌다. 그리고 수염이 없는 얼굴에는 예민하고 신경질적인 눈에 안경의 번뜩거리는 렌즈와 도금한 테가 침착성을 잃은 듯 번쩍거렸다. 반질반질한 검은 머리는 한가운데서 갈라 귀 밑까지 길게 물결치듯 빗어 뒤로 보내고, 모자를 썼던 자리 아래서 가볍게 컬을 이루고 있었다.

구두를 반짝거리도록 닦고 나자 그는 일어나 가뜩이나 뚱뚱한 몸에 조끼를 더 한층 바싹 끌어내려 뺏뺏하게 입은 다음 주머니에서 재빨리 돈 한 닢을 꺼내서 릴리의 손 안에 넣어주며 말했다.

"자, 릴리, 크리스마스 때니까, 아주 적지만…… 그저…… 좀……."

그는 재빨리 문 쪽으로 걸어갔다.

"안 돼요!" 처녀는 큰 소리를 지르며 그의 뒤를 쫓아왔다. "정말이에요, 전 못 받겠어요!"

"크리스마스 때잖아! 크리스마스!" 가브리엘은 거의 달리다시피하면서 계단 있는 데로 가 한 손을 휘저으며 제발 받아달라는 시늉을 했다.

릴리는 그가 벌써 계단까지 간 것을 보고 뒤에다 대고 소리쳤다.

"그럼, 고맙습니다."

그는 응접실 밖에 서서, 왈츠가 끝나기를 기다리며, 마루 위를 스쳐가는 치맛자락이며, 찍찍 끄는 구둣소리에 귀를 기울이고 서 있었다. 릴리의 의외로 독살스러운 말대답으로 인하여 아직껏 마음

230

이 소란했다. 그것이 마음을 어둡게 뒤덮어, 커프스와 나비넥타이를 바로잡음으로써 마음에 낀 구름을 털어버리려고 했다. 그 다음 조끼 주머니에서 종이 한 장을 꺼내 연설 준비로 골자만 적은 것을 훑어보았다. 로버트 브라우닝의 시에서 인용해 온 글을 보고 그는 망설였다. 여기 모인 청중의 머리로는 알아듣지 못할 시가 아닐까 염려가 되어서였다. 청중이 알아들을 수 있는 셰익스피어나 아일랜드 서정시집〔토머스 모어의 시집〕에서 인용해보는 것이 좋지 않을까 싶었다. 덜거덕거리는 남자들의 구두 뒤꿈치 소리며, 질질 끌며 춤을 추는 구두 밑창 소리를 듣자니 자기와는 교양 수준이 판이한 사람들이라는 생각이 새삼 들었다. 알아듣지도 못하는 시구를 인용하여 웃음거리가 되지 않을까 싶었다. 모두들 자기의 우월한 교양을 뽐낸다고 생각할 것만 같았다. 식기실에서 처녀에게 실패했듯이 그들에게도 실패할 것만 같았다. 연설의 어조를 잘못 잡은 것이다. 연설은 처음부터 끝까지 잘못되었다. 완전히 실패하리라고 생각되었다.

바로 그때 그의 두 이모와 아내가 부인용 휴게실에서 나왔다. 이모들은 둘 다 키가 자그마하고 수수하게 옷을 입은 할머니들이었다. 줄리아 이모 쪽이 1인치쯤 키가 더 컸다. 귀까지 내려 가린 머리가 반백으로 변해 있었고, 넙데데하고 축 늘어진 얼굴도 군데군데 그림자가 지기는 했으나 역시 똑같은 빛이었다. 체격이 튼튼하고 자세도 꼿꼿했으나 느른한 눈과 멍하게 벌린 입술을 보면 자기가 어디 있는지 어디로 가려는지 영문을 모르는 할머니 같은 표정이었다. 케이트 이모는 동생보다는 좀더 생기를 띠고 있었다. 동생보다 건강해 보이는 그녀의 얼굴은 시든 빨간 사과처럼 온통 주름투성이고 항시 똑같은 구식으로 땋아내린 머리는 무르익은 밤색을 아직도 잃지 않고 있었다.

두 이모는 반가워하며 가브리엘과 키스했다. 그는 두 이모가 애지중지하는 조카이고, 항만국에 다니던 T. J. 콘로이라는 사람과 결혼한, 이미 고인이 된 언니 엘린의 아들이었다.

"그레타가 그러는데 오늘 밤으로 몽크스타운으로 돌아가지 않는다지, 가브리엘?" 하고 케이트 이모가 먼저 말문을 열었다.

"네" 하며 가브리엘은 아내 쪽을 보았다. "작년에 그랬다가 혼나지 않았어요? 그래서 이 사람이 그 때문에 얼마나 심한 감기에 걸렸는지 생각나지 않으세요, 케이트 이모? 마차의 유리창이 길 가는 동안 내내 덜거덕거리고, 또 메리온을 지난 다음부터는 돌풍이 불어들어와서 대단했지 뭐예요. 그 바람에 그레타는 그만 지독한 감기가 들고."

케이트 이모는 상을 잔뜩 찌푸리고 말끝마다 고개를 끄덕였다.

"암 그렇고말고, 그렇고말고. 조심해야지. 조심해서 낭패 있을라구."

"그렇지만 그레타는 말예요, 내버려두면 이 눈 속을 걸어서라도 집으로 돌아갈 겁니다."

남편의 이 말에 아내는 웃으며 다음과 같이 말했다.

"이모님, 이 양반 말은 듣지도 마세요. 정말 말썽꾸러기랍니다. 밤에는 톰의 눈에 좋다고 파란 전등 갓을 씌우라 하고, 싫다는 애한테는 아령을 시키고, 에바한테는 억지로 오트밀을 먹인답니다, 글쎄. 아이가 가엾지 뭡니까! 오트밀을 보기만 해도 싫다는 애한테 글쎄! ……그리고 또 저한테는 어떤 것을 신게 했는지 생각도 못 하실 거예요!"

232

그러면서 깔깔 웃어대며 남편을 우러러보는 듯한 행복한 눈으로 옷으로부터 얼굴, 머리까지 훑어보았다. 가브리엘의 지나친 걱정은 언제나 이렇게 웃음거리가 되었기 때문에 두 이모도 마음껏 웃어댔다.

"골로쉬랍니다!" 하고 그레타는 말을 이었다. "요새는 그거랍니다. 발 밑이 질 때에는 언제나 그걸 신어야 한다는 거예요. 오늘 저녁만 해도 날 보고 이걸 신으라느니 난 또 안 신겠다느니 했지 뭐예요, 요담엔 잠수복을 사줄 거예요."

가브리엘은 어색한 듯이 씩 웃으며 넥타이를 만지작거렸다. 케이트 이모는 허리가 땅에 닿도록 웃어댔다. 이 농담이 그렇게까지 그녀를 웃겨주었던 것이다. 줄리아 이모의 얼굴에서는 웃음이 곧 사라지고, 그녀의 새침한 눈이 조카 얼굴로 똑바로 쏠렸다. 잠시 후에 그녀는 물었다.

"그런데 골로쉬가 뭐지, 가브리엘?"

"덧신 말이야, 줄리아!" 대신 그녀의 언니가 소리쳤다. "아무려면 그것도 몰라? 신 위에다 덧신는 신 말이야, 그렇지, 그레타?"

"예, 고무로 만든 거요. 우린 둘 다 한 켤레씩 있어요. 가브리엘이 그러는데 대륙에서는 누구든지 그걸 신는다지 뭐예요."

"아, 대륙에서." 고개를 천천히 끄덕이며 줄리아 이모가 중얼거렸다.

가브리엘은 이마를 찌푸리고 다소 골이 난 것처럼 말했다.

"그다지 이상한 물건이 아닙니다. 근데 그레타는 우습게 여기며, 골로쉬란 말이 크리스티 가극단[흑인 가극단]을 연상시킨다나요."

"그런데 가브리엘," 하고 케이트 이모는 눈치 빠르게 화제를 돌렸다. "물론 방은 보아두었겠지? 그레타가 그러는데……."

"아, 방은 문제 없습니다" 하고 가브리엘이 대답했다. "그레샴 호텔에 하나 얻어놓았습니다."

"그래, 그것 참 잘했다. 그리고 그레타 너 애들 걱정은 안할 테지?"

"아이, 하룻밤쯤인데요, 뭐. 더구나 베시가 잘 봐줄 거예요."

"암, 그럴 테지." 케이트 이모가 다시 말을 받았다. "그렇게 믿을 수 있는 애가 있으면 마음 든든하지! 우리 릴리는 요새 웬일인지 도무지 알 수가 없어. 전과는 딴판 달라져서 탈이야."

가브리엘이 이 점에 관해서 이모에게 무엇을 좀 물어볼까 했으나 이모는 갑자기 말을 끊고서 계단을 내려가서 목을 길게 뽑고 난간 위를 기웃거리고 있는 동생을 보고 못마땅하다는 표정을 했다.

"아니, 그런데, 어디를 가? 줄리아! 줄리아! 어딜 가?"

계단 하나를 반쯤 내려간 줄리아는 다시 돌아와서 나지막한 목소리로 말했다.

"프레디가 왔수."

그와 동시에 박수소리와 피아니스트의 마지막 탄음(彈音)이 왈츠가 끝났다는 것을 알렸다. 응접실 문이 안에서부터 열리며 서너 쌍의 남녀가 나왔다. 케이트 이모는 가브리엘을 부리나케 딴 데로 데리고 가서 그의 귀에다 대고 속삭였다.

"가브리엘, 미안하지만 살며시 내려가서 프레디가 괜찮은지 좀 보고 오렴. 취했거든 올려보내지 말아, 취했을 거야, 분명히. 취하고말고."

가브리엘은 계단 쪽으로 가서 난간 너머로 귀를 기울였다. 식기실에서 두 사람이 뭐라고 이야기하는 소리가 들렸다. 그러더니 귀에 익은 프레디 맬린즈의 웃음소리가 들렸다. 가브리엘은 소란스럽게 계단을 내려갔다.

"가브리엘이 와서 천만다행이다." 케이트 이모가 그레타에게 말했다. "저애만 오면 늘 마음이 든든해…… 줄리아, 미스 데일리와 미스 파워에게 시원한 걸 좀 드리지그래. 훌륭한 왈츠를 춰주셔서 고마워요, 미스 데일리. 덕분에 참 좋았어."

키가 크고 얼굴이 쭈글쭈글하고, 얼굴에 뻣뻣한 반백의 콧수염을 기른 거무스름한 사나이가 파트너하고 같이 지나가다가 이 말을 듣고 말했다.

"우리도 뭘 좀 마실 수 있겠습니까, 미스 모컨?"

"줄리아," 하고 케이트 이모가 당장에 부르고 나서, "여기 계신 브라운 씨와 미스 펄롱도 함께 안내해요. 줄리아, 미스 데일리와 미스 파워도 함께 모시고 들어가지."

"난 부인네들한테 인기가 대단하거든" 하고 브라운 씨는 콧수염이 곤두설 때까지 입을 오무리고 입가에 온통 주름살을 만들면서 싱글 웃었다. "모컨 아주머니, 부인들이 저를 좋아하시는 이유는요……."

미처 말을 끝맺기도 전에 케이트 이모가 저리 멀리 가버린 것을 알고 그는 곧 세 젊은 부인을 데리고 뒷방으로 들어갔다. 방 한가운데에 맞대어놓은 두 개의 네모난 테이블이 있었다. 이 테이블에 줄리아 이모와 문지기 처녀가 커다란 식탁보를 펴고 있었다. 찬장에는 큰 접시, 작은 접시, 술잔들, 그리고 나이프와 포크와 스푼 뭉치들이 가지런히 놓여 있었다. 닫힌 피아노도 음식과 과자를 놓는 선반 노릇을 하고 있었다. 한 구석에 있는 조금 더 작은 찬장 앞에 두 젊은이가 서서 홉비터〔홉으로 만든 쓴 술〕를 마시고 있었다.

브라운 씨는 자기가 맡은 부인들을 그리로 데리고 가서 농담 삼아 독하고 따끈한 부인용 펀치 술을 들어보라고 권했다. 술은 안 한다고 부인들이 사양하자 그는 레모네이드 세 병의 마개를 따주었다. 그리고 나서 한 청년에게 좀 비켜달라고 하고는 술병을 집어 자기 몫으로 위스키를 가득히 따랐다. 그가 시험 삼아 홀짝홀짝 마시는 동안 두 청년은 질렸다는 표정으로 눈이 둥그레서 그를 바라보았다.

"가련한 신세지" 하고 그는 싱글 웃었다. "의사의 명령이어서."

쭈글쭈글한 얼굴이 씩 가로퍼졌다. 이 농담에 세 젊은 부인이 허리를 움켜쥐고 깔깔 웃어댔다. 그 중 제일 대담한 여자가 말했다.

"아이, 선생님두, 의사 선생님이 설마 그런 처방을 내리셨을라구요!"

브라운 씨는 위스키를 한 모금 더 마시고 나서 여자 음성을 흉내내면서 말했다.

"난 말이야, 그 유명한 캐시디 부인과 같단 말이오. 그 부인은 이렇게 말했대지요, '자, 메리 그라임즈, 내가 안 마셔도 억지로라도 마시도록 권해라. 나는 아무래도 마시고 싶으니까' 라고."

술기가 거나한 얼굴을 너무 친한 체하고서 앞으로 내밀고 천한 더블린의 말투를 썼기 때문에 젊은 부인들은 하나같이 본능적으로 잠자코 그의 말에 말대꾸를 하지 않았다. 메리 제인의 문하생 중 하나인 미스 펄롱은 미스 데일리에게 아까 친 그 아름다운 왈츠 곡목이 무엇이냐고 물었다. 브라운 씨는 자기가 무시를 당했다고 깨달자 그래도 자기를 여자들보다는 좀더 알아줄 듯한 두 청년 쪽으로 급히 얼굴을 돌렸다.

그때 보랏빛 옷을 입고 얼굴이 빨간 젊은 여자 하나가 흥분된 표정으로 손뼉을 치면서 소리쳤다.

"카드리유! 카드리유〔네 사람이 한 조가 되어서 추는 고대식 춤〕를 춥시다!"

케이트 이모가 곧 그 뒤를 따라 들어오며 외쳤다.

"남자 두 분에 여자 넷인데, 메리 제인!"

"아니, 여기 버긴 씨와 케리건 씨가 계시잖아요! 케리건 씨, 미스 파워하고 짝이 되시겠어요? 미스 펄롱, 당신 파트너는 버긴 씨가 어때? 자, 그럼 이젠 다 됐군."

"아직도 여자는 셋인데, 메리 제인" 하고 케이트 이모가 말을 받았다.

두 청년이 부인들에게 잘 부탁합니다, 하고 인사를 드리는 동안 메리 제인은 미스 데일리를 돌아보며 말했다.

"오, 미스 데일리, 두 곡이나 댄스곡을 쳐주신 뒤에 또 부탁드리기가 죄송하지만 오늘 밤은 여자 손님 수가 너무 모자라서요."

"괜찮아요, 미스 모컨."

"그런데 좋은 파트너가 계십니다. 바텔 다아시 씨, 테너 가수예요. 나중에 노래를 하나 부탁드리겠어요. 더블린 장안이 그분 때문에 떠들썩하다니까요."

"참 좋은 목소리지!" 케이트 이모도 맞장구를 쳤다.

피아노가 무도곡의 전주를 두 번 되풀이하자, 메리 제인은 새로 모은 사람들을 서둘러 데리고 방에서 나갔다. 그들이 나가자 줄리아 이모가 뒤를 돌아보면서 방 안으로 천천히 걸어 들어왔다.

"왜 그래, 줄리아? 누구 때문에 그래?" 그 꼴을 보고 케이트 이모는 걱정이 되는 모양이다.

냅킨을 한아름 안고 들어오던 줄리아는 언니를 바라보며 뜻밖의 물음이라는 듯이 다만 한마디 슬쩍 말했다.

"프레디야, 가브리엘하고 함께야."

정말 바로 자기 뒤에서 가브리엘이 프레디 맬린즈를 데리고 층계참을 건너오는 것이 보였다. 프레디는 마흔쯤 된 사나이로 키나 몸집이 가브리엘만 하고 어깨가 매우 둥글었다. 얼굴은 퉁퉁하고 창백하며, 다만 두툼하게 축 늘어진 귀뿌리와 넓적한 코 양쪽 끝에만 불그스름한 빛이 돌았다. 용모가 거칠게 생겼으며, 뭉뚝한 매부리코, 툭 불그러지고 까진 이마, 부어오른 듯이 두꺼운 쑥 내민 입술, 무겁게 늘어진 눈꺼풀과 헝클어진 얇은 머리 때문에 졸린 것같이 보였다. 그는 계단을 올라오면서 아까 가브리엘에게 하던 이야기가 생각이 나서 집이 떠나가라고 너털웃음을 웃고 있었고, 그와 동시에 왼쪽 손등으로 왼눈을 연방 부비고 있었다.

"어서 와, 프레디." 줄리아 이모가 먼저 인사를 했다.

프레디 맬린즈는 모컨 자매에게 인사를 했으나, 목소리가 가다가 꽉 막히는 것이 버릇이 되었기 때문에 언뜻 보아서는 퉁명스럽게 내던진 말같이 들렸다. 그러다 찬장 있는 데서 브라운 씨가 이쪽을 히죽거리며 보고 있는 것을 보고 비틀거리면서 방을 가로질러 그쪽으로 가 조금 전 가브리엘에게 한 이야기를 나지막한 목소리로 다시 되풀이했다.

"그다지 심하진 않나 본데, 그렇지?" 케이트 이모가 가브리엘에게 말했다.

가브리엘은 이맛살을 찌푸리고 있었으나, 금세 침울한 빛을 걷어 버리고서 대답했다.

"네, 별로 심하진 않군요."

"이만저만한 사람이 아니지! 그리고 저의 어머니가 섣달 그믐에 금주의 맹세를 시켰다던데, 그건 그렇고, 가브리엘, 응접실로 가자, 어서."

가브리엘과 방을 떠나기 전에 케이트 이모는 브라운 씨를 보고 이맛살을 찌푸리고 손가락을 이리저리 흔들어 신호를 보냈다. 브라운 씨는 대답 대신 고개를 끄덕거리고는, 그녀가 나가버리자 프레디 맬린즈에게 말했다.

"자, 그럼, 프 공(公), 레모네이드를 한 잔 잘 따라드릴 테니 기운 좀 차리게."

이야기의 클라이맥스에 가까이 온 프레디 맬린즈는 귀찮다는 듯이 이 제안에 손을 저었으나, 브라운 씨는 우선 흩어진 옷부터 고치라고 프레디 맬린즈의 주의를 끈 다음에 레모네이드를 넘치도록 따라서 그에게 주었다. 프레디 맬린즈는 왼손으로 기계적으로 잔을 잡고, 오른손으로는 옷을 바로 잡는 데 바빴다. 브라운 씨의 얼굴은 웃느라고 다시 한번 쭈글쭈글해졌다. 그는 자기 잔에 위스키를 채웠다. 한편 프레디 맬린즈는 이야기의 클라이맥스가 채 오기도 전에 기관지염에 걸린 듯 쿨럭거리면서 목이 터져라고 몸을 뒤틀어 웃더니, 입에 대지도 않은 철철 넘치는 잔을 도로 내려놓고, 왼손 등으로 왼쪽 눈을 부비며, 웃음의 발작이 새어나오는 그 사이사이에 방금 한 마지막 말을 되풀이하는 것이었다.

가브리엘은 메리 제인이 물을 뿌린 듯 조용한 응접실에서 매우 빠른 장식음부(裝飾音符)와 어려운 악절(樂節)투성이인 〈아카데미〉 곡을 치는 동안 잘 알아들을 수가 없었다. 그는 음악을 좋아하기는 했지만 그녀가 치고 있는 곡에는 멜로디가 없는 것같이 들렸고, 그녀에게 한 곡 쳐달라고 청한 다른 사람들도 알아듣는지 의심스러웠다. 피아노 소리를 듣고 식당에서 나와 문간에 서서 듣고 있던 네 청년도 잠시 듣다가 짝을 지어 조용히 가버렸다. 그 음악을 이해하는 사람은 두 손을 건반 위로 달리다가 주문을 외우는 순간의 여사제의 두 손처럼 쉼표가 있는 데서 번쩍 손을 쳐들고 멈추는 메리 제인과, 곁에 서서 악보장을 넘겨주고 있는 케이트 이모뿐이었다.

묵직한 샹들리에 밑에서 초칠을 해서 반질반질 윤이 나는 마루 때문에 눈이 부셔서 가브리엘의 눈은 피아노 위 벽 쪽으로 움직여 갔다. 거기에는 〈로미오와 줄리엣〉의 발코니 장면 사진이 걸려 있고, 그 곁에는 런던탑에서 살해된 두 왕자[1483년 에드워드 4세가 죽은 후 두 왕자가 암살되어 리처드 3세가 왕위에 올랐다]의 그림이 걸려 있었다. 이것은 줄리아 이모가 붉은색, 푸른색, 노란색 털실로 처녀시절에 수놓은 것이었다. 이모들이 학교에 다니던 그 소녀 시절에 저런 수예를 아마 한 해 동안 가르쳤는지도 몰랐다. 그의 어머니가 언젠가 생일 선물로 보랏빛 태비니트 천의 조끼를 만들어준 일이 있는데, 거기도 조그만 여우 머리를 수놓고, 갈색 새틴으로 안을 대고 뽕나무 열매의 동그란 단추가 달려 있었다. 케이트 이모는 늘 모컨 집안에서 어머니가 가장 머리가 좋았다고 했지만 그 어머니가 음악적 소질이 없었던 것은 이상한 일이었다. 케이트 이모와 줄리아 이모는 둘 다

착실한 데다 의젓하고 헌칠한 이 언니를 늘 자랑으로 삼고 있는 눈치였다. 어머니의 사진이 창과 창 사이의 벽에 걸린 거울 앞에 걸려 있었다. 사진 속의 어머니는 무릎에 책을 펴놓고, 세일러복을 입고 발 아래 누워 있는 콘스탄틴에게 무엇을 가리키고 있었다. 아들들의 이름을 지어준 것도 이 어머니였다. 집안의 체면에 대하여 퍽이나 마음을 썼기 때문이었다. 어머니 덕택으로 콘스탄틴은 지금 밸브리건[더블린 북방의 작은 해안 도시]에서 상석부사제(上席副司祭)로 있고, 또 가브리엘도 왕립대학에서 학위를 받을 수가 있었다. 어머니가 자기의 결혼 문제에 반대하던 일이 생각나서 그의 얼굴에 그늘이 졌다. 어머니가 한 모욕적인 말이 아직도 그의 마음속에 도사리고 있었다. 어머니는 그레타를 가리켜 촌뜨기 말괄량이라고 부른 일이 있는데, 그것은 그레타에게 전혀 당치 않은 말이었다. 몽크스타운에 있는 집에서 어머니가 마지막 병에 걸려 오래 앓을 때 끝까지 어머니를 간호해 드린 것은 그레타였다.

그는 메리 제인이 치는 곡이 거의 끝에 가까워오나 보다고 짐작했다. 첫머리의 멜로디를 다시 치면서 소절 끝마다 빠른 장식적 악구를 치고 있었기 때문이다. 그것이 끝나기를 기다리는 동안 마음속의 노여움이 사라져갔다. 고음부의 옥타브 전음을 몇 번 치고, 최종 악장의 저음부를 마지막으로 우렁차게 치자 연주는 끝났다. 우레 같은 박수갈채가 일어나고, 메리 제인은 얼굴이 빨개져 안절부절못하며 악보를 말아쥐고 방에서 도망치듯 빠져나갔다. 가장 열렬한 박수는 연주가 시작하자 식당으로 갔다가 피아노 소리가 끝난 것을 듣고 문간에 와 선 그 네 명의 청년이 보낸 것이었다.

랜서[카드리유의 일종인 무도]의 준비가 되었다. 가브리엘은 미스 아이버즈와 짝이 되었다는 것을 알았다. 그녀는 솔직하고 말이 많은 젊은 여자로, 주근깨 얼굴에 갈색 눈이 불쑥 튀어나와 있었다. 그녀는 가슴까지 파인 옷을 입지 않았고, 칼라 앞에 꽂은 커다란 브로치에는 아일랜드 고유의 명구와 격언이 새겨져 있었다.

두 사람이 무도의 제자리에 서자마자 그녀는 다짜고짜로 따지고 들었다.

"톡톡히 따져볼 말이 있어요."

"나한테요?"

여자는 정색을 하며 고개를 끄덕였다.

"뭔데요?" 여자의 심각한 태도에 미소를 지으면서 가브리엘은 재차 물었다.

"G.C.가 누구예요?" 시선을 그에게로 돌리며 미스 아이버즈는 반문했다.

가브리엘이 얼굴이 빨개져서 모른다는 시늉으로 이맛살을 찌푸리려고 하는데 여자는 다시 뾰로통해서 쏘아붙였다.

"아니, 시침 떼지 마세요! 선생님이 《데일리 익스프레스》[런던에서 내는 보수파 신문]에 글을 써내신다는 건 벌써부터 알고 있어요. 부끄럽지도 않으세요?"

"무엇 때문에 부끄럽습니까?" 하고 가브리엘은 반문하고서 눈을 껌벅거리며 억지로 웃어보려고 했다.

"제가 다 부끄러울 지경인데. 선생님이 그런 신문에 글을 쓰세요? 선생님이 친영파이신 줄은 몰랐어요" 하고 미스 아이버즈는 기탄 없이 쏘아붙였다.

당황해하는 기색이 가브리엘의 얼굴에 떠올랐다. 그가 매주 수요일마다 《데일리 익스프레스》의 문학란에 글을 써서 15실링의 고료를 받고 있는 것은 사실이었다. 그러나 그렇다고 해서 그가 친영파가 될 까닭은 없었다. 비평을 써달라고 부쳐오는 책들은 몇 푼 안 되는 고료인 수표보다 거의 몇 갑절이나 반가웠다. 신간의 표지를 만지작거리고, 책장을 넘겨보는 것이 무척 기뻤다. 거의 날마다 대학에서 강의가 끝나면 부둣가에 있는 헌책방, 즉 배철러 가의 히키 서점, 애스튼 부두에 있는 웨브 서점이나 매시 서점, 혹은 뒷골목에 있는 오클로이시 서점으로 어슬렁어슬렁 걸어가곤 했다. 이 여자의 공격을 어떻게 응수해야 좋을지 몰랐다. 문학은 정치를 초월한다고 말해주고 싶었다. 그러나 이 여자와는 오랫동안 친구였으며, 경력도, 처음에 대학에 다닐 때도, 다음에 학교 교사로 있는 지금도 같은 처지였다. 그래서 그녀에게 과장된 말을 감히 쓸 수는 없었다. 그냥 연달아 눈을 껌벅거리고 억지로 웃음을 지으려고 애쓰면서 그는 서평을 쓴다고 해서 정치적일 것은 없다고 생각한다고 시원치 않게 중얼거렸다.

사람을 바꿔야 할 차례가 와도 그는 아직 어리둥절하고 마음이 산란했다. 미스 아이버즈는 재빨리 그의 손을 차분히 잡고, 부드럽고 다정한 어조로 말했다.

"물론 아까는 농담이었어요. 자, 바꾸어 서요."

둘이 다시 만나게 되었을 때 그녀는 대학 이야기를 꺼내서 가브리엘은 한결 마음이 놓였다. 자기 친구 중의 하나가 그녀에게 가브리엘이 브라우닝의 시에 대한 평을 쓴 것을 보여주었다는 것이다. 그래서 비밀을 알게 된 것이지만 그 평이 마음에 퍽 들었다는 것이다. 그 다음 별안간 그녀는 이렇게 말했다.

"참, 콘로이 선생님, 이번 여름에 아일랜드 섬[본토 서해안에 있는 원시적인 아일랜드의 한 섬. 아직도 겔틱 말을 쓴다]으로 놀러가시지 않겠어요? 우린 거기서 아주 한달 동안 꼬박 있을 예정이에요. 대서양 바깥 바다는 참 근사할 거예요. 꼭 가세요. 클랜시 씨도 간대요. 그리고 킬켈리 씨와 캐들린 키어니도 가구요. 그레타도 가면 그분에게도 대단히 좋을 거예요. 부인 고향이 코나하트지요?"

"친정이 그렇지요." 가브리엘은 짧게 대답했다.

"하지만 선생님은 오시지요?" 하고 미스 아이버즈는 따뜻한 자기 손으로 그의 팔을 열심히 잡으면서 조르듯 말했다.

"사실은 어디로 가기로 약속한 곳이 있는데요……."

"어디로요?" 하고 미스 아이버즈가 다그쳐 물었다.

"저, 해마다 몇몇 친구들과 자전거 여행을 합니다……."

"어디루요?"

"글쎄, 늘 프랑스가 아니면 벨지움이거나 아니면 독일이 될지도 모르죠." 가브리엘의 대답은 어색했다.

"근데 왜 프랑스와 벨지움으로 가시죠? 자기 나라를 보시지 않고."

"글쎄요, 그 하나는 그 나라의 말을 익히려는 이유도 있고, 또 하나는 기분전환을 해보자는 뜻도 있지요."

"그러면 선생님 자신의 나라 말은 익히실 필요가 없다는 거죠?—— 아일랜드어 말예요?"

"글쎄요, 그렇게 말씀하신다면 아일랜드어는 내 국어가 아닙니다."

옆에 있는 사람들도 아까부터 이쪽을 바라보고 이 힐문에 귀를 기울이고 있었다. 가브리엘은 안절부절못하며 좌우를 돌아보고 이 난처한 처지에서도 명랑한 표정을 지으려고 애를 썼으나 이마에까지 붉은 빛이 번져갔다.

"선생님, 조국 땅은 가볼 곳이 없다는 건가요? 전혀 모르고 계시는 자기 민족, 자기 나라는요?"

"아아, 솔직히 말해서 나는 내 조국이 싫어졌습니다. 지긋지긋해요."하고 가브리엘은 갑자기 쏘아붙였다.

"아니, 왜요?"

가브리엘은 그 말에 대답하지 않았다. 너무도 흥분해 있었기 때문이다.

"아니, 왜요?" 미스 아이버즈가 재차 물었다.

둘이 같이 놀러가야만 하겠는데, 가브리엘이 아무 대답도 하지 않았으므로 미스 아이버즈는 이번에는 격한 목소리로 말했다.

"물론 대답을 못 하실 거예요."

가브리엘은 몹시 힘을 주어 춤을 추면서 마음의 동요를 감추려 했다. 여자의 얼굴에 뾰로통한 표정이 보였으므로 그는 그녀의 시선을 피했다. 그러나 길게 늘어선 줄에서 둘이 다시 만났을 때 여자가 그의 손을 꾹 눌러주는 것을 느끼고서 그는 깜짝 놀랐다. 그녀가 눈을 치켜뜨고 잠시 유심히 그를 쳐다보는 바람에 그는 씨익 웃고 말았다. 그러다가 줄이 다시 움직이려고 할 찰나 그녀는 발끝으로 서서 그의 귀에 대고 속삭였다.

"친영파!"

랜서 춤이 끝나자 가브리엘은 프레디 맬린즈의 어머니가 앉아 있는 저 먼 구석으로 갔다. 프레디의 어머니는 듬직하게 생긴 기운 없어 보이는 백발 노인이었다. 음성은 아들의 그것처럼 목에 걸리는 소리를 내고 게다가 말을 좀 더듬었다. 아들 프레디가 아까부터 와 있다는 이야기도 이미 듣고 있었고, 또 그다지 취해 있지 않다는 이 야기도 이미 듣고 있었다. 가브리엘은 무사히 바다를 건너 오셨느 냐고 안부를 물었다. 이 노파는 글라스고에서 시집간 딸과 함께 살 고 있었으며, 해마다 한번씩 더블린에 다니러 오는 것이었다. 바다 는 아주 잔잔하고, 선장 또한 아주 친절하게 살펴주더라고 노파는 조용조용 이야기했다. 노파는 또 글라스고에 있는 딸의 집이 아름 답다는 이야기며, 거기서 사귄 딸의 친구들 이야기도 했다.

노파가 마음껏 지껄이는 동안 가브리엘은 미스 아이버즈와의 불 쾌한 기억을 모두 마음에서 지워버리려고 애썼다. 물론 그 처녀, 아 니 부인은 이름이야 어찌 되었건 아일랜드광이지만 일에는 때가 있 는 법이다. 아마 내가 그렇게 대답을 하지 않았어야 옳았는지도 모 른다. 하지만 저 여자는 농담으로라도 남들 앞에서 나를 친영파라 고 부를 권리는 없다. 저 여자는 토끼 같은 눈으로 나를 노려보며 따지고 남들 앞에서 놀림감으로 만들려고 하지 않았나.

왈츠를 추는 여러 쌍의 남녀 사이를 뚫고 자기 쪽으로 걸어오는 아내가 보였다. 그의 앞에까지 오자 아내는 그의 귀에다 대고 속삭 였다.

"여보, 케이트 이모님께서 여느 때처럼 당신이 거위 고기를 베어 서 나눠주지 않겠느냐는 분부예요. 미스 데일리가 햄을 썰고, 나는 푸딩을 맡겠어요."

"그러지."

"이 왈츠가 끝나는 대로 젊은 축들을 먼저 불러서 우리는 우리끼리 식탁에 앉을 수 있도록 하시겠대요."

"당신도 춤 좀 추었소?"

"그럼요, 추고말고요. 못 보셨수? 몰리 아이버즈하곤 무슨 말다툼을 하셨어요?"

"말다툼은 무슨 말다툼. 왜? 그 여자가 그럽디까?"

"그런 것처럼 말하던데요. 저 다아시 씨에게 내가 노래를 시킬게요. 자부심이 이만저만한 사람이 아닌 것 같애요."

"말다툼한 게 아니야" 하고 가브리엘은 침울한 말투로 말했다. "그저 아일랜드 서부지방으로 여행을 가자는 것을 내가 싫다고 했을 뿐이야."

이 말에 아내는 좋아라고 두 손을 서로 꼭 맞잡고 깡충 뛰어올랐다.

"아, 가요, 여보" 하고 음성을 높였다. "골웨이〔아일랜드 서해안에 있는 도시〕를 다시 한번 보고 싶어요."

그녀는 잠시 남편을 쳐다보다가 맬린즈 할머니를 돌아다보며 말했다.

"할머니한텐 제법 착하게 구는군요, 맬린즈 할머니?"

아내가 사람들 사이를 뚫고 다시 방 저쪽으로 돌아가는 동안 맬린즈 할머니는 이야기가 중단되었던 것도 개의치 않고 가브리엘에게 스코틀랜드에는 얼마나 아름다운 곳이 많으며, 경치도 얼마나 아름다운가를 계속 이야기했다. 사위가 해마다 자기와 딸을 호수로 데리고 가서 늘 낚시질을 했다는 것과, 사위는 낚시질을 썩 잘하여 어느 날은 아름다운 큰 고기를 잡아서 그것을 호텔 사람이 요리해 주어 저녁에 잘 먹었다는 등의 이야기를 늘어놓았다.

가브리엘은 노파의 이야기가 전혀 귀에 들어오지 않았다. 만찬 시간이 다가와서 그는 자기가 해야 할 연설과 인용하려는 시구를 또다시 생각하기 시작했다. 프레디 맬린즈가 자기 어머니를 보러 방 안을 가로질러 이쪽으로 오는 것을 보고서 가브리엘은 그에게 의자를 비워주고 창가로 물러섰다. 방은 벌써 텅 비어 있고, 뒷방에 서는 접시며 나이프가 쨍 하고 부딪치는 소리가 들려왔다. 응접실 에 아직도 그대로 남아 있는 사람들은 댄스에 지친 듯 여기저기 조 그만 떼를 짓고 조용히 잡담의 꽃을 피우고 있었다. 가브리엘의 따 뜻한 떨리는 손가락은 차디찬 유리창을 가볍게 두드렸다. 바람은 얼마나 시원할까! 우선 강가를 따라 다음은 공원으로 들어가 혼자 걸으면 얼마나 기분이 좋을까! 눈이 나무들 가지마다 하얗게 내려 웰링튼 기념비〔웰링튼은 아일랜드 태생〕 꼭대기에는 은빛 모자가 생겼겠 지. 만찬의 식탁보다는 거기가 얼마나 더 기분이 좋을까!

그는 자기가 할 연설의 서두를 죽 훑어보았다. 아일랜드인의 친 절성, 슬픈 추억들, 세 여신, 패리스, 그리고 브라우닝의 시구 인용. 그가 서평에서 이미 썼던 말, '사색에 고민하는 음악에 귀를 기울이 고 있는 느낌이 있다'는 말을 자신에게 다시 되뇌어보았다. 미스 아 이버즈가 그 서평을 칭찬한 것인데, 진심에서였을까? 아일랜드를 사랑한다고 저렇게 떠들어대는 그 이면에는 정말 자기만이 가지고 있는 어떤 인생이 있을까? 서로 상호간에 불쾌한 일이 있기란 오늘 저녁이 처음이다. 자기가 연설하는 것을 들으며 식탁에 딱 버티고 앉아서 그 여자가 그 비판적이고 놀리는 듯한 눈으로 바라볼 것을 생각하니 맥이 탁 풀렸다. 연설이 실패로 돌아가는 것을 보고서도 아마 그 여자는 안됐다는 생각도 하지 않을 테지. 그때 갑자기 좋은 생각 하나가 머리에 떠올라 용기가 생겼다. 케이트 이모와 줄리아 이모를 가리켜서 이렇게 말하자. "신사 숙녀 여러분, 우리들 가운데서 이제 쇠퇴해가고 있는 세대, 그 세대도 결점은 있었을지 모르나, 제 생각 같아서는 환대, 유머, 인정 같은 어떤 여러 특징을 가지고 있는 것입니다. 그러나 이러한 특징은 우리 주위에서 지금 자라나고 있는 새롭고 아주 진실하고 고도로 교육을 받은 세대에는 없는 것같이 저에게는 생각됩니다." 좋다. 이건 미스 아이버즈한테 들으라는 소리다. 두 이모가 무식한 두 노파에 지나지 않는다는 이야기가 되겠지만 그게 어떻단 말이냐?

방 안에서 웅성거리는 소리가 그의 주의를 끌었다. 브라운 씨가 줄리아 이모를 공손히 모시고 문에서 들어오는데, 줄리아 이모는 그의 팔에 매달려 생긋이 웃으며 고개를 숙이고 있었다. 줄리아 이모가 피아노 있는 데까지 가는데 그때까지 불규칙한 소총소리 같은 박수갈채 소리가 그 뒤를 따랐다. 그러자 메리 제인이 피아노에 마주앉고, 미소를 이미 거둔 줄리아 이모가 방 안으로 그녀의 목소리가 상당히 잘 들리게 몸을 반쯤 돌리자 박수소리는 점점 잔잔해졌다. 전주곡은 가브리엘이 이미 알고 있는 곡이었다. 줄리아 이모가 옛날에 잘 부르던 ──〈신부로 단장하고〉라는 노래였다. 줄리아 이모의 우렁차고 맑은 목소리는 피아노의 빠른 장식음보다 높이 힘차게 솟아나며, 아주 빠르게 노래를 불렀다. 그러면서도 조그만 장식 음부 하나도 빼놓지 않았다. 노래하는 사람의 얼굴을 보지 않고 음성만을 듣고 있으면 경쾌하고도 무난히 흐르는 노래의 흥을 나누어 느낄 수가 있었다. 노래가 끝나자 가브리엘은 다른 사람들과 함께 열광적인 갈채를 보냈다. 저편 방에서 식사하는 보이지 않는 식탁에서도 우렁찬 박수소리가 흘러왔다. 박수소리가 진정으로 우러나오는 것같이 들려서 줄리아 이모가 낡은 가죽 표지에 자기 약자 이름을 새긴 노래책을 악보대에 다시 놓으려고 허리를 굽혔을 때 그 얼굴에 붉은색이 약간 퍼졌다. 노래를 남보다 더 잘 들으려고 머리를 한쪽으로 비뚜름히 숙이고서 귀를 기울이고 있던 프레디 맬린즈는 다른 사람들은 모두 그쳤는데도 혼자 여전히 박수를 보내며 그의 어머니에게 신이 나서 떠들고 있었다. 그의 어머니는 엄숙하고도 천천히 고개를 끄덕이며, 동의의 뜻을 표시했다. 드디어 그 이상 더 박수를 칠 수 없게 되자 그는 부리나케 자리에서 일어나서 방을 가로질러 줄리아 이모 쪽으로 걸어가 줄리아 이모의 한 손을 자기 두 손 사이에다 꼭 껴안고서 말이 막히거나 목소리가 갈라져서 답답할 적마다 그 손을 마주 흔들어댔다.

"이제 방금 우리 어머니에게도 말했지만 이렇게 노래를 잘 부르시는 건 처음 듣습니다. 오늘 밤처럼 목소리가 좋으시긴 처음입니다. 자! 이 말을 믿으시겠어요? 정말입니다. 진정코 사실입니다. 음성이 그렇게까지 생생하고, 그렇게…… 그렇게 맑고, 생생한 노래를 듣기란 한번도 없었어요, 한번도."

줄리아 이모는 크게 미소를 지으며, 그의 손아귀에서 손을 빼며 과찬이라는 뜻의 말을 뭐라고 중얼거렸다. 브라운 씨는 줄리아 이모 쪽으로 한 손을 뻗쳐 굉장한 구경거리를 관객들에게 소개하는 흥행사와 흡사한 몸짓으로 자기 가까이 있는 사람들에게 말했다.

"줄리아 모컨 여사, 나의 최근의 발견!" 하고 혼자 아주 기분 좋게 껄껄 웃었다. 그때 프레디 맬린즈가 그를 돌아다보며 말했다.

"옳지, 브라운, 자네가 거꾸로 서도 이런 발견은 못 해. 내가 아는 한에서는 이 절반만 한 노래도 들어본 적이 없어. 그것만은 솔직한 사실이야."

"나도 그래." 브라운 씨도 맞장구를 쳤다. "음성이 아주 많이 나아진 것 같군그래."

이 말에 줄리아 이모는 어깨를 으쓱하면서도 점잖은 자존심을 잃지 않고 말했다.

"음성은 30년 전에도 그리 나쁜 편은 아니었지요."

"자주 줄리아한테 한 말이지만" 하고 케이트 이모가 어세를 높였다. "줄리아는 그저 합창대에서 썩어버렸다구. 그런데도 줄리아는 내 말이라면 듣기 싫어하지 뭐야."

그녀는 고집이 센 아기에 대하여 남의 판단을 구해야 할 때처럼 사람들을 돌아보았으나 한편 줄리아 이모는 앞만 응시하고 있었는데, 추억을 더듬는 막연한 미소가 얼굴에 떠돌고 있었다.

"글쎄 저," 하고 케이트 이모는 말을 이었다. "밤이고 낮이고 간에 그 성가대에서 노예처럼 일만 하면서 남의 말이라곤 아무의 말도 안 듣지 뭐유. 밤낮 일만 하면서. 크리스마스 아침엔 글쎄 아침 여섯시부터! 그리고 그게 다 뭣 때문이지?"

"글쎄, 그건 하나님께 영광을 드리기 위해서가 아닐까요, 케이트 고모?" 메리 제인이 피아노 의자 위에서 몸을 비틀고 생글 미소를 지으며 물었다.

케이트 이모는 사납게 조카 쪽을 바라보며 말했다.

"하나님께 영광을 드리기 위해서란 것도 잘 안다. 얘야, 메리 제인. 하지만 일생을 바쳐서 일해 온 여자들을 성가대에서 몰아내시고 그 대신 노래라곤 부를 줄도 모르는 젖내나는 조무래기 애녀석들을 위에 올려앉히신 처사는 교황님이라도 잘하신 일이라곤 할 수 없어. 교황님이 하신 일이니까 성당을 위한 일이기야 하겠지만 공평치 않아. 메리 제인, 그건 정당치 못한 일이다, 옳지 못해."

자기로서는 가슴 아픈 일이었기 때문에 케이트 이모는 발끈 화를 내면서 계속해서 동생을 옹호해주고 싶었을 것이다. 그러나 메리 제인은 손님들이 춤을 추려고 모두 돌아온 것을 보고서 달래듯 사이에 끼어들었다.

"자, 케이트 고모님, 브라운 씨한테 실례가 되지 않겠어요, 종파가 다르신 분인데."

자기 종교에 관한 이런 얘기를 듣고서 히죽거리고 있는 브라운 씨를 돌아보며 케이트 이모는 빠른 말로 이렇게 말했다.

"아, 교황님이 옳지 않다는 것은 아니오 난. 난 그저 못난 늙은이니까 감히 그런 일을 할 엄두도 못 내지. 그러나 그저 살아가는 가운데서도 아니 저 예절이니 감사니 하는 그런 게 있지 않느냐 말이야. 내가 줄리아 같은 경우를 당했다면 힐리 신부님한테 마주대고 말하겠어⋯⋯."

"그뿐이겠어요, 케이트 고모님" 하고 메리 제인이 대꾸했다. "우린 모두가 시장해요. 그리고 시장할 땐 언쟁이 생기게 마련이지요."

"그리고 또 목이 마를 때도 언쟁이 있게 마련이지요" 하고 브라운 씨가 끼어들었다.

"그러니까 저녁 식사를 시작하는 게 좋겠어요." 메리 제인이 말을 이었다. "그리고 말씀은 그후에 끝내기로 하시고."

응접실 밖의 층계참에서 가브리엘은 자기 아내와 메리 제인이 미스 아이버즈에게 저녁 식사나 하고 가라고 만류하는 것을 보았다.

그러나 벌써 모자도 쓰고, 이제 외투 단추를 끼우고 있는 미스 아이버즈는 더 머물지 못하겠다고 하며, 자기는 조금도 시장하지도 않을 뿐더러 벌써 너무 오래 지체했다고 사양을 하는 것이었다.

"그렇지만 단 10분만이라도 있다 가요, 그렇다고 늦을 건 없잖아." 콘로이 부인이 말했다.

"춤을 춘 뒤니 조금이라도 뭘 드시고 가시지." 메리 제인도 한마디 했다.

"정말 안 되겠어요." 미스 아이버즈도 지질 않았다.

"아주 재미를 못 보셨나 봐." 하는 수 없다는 투로 메리 제인이 말했다.

"참 재미 있었어요, 정말. 그렇지만 이젠 정말이지 날 좀 보내주셔야 합니다."

"그런데 어떻게 집에까지 가지?" 콘로이 부인이 물었다.

"아이, 강가로 두어 발자국만 올라가면 금센데요 뭐."

가브리엘이 순간 망설이다가 입을 열었다.

"괜찮으시다면, 미스 아이버즈, 정말 가셔야만 한다면 바래다 드리지요."

그러나 미스 아이버즈는 뿌리치고 내려서며 말했다.

"아니에요, 제발 들어들 가셔서 식사를 하세요, 제 염려는 마시고. 제 일은 제가 넉넉히 할 수 있으니까요."

"참, 알 수 없는 사람이군, 몰리." 콘로이 부인이 기탄없이 쏘아붙였다.

"빈낙트 리브〔아일랜드 말로 안녕이라는 뜻〕"라고 인사말을 남기고 높이 웃으며 미스 아이버즈는 계단을 뛰어 내려갔다.

메리 제인은 얼굴에 침울한 까닭 모를 표정을 띠고, 가는 사람의 뒷모습을 물끄러미 바라보았으며, 한편 콘로이 부인은 난간에 기대서서 현관문이 닫히는 소리에 귀를 기울였다. 가브리엘은 미스 아이버즈가 갑자기 떠나게 된 원인이 자기 때문이 아닐까 하고 자문해보았다. 그러나 그 여자는 기분이 나쁜 것같이 보이진 않았다 —— 웃으면서 떠나지 않았던가. 그는 얼빠진 듯이 계단을 내려다보았다.

그때 케이트 이모가 식당에서 부리나케 뛰어나오며, 이게 어떻게 된 셈이냐는 듯이 손을 마주 비비댔다.

"이 사람 가브리엘은 어디 갔지?" 하고 큰 소리로 외쳤다. "도대체 가브리엘은 어디 간 거야? 다들 앉아 기다리고 있는데, 준비가 다 됐는데, 거위 고기를 잘라 나눠줄 사람이 없으니!"

"여기 있어요, 이모님!" 갑자기 명랑해지며 가브리엘이 큰 소리로 대꾸했다. "필요하다면 거위쯤은 몇 마리라도 잘라드리겠습니다."

식탁 한 끝에 살찐 누런 거위 한 마리가 놓여 있고, 또 한쪽 끝에는 크리스드 페이퍼[쪼글쪼글 주름이 간 조화용 색종이]를 펴고 파슬리의 잔가지를 늘어놓은 위에 겉껍질을 벗기고 빵가루를 뿌린 커다란 햄이 한 덩이 놓여 있었다. 그 정갱이 주위로는 알뜰한 빨간 종이로 장식하고, 그 옆으로는 양념을 한 쇠고기 덩어리가 쌓여 있었다. 이 상반되는 양면 끝 사이에는 두 줄로 작은 요리 접시들이 늘어 서 있었다. 빨간색과 노란색으로 성당 모양으로 만든 두 개의 젤리, 하얀 크림과 빨간 잼 덩어리가 가득 든 얕은 접시 하나, 자줏빛 건포도와 껍질을 까놓은 아몬드를 담은 줄기 모양의 손잡이가 달린 커다란 초록색 잎사귀 모양의 접시, 스미르나 무화과를 네모나게 쌓아올린 또 하나의 같은 모양의 접시, 너트멕(육두구)을 갈아서 위에 덮은 커스터드 접시, 금종이 은종이에 싼 초콜릿과 사탕을 가득 담은 작은 사발, 그리고 셀러리 줄기를 몇 개 꽂은 유리 항아리들이 있었다. 식탁 한가운데에는 오렌지와 미국 사과를 피라미드 모양으로 쌓아올린 과일 쟁반, 그것을 지키는 보초병처럼 두 개의 납작한 커트글라스의 구식 술병, 한 병에는 포트와인이 들어 있고, 다른 한 병에는 검은 셰리주가 들어 있었다. 뚜껑이 닫힌 네모진 피아노 위에는 엄청나게 큰 누런 접시에 담은 푸딩이 기다리고 있고, 그 뒤로는 스타우트 흑맥주와 에일주와 탄산수 병들이 군복의 색깔에 따라 세 분대로 정렬이 되어 있었다. 처음 두 분대는 갈색과 빨간 딱지가 달린 까만색이고, 세번째의 제일 작은 분대는 하얀 바탕에 초록색 견장을 달고 있었다.

가브리엘은 대담하게 테이블 웃자리에 앉아 칼날을 살펴본 다음에 포크를 거위 살 속으로 푹 찔렀다. 그는 이제는 마음이 아주 놓였다. 고기를 자르는 데에는 능숙했고, 잘 차려놓은 식탁 머리에 앉는 것이 그가 가장 좋아하는 일이었기 때문이다.

"미스 펄롱, 뭘 드릴까요?" 하고 그는 물었다. "날개를 드릴까요, 가슴살을 드릴까요?"

"가슴살을 아주 조금만요."

"미스 히긴즈는요?"

"아아, 무엇이든 괜찮아요."

가브리엘과 미스 데일리가 거위 접시와 햄과 양념 쇠고기 접시를 돌리는 동안, 릴리는 이 손님 저 손님에게로 다니며 흰 냅킨에 싼 뜨겁고 바삭바삭한 감자를 담은 접시를 권하고 있었다. 이것은 메리 제인이 생각해 낸 것이었고, 그녀는 또 거위 고기에도 애플 소스를 쓰자고 제안했으나 케이트 이모는 애플 소스를 치지 않고 그냥 구운 거위 고기만도 자기 입에는 늘 간이 맞는다고 하며, 자칫하면 더 맛이 나빠질지도 모르겠다고 말했던 것이다. 메리 제인은 자기 제자들의 시중을 들어주고, 가장 좋은 조각을 집어주었으며, 케이트 이모와 줄리아 이모는 남자 손님들에게는 스타우트와 에일 병을, 여자 손님들에게는 탄산수 병을 따서 피아노로부터 날라왔다. 혼잡과 웃음소리와 소음 —— 무엇을 보내라는 소리와 무엇을 보내라는 사람에게 무엇을 달라는 소리, 나이프와 포크 소리, 코르크 마개와 유리 마개를 따는 소리들이 뒤범벅이 되어 떠들썩했다. 가브리엘은 한번 죄다 나눠주고 나자 자기는 먹지 않고 두번째 것을 잘라 돌리기 시작했다. 그래서는 안 된다고 사람들이 이구동성으로 야단을 치고, 또 고기 자르는 일도 쉬운 일은 아니었으므로 그는 못이기는 체하고서 스타우트를 한 모금 길게 들이켰다. 메리 제인은 조용히 앉아서 식사를 하기 시작했으나, 케이트 이모와 줄리아 이모는 아직까지도 서로 뒤를 쫓아다니며, 맞부딪치기도 하고 서로 귓등으로 듣지도 않는 말을 타이르기도 하면서 식탁 주위를 아장아장 걸어다니고 있었다. 브라운 씨가 제발 좀 앉아서 식사를 하라고 간청했고, 가브리엘도 역시 간청했으나 두 이모는 아직 시간이 많으니 걱정 말라고 막무가내였으므로, 프레디 맬린즈가 기어이 일어나서 케이트 이모를 붙잡다가 일동이 떠나가게 웃는 가운데 의자에 억지로 앉혔다.

모두에게 충분히 고기를 나눠준 다음에 가브리엘은 싱글거리며 입을 열었다.

"자, 어느 분이든지 막말로 말해서 터지게 좀더 잡숫고 싶은 분이 계시다면 말씀하십시오."

사람들은 이구동성으로 그에게 어서 식사를 들라고 권했고, 또 릴리는 그를 위해 남겨두었던 감자 세 개를 가지고 왔다.

"그러시다면" 하고 가브리엘은 상냥하게 말하면서 목을 축이기 위해 술을 또 한 모금 마셨다.

"여러분, 잠시 동안만 저를 없는 것으로 여겨주십시오."

그는 저녁을 먹기 시작했다. 그리고 릴리가 접시를 치우는 소리가 들리지 않을 정도로 떠들어대는 대화에는 끼지도 않았다. 화제는 때마침 왕립극장에서 공연중인 오페라단 이야기였다. 테너 가수이며, 멋진 콧수염을 기른 얼굴색이 검은 청년인 바텔 다아시 씨는 그 오페라단의 제1콘트랄토 소프라노 가수를 극찬했으나, 미스 펄롱은 그 가수의 연기에 기품이 좀 없는 것 같더라고 했다. 프레디 맬린즈는 게이어티 극단의 무언극 2부에서 노래하는 흑인 추장이 일찍이 자기가 듣던 중 가장 훌륭한 음성을 가진 테너 가수이더라고 했다.

"들어보셨어요?" 하고 그는 식탁 저쪽에 앉은 바텔 다아시 씨에게 물었다.

"아뇨" 하고 바텔 다아시 씨는 아무렇게나 대답했다.

"왜 그러냐 하면," 하고 프레디 맬린즈가 설명했다. "그 사람에 대한 선생의 고견을 듣고 싶어서 그러는 겁니다. 난 그 사람이 훌륭한 목소리의 소유자라고 생각합니다."

"정말 훌륭한 것을 찾아내는 것은 프레디뿐이지요"라고 브라운 씨가 비꼬는 어조로 말했다.

"그래, 왜 그 사람인들 음성이 좋아서는 안 된다는 이유가 어디 있습니까? 검둥이라서 그러는 건가요?" 프레디 맬린즈가 톡 쏘아 붙였다.

이 물음에 대답하는 사람은 아무도 없었고, 메리 제인이 다시 화제를 아까 하던 오페라 이야기로 옮겼다. 어느 제자 하나가 초대권을 갖다주어서 〈미뇽〉을 구경했는데, 물론 아주 좋았지만, 듣고 있자니까 가엾은 조니나 번즈(더블린의 유명한 오페라 가수) 생각이 자꾸만 나더라고 그녀는 말했다. 브라운 씨는 더 오랜 이야기를 끄집어내어 옛날에 더블린에 늘 오곤 했던 이탈리아 오페라단 이야기를 꺼냈다 ── 티에트젠스, 일마 데 무르즈카, 캄파니니, 데 트레벨루, 지우글리니, 라벨리, 아람브로 등등 더블린에서 노래 같은 노래를 들을 수 있었던 것은 그 시절이었다고 말했다. 또 옛날에는 왕립극장 꼭대기층까지 밤마다 초만원이 되고, 어느 날 저녁에 이탈리아 테너 가수 한 사람이 〈병사답게 죽으련다〉를 불러 다섯 번이나 앙코르를 받았으며, 그때마다 번번이 고음 C로 불렀다는 이야기며, 또 어떤 때는 오페라에 왔던 젊은패들이 너무도 열광하여 어느 주역 여배우가 타고 온 마차에서 말을 끌어내고, 대신 자기들이 호텔까지 마차를 끌고 갔다는 이야기도 했다. "왜 요새는 〈디노라〉니 〈루크레치아 불지아〉와 같은 오래된 대오페라를 공연하지 않을까요? 그런 음성을 가진 가수들이 없기 때문이겠지요" 하고 여기서 말을 맺었다.

"천만에요" 하고 바이텔 다아시 씨가 말을 받았다. "내가 보기엔 지금도 옛날이나 다름없이 훌륭한 가수들이 있습니다."

"어디 있단 말입니까?" 브라운 씨가 날카롭게 물었다.

"런던이나 파리나 밀란 같은 데에요." 바텔 다아시 씨도 지질 않았다. "예를 들자면 카루소 같은 가수는 이제 선생께서 말씀하신 사람 중 그 누구보다 낫다고는 못할망정 지지는 않을 겁니다."

"그럴지도 모르지만 적이 믿어지지 않는데요, 난."

"아, 저 같은 사람은 카루소의 노래를 들으면 소원이 없겠어요" 하고 메리 제인이 끼어들었다.

"내 보기엔," 하고 아까부터 뼈에 붙은 고기를 뜯고 있던 케이트 이모도 한마디 했다. "내 마음에 드는 테너라곤 한 사람밖에 없었어. 내 듣기엔 그렇더란 말이야. 근데 여기 있는 사람 중 그 사람 얘길 들어 본 사람은 아마 아무도 없을걸."

"누군데요, 아주머니?" 바텔 다아시 씨가 공손히 물었다.

"파킨슨이라는 이름의 가수였는데, 내가 들었을 땐 그분이 한창 때였다우. 사람의 목에서 나오는 목소리로는 이만큼 순수한 테너도 없다고 생각해요, 난."

"이상한데요" 하고 다아시 씨는 믿어지지 않는 모양이었다. "난 그 사람의 이름도 못 들었는데요."

"그래 그래, 미스 모컨의 말씀이 옳아" 하고 브라운 씨가 끼어들었다. "나도 예전에 파킨슨의 노래를 들은 기억이 아직도 남아 있습니다. 하지만 너무도 오랜 옛날의 일입니다."

"아름답고, 순수하고, 곱고, 부드러운 영국의 테너 가수였지" 하고 케이트 이모는 열성어린 말투로 말을 이었다.

가브리엘이 식사를 끝마치자, 이번에는 커다란 푸딩이 식탁으로 옮겨졌다. 다시 포크와 스푼이 달각거리는 소리가 났다. 가브리엘

의 아내가 푸딩을 스푼으로 듬뿍듬뿍 떠서 접시에 담아 식탁으로
돌렸다. 그것을 식탁 가운데쯤 앉았던 메리 제인이 받아서 산딸기
며, 오렌지 젤리며, 브랑망주며, 잼 같은 것을 더 담아서 돌렸다. 이
푸딩은 줄리아 이모가 만든 것이었는데, 거기 있는 사람들은 누구
나 다 칭찬이 자자했다. 그러나 본인은 색깔이 좀더 누랬으면 좋았
겠다고 했다.

"글쎄, 저, 모컨 아주머니, 내가 대신 갈색이 됐다고 해두시지요.
아시다시피 제 이름이 브라운이니까요" 하고 브라운 씨가 익살을
부렸다.

모든 남자 손님들은 가브리엘만 빼놓고 줄리아 이모에 대한 인사
로 푸딩을 얼마씩 먹었다. 가브리엘은 단 것을 절대로 먹지 않았기
때문에 셀러리를 그에게 남겨놓아 두었었다. 프레디 맬린즈도 셀러
리 줄기를 집어들어 푸딩과 함께 먹었다. 그는 셀러리가 피에 제일
좋다는 이야기를 들었고, 그때 마침 의사의 치료를 받고 있는 중이
었기 때문이다. 식사중 내내 아무 말이 없던 그의 어머니는 자기 아
들은 일주일 내에 맬러리 산으로 휴양을 갈 거라고 말했다. 그러자
사람들은 화제를 맬러리 산으로 옮겨, 그곳의 공기는 말할 것도 없
이 신선하다는 둥, 수도승들도 매우 친절하여 찾아오는 손님들에게
서 한 푼도 구걸하는 법이 없다는 둥 여러 말을 늘어놓았다.

"그런데 그게 무슨 말씀이시오?" 하고 브라운 씨가 믿을 수 없다
는 듯이 물었다.

"거기 가서 호텔이나 되는 것처럼 숙박하고 산해진미로 호강하
다가 돈 한 푼도 안 내고 돌아와도 괜찮다는 이야긴가요?"

"아, 대개 사람들은 떠날 때에는 수도원에 희사는 하지요." 메리

제인이 이렇게 하는 말을 브라운 씨가 또 나직이 받았다.

"우리 성당에도 그런 기관이 있었으면 좋겠군요."

수도사들이 서로 말은 절대로 하지 않고, 새벽 두시에 일어나며 관 속에 들어가서 잔다는 이야기를 듣고 깜짝 놀라 무엇 때문에 그런 짓을 하느냐고 그는 물었다.

"그게 수도원의 규칙이지 뭐야" 하고 케이트 이모가 단호하게 말했다.

"알아요, 근데 왜 그럴까요?" 브라운 씨는 아직도 납득이 가지 않은 모양이다.

케이트 이모는 그것이 규칙이라고 되풀이할 뿐이었다. 브라운 씨는 그래도 납득이 가지 않은 모양이었다. 프레디 맬린즈가 수도사들은 외부 사회에서 사는 모든 죄인들이 저지른 죄를 대신 속죄하려는 것이라고 되도록 열심히 그에게 설명했다. 이 설명도 그다지 석연치 않아서 브라운 씨는 그저 히죽거리며 말할 뿐이었다.

"그건 매우 좋은 생각이지만 편안한 스프링이 달린 침대나 관이나 뭐가 달라요?"

"관은 말이죠" 하고 메리 제인도 지질 않았다. "늘 그들에게 죽음을 연상케 해준단 말예요."

왠지 화제가 음산한 이야기로 변하자 식탁을 둘러싼 사람들이 모두 침묵 속에 잠기고 말았다. 그동안 맬린즈 할머니가 분명치 않은 나직한 목소리로, "참 좋은 사람들이지, 그 수도사들은. 정말 경건한 사람들이야" 하고 옆에 앉은 사람들에게 하는 소리가 들렸다.

건포도, 아몬드, 무화과, 사과, 오렌지, 초콜릿, 사탕 등이 빙 한바퀴 식탁에 돌았다. 그리고 줄리아 이모는 손님들에게 포트와인이

나 셰리주를 들라고 권했다. 처음엔 바텔 다아시 씨는 아무것도 들지 않겠다고 사양했으나 옆에 앉은 사람 하나가 옆을 쿡 찌르며 무슨 말을 속삭이자 할 수 없이 잔을 채웠다. 마지막 잔들이 채워져 가고 있을 때 차차로 이야기는 잠잠해졌다. 그 뒤로 침묵이 따르고 술 따르는 소리와 의자를 바로잡는 소리만이 이따금 들렸다. 모컨 세 사람도 식탁보를 굽어보았다. 누가 한두 번 기침을 하자, 남자 손님 몇이 조용하라는 신호로 가볍게 식탁을 툭툭 쳤다. 조용해졌다. 가브리엘은 의자를 뒤로 북 밀고 일어섰다.

식탁을 두드리는 소리는 그를 격려해주는 뜻에서 즉시로 높아졌다가 문득 그쳤다. 가브리엘은 떨리는 열 손가락으로 식탁보를 짚고 서서 안절부절못하며 일동에게 미소진 얼굴을 돌렸다. 일제히 얼굴을 쳐들고 자기를 쳐다보는 죽 늘어선 얼굴들과 마주치자, 그는 얼굴을 들어 샹들리에를 쳐다보았다. 피아노가 왈츠를 치고, 치맛자락들이 응접실 문을 스쳐가는 소리가 들렸다. 혹 사람들이 바깥 부둣가 눈 속에 서서 불이 켜진 창을 올려다보며 왈츠 음악에 귀를 기울이고 있는지도 모르겠다. 거기도 공기가 맑으리라. 저 멀리로는 공원이 보이고, 나무마다 눈이 무겁게 쌓여 있었다. 웰링튼 기념비는 약 6만 평방미터의 하얀 눈벌판을 넘어 서쪽을 향해, 반짝이는 눈모자를 쓰고 있었다.

그는 시작했다.

"신사 숙녀 여러분, 예년과 같이 오늘 저녁에도 즐거운 과제가 제게로 돌아왔습니다. 그러나 저의 눌변으로서는 이 과제가 너무도 중한 것 같습니다."

"천만에요!" 하고 브라운 씨가 말을 가로막았다.

"그러나 여하튼 오늘밤 제 행위에 대한 정성만을 믿어주시고 제가 오늘 이 모임에 임하여 지금의 소감을 말씀드리는 동안 잠시 귀를 기울여주시기를 바라는 바입니다.

신사 숙녀 여러분, 이 온정이 풍성한 지붕 밑에, 이 온정이 풍성한 식탁을 둘러싸고 우리가 함께 모인 것은 이번이 처음은 아닙니다. 우리가 이 댁의 귀하신 부인들의 후대를 받는 사람이 된 것도 ──혹은 이렇게 말하는 것이 나을지도 모르겠습니다만 ── 그분들의 후대의 희생자가 되기도 이번이 처음이 아닙니다."

그는 여기서 한번 팔을 둥글게 젓고 말을 멈추었다. 모든 사람이 케이트 이모와 줄리아 이모와 메리 제인을 보고 웃거나 미소를 지었다. 그러자 세 부인은 기뻐서 모두 얼굴이 홍당무가 되었다. 가브리엘은 대담하게 말을 이어나갔다.

"해가 가면 갈수록 제가 더욱 굳게 느끼는 바는 우리나라가 가장 많은 영광을 돌리며 애써 지켜야 할 전통은 이러한 환대 정신이라는 생각입니다. 제 경험으로 보아(여러 외국에 다녀왔습니다만) 이것은 현대의 여러 나라 가운데 우리나라에 고유한 전통인 것입니다. 아마 어떤 이는 말하기를 이것을 자랑거리로 여기기보다는 결점이라고 할는지도 모릅니다. 하지만 설사 그렇다손치더라도 제가 생각하기엔 귀중한 결점이고, 우리가 오래도록 길러나가야 할 결점이라고 믿는 바입니다. 적어도 여기 한 가지 제가 굳게 믿어 의심치 않는 것이 있습니다. 이 집 지붕이 이제 말씀드린 선량하신 부인들을 보호하고 있는 한 ── 그리고 저는 진정으로 앞으로도 여러 해 그럴 것을 바랍니다만 ── 진정과 온정이 깃들인 간곡한 아일랜드 사람의 말을 후대하는 그 전통은 아직도 우리 사이에 살아 있습니다. 그리고 그것은 우리의 조상이 우리에게 이어준 것이고, 또한 우리도 후손들에게 이어주어야 할 것입니다."

과연 그렇다는 동의의 속삭임 소리가 식탁을 연해 퍼져갔다. 미스 아이버즈가 여기에 없다는 것, 그리고 그녀가 무례하게 가버렸다는 생각이 가브리엘의 마음을 화살처럼 뚫고 지나갔다. 그는 자신을 갖고 말을 이었다.

"여러분, 우리들 가운데에는 새로운 한 세대가, 새로운 이념과 새로운 원칙에 자극을 받은 한 세대가 자라나고 있습니다. 이 세대의 사람들은 이러한 여러 가지 새로운 이념에 대하여 진지하고 열의가 있습니다. 그 열의는 비록 그릇된 것이라 할지라도 대체로 보아 진정한 것이라고 믿습니다. 그러나 우리는 회의적인 그리고 이를테면 사색에 고민하는 시대에서 살고 있습니다. 그리고 때로 저는 이 교육을 받은 아니 정말 최고의 교육을 받은 새로운 세대가 지난날의 유산이었던 자애와 환대와 유머 같은 것이 결핍되어 있는 것이 아닌가 두렵습니다. 지난날의 모든 저 위대한 가수들의 이름에 오늘밤 귀를 기울이고 있으려니까, 감히 저는 고백하는 바이지만, 제가 느낀 것은 우리들은 보다 쓸쓸한 시대에 살고 있다는 것입니다. 그 옛날은 과연 성대한 시대였다고 불러도 과장이 아닐 것입니다. 그리고 그러한 시대가 영원히 가버렸다면 적어도 이와 같은 모임에서 우리는 자랑과 애정으로 그 시대를 얘기하고, 세상이 쉽사리 잊지 못할 그들, 고인이 된 위대한 사람들의 추억을 마음속에 소중히 간직하기로 합시다."

"조용히 들어봅시다!" 하고 브라운 씨가 큰 소리로 외쳤다.

"그러나," 하고 음성을 부드러운 억양으로 낮추면서 가브리엘은 말을 이었다. "이와 같은 모임에는 언제나 우리들 가슴속에 떠오르는 보다 더 슬픈 생각들이 있게 마련입니다. 지나간 일, 젊었을 때의 생각, 달라진 일들, 그리고 오늘 저녁에 더욱 그리워지는, 이 자리에 안 계신 분들의 얼굴이 그것입니다. 우리가 걸어가는 인생 행로에는 허다한 이러한 슬픈 추억들이 점철되어 있습니다. 그리고 우리가 항상 이러한 생각만 한다면 살아 있는 사람들 사이에서 용감하게 우리의 일을 해나갈 수 없을 것입니다. 우리는 모두 끊임없는 노력을 요구하는, 정당히 요구하는, 살아 있는 의무와 살아 있는 애정을 가지고 있습니다.

그러므로 저는 과거에 집착하려 하지 않겠습니다. 오늘 밤 여기서 저는 우울한 도덕적 교훈을 늘어놓지 않겠습니다. 우리는 잠시 동안 일상생활의 번잡과 시끄러움에서 벗어나려고 여기에 함께 모인 것입니다. 우리는 정다운 우정 정신에 있어서는 친구로서, 또한 어느 면으로 말씀하면, 참된 동지적 정신에 있어서는 동료로서, 그리고 뭐라고 하면 좋을까요 ——더블린 악단 세 여신의 손님으로 모인 것입니다."

이 비유에 요란한 박수와 웃음소리가 일제히 식탁에서 터져나왔다. 줄리아 이모는 옆에 앉은 사람에게 하나하나 차례차례로 가브리엘이 무슨 말을 했느냐고 물어보았으나 시원한 대답은 얻지 못했다.

"글쎄 우릴 세 여신이라고 하지 않아요, 줄리아 고모님" 하고 메리 제인이 일러주었다.

줄리아 이모는 무슨 말인지 알아듣지 못하고서 생긋 웃으면서 가브리엘을 쳐다보았다. 그는 같은 어조로 말을 이었다.

"여러분, 저는 오늘 저녁, 패리스가 옛날에 한 역할을 하려는 것은 아닙니다. 이 세 분 사이에 차이를 두려는 것이 아닙니다. 그러한 일은 저에게 외람된 일이며, 또 제 힘이 못 미치는 일입니다. 왜 그런고 하면 제가 차례차례로 세 분을 보니, 그 친절하신 마음, 그 너무나도 친절하신 마음이 그분을 아는 우리에게는 속담처럼 되어 버린 첫째 주인을 택해야 좋을지, 혹은 그분의 동생, 해마다 더 젊어지시는 듯한 천품을 타고나시고, 또 오늘 밤에 부르신 그 노래는 우리 모두의 놀라움과 계시가 되신 그분을 택해야 좋을지, 혹은 마지막으로 그러나 앞의 두 분에게 조금도 못지않게 재원이시고 쾌활하시고 근면하시고 모범적인 조카딸이신 제일 연소하신 주인을 택해야 좋을지, 여러분, 저는 솔직히 말해서, 어느 분에게 상을 드려야 좋을지 모르겠습니다."

　가브리엘은 이모들을 내려다보고, 줄리아 이모의 얼굴에 떠오른 큰 미소와 케이트 이모의 눈에 떠오른 눈물을 보고서 얼른 말끝을 맺으려고 했다. 그는 잔을 번쩍 쳐들었다. 그리고 좌중이 다음 말을 기다리며 잔을 만지작거릴 때 우렁차게 말을 이었다.

　"우리 모두 세 분을 위하여 축배를 듭시다. 세 분의 건강과 재복과 장수와 행복과 번영이 오래도록 계속되고, 또 세 분이 그 분야에서 스스로의 노력으로 확보하신 영광스러운 지위와 우리 마음 한가운데 차지하고 계시는 존경과 사랑의 자리를 오래도록 간직하시기를 기원합니다."

　손님들은 모두 잔을 손에 들고 일어섰다. 그러고는 앉아 있는 세 부인을 향하여 브라운 씨의 선창으로 다 같이 노래를 불렀다.

모두 즐겁고 쾌활한 친구들,
　　모두 즐겁고 쾌활한 친구들,
　　모두 즐겁고 쾌활한 친구들,
　　아니라고 할 사람 하나도 없네.

　케이트 이모는 남의 눈을 피할 것 없이 손수건으로 눈물을 닦았으며, 줄리아 이모도 감개무량한 표정이었다. 프레디 맬린즈는 푸딩 포크로 장단을 맞추고, 모두 마주서서 노래하며 마치 노래의 회의라도 하는 듯했다.

　　그 말이 거짓이 아니라면,
　　그 말이 거짓이 아니라면.

하고 후렴을 우렁차게 힘을 주어 부른 다음, 다시 한번 주인들 쪽으로 돌아서서 노래했다.

　　모두 즐겁고 쾌활한 친구들,
　　모두 즐겁고 쾌활한 친구들,
　　모두 즐겁고 쾌활한 친구들,
　　아니라고 할 사람 하나도 없네.

　이어서 터져나온 환호는 식당 문 밖에 있는 손님들에게까지 퍼져서, 프레디 맬린즈가 포크를 높이 휘두르며 지휘를 하는 가운데 여러 번 되풀이되었다.

찌르는 듯한 새벽 바람이 손님들이 서 있는 현관으로 불어들어왔
으므로 케이트 이모가 이렇게 말했다.

"누가 문 좀 꼭 닫아줘, 맬린즈 할머니 감기드시겠어."

"브라운 씨가 밖에 나가 계셔요, 케이트 고모님." 메리 제인이 대
꾸했다.

"브라운은 안 가는 데가 없군" 하고 케이트 이모는 목소리를 낮
추었다. 메리 제인은 그 말투가 우스운 듯 비꼬았다.

"참 그분은 자상한 분이셔."

"그 사람은 크리스마스 휴가 내내 우리 집에 와서 무척 도움이
됐지" 하고 똑같은 말투로 케이트 이모는 말했다.

이번에는 그녀도 기분 좋게 웃고 나서 재빨리 덧붙였다.

"하지만 그 사람더러 어서 좀 들어오라고그래, 메리 제인. 그리
고 문 좀 닫아. 설마 브라운이 내 말을 듣지는 않았겠지."

그때 현관문이 활짝 열리고, 브라운 씨가 가슴이 터질 듯이 웃으
면서 문간에서 들어왔다. 가짜 아스트라칸 커프스와 칼라가 달린
기다란 초록색 외투를 입고, 머리에는 타원형 털모자를 쓰고 있었
다. 그는 눈에 덮인 강가를 가리켰다. 거기서 누가 날카롭고 길게
휘파람을 부는 소리가 들려왔다.

"프레디는 더블린 장안의 마차를 죄다 불러낼 셈인가 봐요" 하고
그가 말했다.

가브리엘은 사무실 뒤에 있는 식기실에서 외투 소매를 끼면서 나
와 현관을 둘러보며 말했다.

"그레타는 아직 안 내려왔나요?"

"옷은 입고 있던데그래, 가브리엘" 하고 케이트 이모가 대답했다.

"거기서 누가 피아노를 치고 있는 거죠?" 가브리엘이 물었다.

"아무도 없어, 다들 갔어."

"아니에요, 케이트 고모님." 메리 제인이었다. "바텔 다아시와 미스 오캘러헌은 아직 안 갔어요."

"그럼 누가 아직도 피아노 장난을 하고 있는 모양이군."

가브리엘의 이 말에 메리 제인은 흘깃 가브리엘과 브라운 씨를 보더니 몸을 떨면서 말했다.

"두 분이 그렇게 든든히 차리고 나선 것을 보니까 나도 추운 것 같아요. 나 같으면 이런 시각에 집에 가려고 나서진 않겠어요."

"난 이 시각에 시골길을 뚜벅뚜벅 걷거나 그렇지 않으면 쏜살같이 달리는 말에 긴 굴레를 채워서 달리는 것보다 더 통쾌한 일은 없겠어" 하고 브라운 씨가 통쾌하게 말했다.

"옛날에는 우리 집에도 좋은 말과 이륜마차가 있었는데" 하고 줄리아 이모가 서글프게 말했다.

"그 잊지 못할 조니 말이지요" 하고 메리 제인이 깔깔 웃었다.

케이트 이모와 가브리엘도 따라 웃었다.

"근데 그 조니라는 말이 어디가 그렇게 대단했습니까?" 하고 브라운 씨가 물었다.

"돌아가신 우리 할아버지 패트릭 모컨 어른은 만년에는 영감님이라면 누구나 다 아는 분이셨는데, 아교를 만드시는 분이셨어" 하고 가브리엘이 설명을 시작했다.

"아니야, 가브리엘" 하고 케이트 이모가 웃었다. "풀 공장을 가지고 계셨어."

"좋아요, 아교든 풀이든 간에" 하고 가브리엘도 웃었다. "그분에게 조니라는 이름의 말이 한 마리 있었어요. 그리고 그 조니가 늘 영감님 공장에서 방아를 뱅뱅 돌리면서 일을 했답니다. 그것까지는 좋았어요. 그러나 이제부터 조니의 슬픈 이야기가 시작됩니다. 어느 날 영감님은 유지들과 함께 말을 타고 공원에서 열리는 열병식 구경을 가기로 하셨습니다."

"주여, 아버지의 영혼에 자비를 베푸소서." 케이트 이모가 측은해하는 말투로 말했다.

"아멘" 하고 가브리엘이 말을 이었다. "그래서 내가 말했듯이 영감님은 조니를 마차에 달고 제일 좋은 실크 모자에 제일 좋은 칼라를 달아 입고, 아마 그게, 배크 레인일 거예요. 아무튼 그 근처 어디에 있는 조상 때부터 물려받은 저택에서 의젓한 풍채로 나오셨어요."

가브리엘이 흉내내는 것을 보고 모두가 웃었다. 맬린즈 할머니마저 웃었다.

"아냐, 가브리엘, 배크 레인에 사신 것이 아냐, 정말. 공장만 거기 있었지" 하고 케이트 이모가 시정했다.

"선조 대대의 저택에서 나오셔서," 하고 가브리엘은 말을 이었다. "조니를 타고 가셨죠. 그리고 윌리엄 왕 동상이 있는 데까지 모든 것이 다 순조롭게 되었단 말이에요. 그런데 윌리엄 왕이 탄 말에 반했는지 혹은 공장으로 다시 돌아온 줄로 생각했는지 어쨌든 조니 양반이 동상 주위를 빙빙 돌기 시작했지 뭐예요."

가브리엘은 다른 사람들이 웃는 가운데 덧신을 신고서 현관 안을 빙빙 돌았다.

"빙글빙글 이렇게 막 도는 거예요" 하고 말을 이었다. "그래서 퍽이나 점잔을 빼는 이 영감님은 몹시 노여우셔서, '어서 가요! 이 양반이 왜 이래? 조니! 조니! 알 수 없는 일일세! 이 양반이 무슨 생각을 하는지 이해할 수가 없어!'"

가브리엘이 내는 흉내에 와 터져나온 웃음소리가 현관문을 요란하게 두드리는 소리에 뚝 그치고 말았다. 메리 제인이 뛰어가서 문을 열어주자 프레디 맬린즈가 들어왔다. 모자를 뒤로 젖혀쓰고, 추워서 어깨를 바싹 오그리고 뛰어온 뒤라서 숨이 차고 김이 무럭무럭 나고 있었다.

"에이, 마차를 한 대밖에 못 잡았네" 하고 그는 툴툴거렸다.

"괜찮아요, 강가를 따라가다가 또 한 대 잡으면 되지 뭐" 하고 가브리엘이 대꾸했다.

"그래." 케이트 이모도 맞장구를 쳤다. "맬린즈 할머닐 바람받이에 서 계시게 하지 않는 편이 좋겠어."

맬린즈 할머니는 아들과 브라운 씨의 부축을 받고서 현관 층계를 내려온 다음 한참 낑낑 맨 끝에 마차에 올라탔다. 프레디 맬린즈가 어머니 뒤를 따라 마차에 기어올라 오랜 시간 끝에 브라운 씨의 충고의 도움으로 어머니를 편히 앉게 해드렸다. 드디어 어머니도 편히 앉게 되자 프레디 맬린즈가 브라운 씨에게 타라고 권했다. 한참 옥신각신한 끝에 브라운 씨가 마차에 올라탔다. 마부는 담요를 무릎에 덮은 다음 몸을 이쪽으로 숙이고서 목적지를 물었다. 프레디 맬린즈와 브라운 씨가 제각기 창 밖으로 머리를 내밀고서 마부에게 서로 다른 방향을 지시했기 때문에 옥신각신은 점점 더 커졌다. 문제는 가다가 어디서 브라운 씨를 내려주느냐 하는 것이었다. 케이트 이모, 줄리아 이모, 메리 제인도 문간에 서서 서로 어긋나는 방

271

향이며, 상치되는 지시와 웃음 사태를 보내면서 말참견을 했다. 프레디 맬린즈는 웃느라고 말도 하지 못했다. 그는 마차 문으로 연방 머리를 내밀었다 들여보냈다 하며 모자를 떨어뜨릴 뻔하면서 바깥에 있는 사람들의 말을 어머니한테 보고했다. 마침내 브라운 씨가 사람들의 웃음소리보다 더 큰 소리로 어리둥절하고 있는 마부에게 외쳤다.

"트리니티대학을 아시오?"

"예."

"그럼 좋아요. 트리니티대학 정문 앞까지 바싹 갑시다!" 하고 브라운 씨가 일렀다. "그러면 거기서 어디로 가라고 이를 테니, 이젠 아시겠소?"

"예."

"트리니티 대학을 향해 횡하니 갑시다."

"예, 그럽죠."

대답과 동시에 채찍이 내려졌다. 마차는 웃음소리와 작별 인사가 일제히 일어나는 가운데서 강가를 따라 덜걱덜걱대며 달리기 시작했다.

가브리엘은 다른 사람들과 함께 문간에까지 나오지 않고, 현관의 어둠 속에 서서 층계를 쳐다보고 있었다. 어떤 부인 하나가 첫 층계 꼭대기 가까이에, 역시 어둠 속에 서 있었다. 그 얼굴은 보이지 않았지만 스커트의 적갈색과 앵두색 줄이 어둠 속에서 까만색과 흰색으로 보였다. 아내였다. 난간에 기대 서서 무슨 소리를 듣고 있었다. 가브리엘은 아내가 그렇게 가만히 서 있는 것에 놀라, 자신도 들으려고 귀를 기울였다. 그러나 현관 앞 층계에서 웃으며 떠드는 소리밖에는 아무 소리도 들리지 않고, 피아노에서 나는 토막토막의 화음과 어떤 남자의 노랫소리만이 약간 들렸다.

그는 현관의 어둠 속에 가만히 서서 그 노래의 곡조를 들어보려고 애쓰면서 아내를 쳐다보고 있었다. 아내의 자태는 흡사 무엇의 상징인 양 우아하고 신비스러웠다. 계단의 어둠 속에 서서 멀리서 들려오는 음악소리에 귀를 기울이는 여자가 상징하는 것이 무엇일까 스스로 물어보았다. 내가 화가라면 아내의 저런 모습을 그리고 싶다. 어둠을 배경으로 파란 펠트 모자로 그녀의 청동빛 머리카락을 뚜렷이 드러내고, 또 스커트의 검은 줄과 흰 줄을 선명히 돋아나게 그리리라. 그는 자신이 화가라면 그 그림을 〈먼 음악〉이라고 이름짓겠다고 생각했다.

현관문이 닫히고, 케이트 이모, 줄리아 이모, 메리 제인이 아직도 웃으면서 안으로 들어왔다.

"글쎄, 프레딘 정말 지독하지요?" 메리 제인이었다. "정말 지독한 사람이야."

가브리엘은 아무 말도 하지 않고 자기 아내가 서 있는 층계를 가리켰다. 현관문이 닫혔기 때문에 노래하는 소리와 피아노 소리가 더 똑똑히 들렸다. 가브리엘은 조용히 하라고 한 손을 쳐들었다. 그 노래는 고대 아일랜드의 가요 같았고, 노래하는 사람은 가사에도 목소리에도 자신이 없는 것 같았다. 노래가 멀고 또 노래하는 사람의 목이 쉰 것 때문에 곡조의 오르내림도 겨우 알아들을 정도였다. 가사는 서글픈 것이었다.

아, 비는 내 머릿단에 내리고

살은 이슬에 젖었는데,

내 아기는 차디차게 누워……

"아," 하고 메리 제인이 음성을 높였다. "바텔 다아시 씨가 노래하고 계시군요. 밤새 하지 않겠다고 고집을 부리던 분이. 가시기 전에 꼭 한 곡 불러달라고 해야지."

"참, 그래라." 케이트 이모도 맞장구를 쳤다.

메리 제인이 사람들 사이를 헤치고서 층계를 향해 달려갔다. 그러나 거기에 다다르기도 전에 노랫소리는 뚝 그치고 피아노도 갑자기 닫히고 말았다.

"아아, 아까워라!" 정말 서운한 모양이다. "그분이 지금 내려오셔, 그레타?"

가브리엘은 아내가 그렇다고 대답하고서 자기들 쪽으로 내려오는 것을 보았다. 아내의 몇 발자국 뒤에 바텔 다아시 씨와 미스 오캘러헌이 따라오고 있었다.

"아이, 다아시 선생님" 하고 메리 제인이 외쳤다. "선생님 노래를 듣고 다들 황홀해하고 있는데 그렇게 무정하게 뚝 그쳐버릴 수 있어요?"

"내가 온 저녁 졸랐지 뭐예요." 오캘러헌이 대꾸했다. "콘로이 부인께서도요. 그랬더니 감기가 지독히 걸려서 노래를 할 수 없다시지 뭡니까."

"아, 다아시," 케이트 이모도 한마디 했다. "그건 새빨간 거짓말이야."

"내가 까마귀처럼 목이 쉰 걸 모르십니까?" 하고 다아시 씨도 지질 않았다.

그는 식기실로 허둥지둥 들어가서 외투를 입었다. 그의 무례한 말에 기가 질려 다들 말문이 막혔다. 케이트 이모가 이마를 찌푸리고 그런 이야기는 모두들 그만들 두라고 눈짓을 했다. 다아시 씨는 목을 목도리로 잘 싸 감으면서 상을 찌푸리고 서 있었다.

"날씨 탓이지." 잠시 가만히 있던 줄리아 이모도 한마디 했다.

"그렇지, 감기 안 걸리는 사람이 어디 있나." 케이트 이모가 그 말을 얼른 받았다. "모두가 감기에 걸리지."

"30년 이래의 큰 눈이라던데요. 오늘 조간에 나와 있는데 아일랜드 전국에 눈이 내렸대요." 메리 제인이 말했다.

"난 설경이 좋아." 서글픈 줄리아 이모의 말에 미스 오캘러헌도 맞장구를 쳤다.

"저도 그래요. 눈이 내리지 않는 크리스마스는 크리스마스 실감이 나지 않거든요."

"그런데 다아시는 눈을 싫어하는 모양이지" 하며 케이트 이모가 생글 웃었다.

그때 다아시 씨가 단단히 목을 감고 단추도 있는 대로 다 채우고 나서 식기실에서 나오더니 미안하다는 듯이 감기가 든 내력을 털어놓았다. 그 말에 모든 사람이 저마다 그에게 충고를 하며, 그거 참 안됐다고 하며, 밤공기에 목을 조심해야 한다고 일러주었다. 가브리엘은 이 대화에 끼지 않고 있는 아내를 지켜보고 있었다. 아내는 먼지 낀 뿌연 부채꼴 장식창 바로 밑에 서 있었다. 며칠 전에 난롯불에 쪼이며 말리는 것을 본 아내의 머리가 이제 가스등의 불꽃으로 진한 청동색으로 빛나고 있었다. 아내는 그때와 똑같은 자세로

서서 주위에서 오고 가는 말을 의식 못하고 있는 것 같았다. 마침내 아내가 이쪽으로 얼굴을 돌렸을 때 가브리엘이 보니 두 볼은 불그레하고 눈이 빛나고 있었다. 기쁨의 물결이 갑자기 가브리엘의 가슴속에서 파동을 쳤다.

"다아시 선생님, 아까 부르시던 그 노래의 제목이 뭐죠?" 하고 그녀가 물었다.

"〈오그림의 처녀〉[민요의 이름]라고 합니다." 다아시 씨가 대답했다. "가사가 잘 생각나지 않습니다. 왜요? 그 노래를 잘 아시나요?"

"〈오그림의 처녀〉" 그녀는 되뇌었다. "제목이 생각나지 않았어요."

"참 좋은 곡인데" 하고 메리 제인도 감탄했다. "오늘밤엔 목소리가 잘 나지 않아 섭섭하군요."

"자, 메리 제인." 케이트 이모도 끼어들었다. "다아시 씨를 괴롭히지 말아. 나라면 괴롭히지 않았을 게다."

모두가 떠날 준비가 된 것을 보고서 그녀는 그들을 문간으로 데리고 갔다. 거기서 작별 인사가 오고 갔다.

"자, 안녕히 계세요, 케이트 이모님. 잘 놀고 갑니다."

"잘 가라, 가브리엘. 잘 가, 그레타!"

"안녕히 계세요, 케이트 이모님, 정말 고맙습니다. 안녕히 계세요, 줄리아 이모님."

"아, 잘 가, 그레타, 내가 몰랐군."

"잘 가, 다아시. 잘 가, 미스 오캘러헌."

"안녕히 계세요, 모컨 아주머니."

"잘들 가, 그럼."

"모두 잘들 가, 조심들 해."

"안녕히 계세요. 안녕히 계세요."

새벽은 아직도 어두웠다. 누르스름한 빛이 집들과 강 위를 감돌고, 하늘이 내려오고 있는 것만 같았다. 땅은 질고, 지붕과 강가의 흉벽(胸壁)과 지하실로 들어가는 입구에 둘러친 철책 위에 눈이 기다랗게 혹은 둥글게 남아 있었다. 가로등은 아직도 거무스름한 하늘에 빨갛게 켜 있고, 강 저쪽으로는 무거운 하늘을 등지고 법원이 위협하듯이 우뚝 서 있었다.

아내는 바텔 다아시 씨와 나란히 그의 앞에 서서 걷고 있었다. 누런 보자기에 싼 구두를 한쪽 팔 아래에 끼고, 두 손으로는 진창에 치맛자락이 닿을까 봐 쳐들고 걸어갔다. 아내에게서 아까와 같은 우아한 태도는 이미 볼 수 없었지만, 가브리엘의 눈은 아직도 기쁨으로 번득였다. 피가 혈관 속을 약동하며 흐르고, 머릿속으로는 여러 가지 생각들이 자랑스럽고 즐겁고, 정답고, 세차게 뒤섞이며 지나갔다.

아내는 자기 앞을 어찌나 사뿐히, 그리고 어찌나 다소곳이 걷고 있던지, 그 뒤를 소리없이 뛰어가서, 아내의 어깨를 덥석 껴안고서, 그 귀에다 대고 무슨 어리석고 다정스러운 말을 속삭여주고 싶었다. 아내의 모습이 너무나도 연약해 보이기에 무엇으로부터 보호해 주고 싶고, 또 단 둘이만 있고 싶었다. 자기들만이 아는 두 사람의 생활의 여러 순간이 별처럼 그의 추억 속에 흩어졌다. 엷은 자줏빛 봉투 하나가 아침에 커피를 마실 때 쓰는 컵 옆에 놓여 있고, 그것을 한 손으로 어루만지고 있다. 새들이 담쟁이 속에서 지저귀고, 거미줄 같은 커튼의 그림자가 마루 위에서 아롱진다. 행복에 넘쳐 아무엇도 먹을 수가 없다. 두 사람이 사람들이 들끓는 정거장 플랫폼에 서서 아내의 장갑 낀 따뜻한 손바닥에다 차표를 쥐어주는 광경, 추운데 아내와 함께 서서 어떤 사나이가 소리를 내며 활활 타는 아궁이에서 병을 만들고 있는 것을 창살을 댄 유리창 너머로 들여다보던 일, 그날은 무척 추웠다. 찬 공기 속에서 향그러운 아내의 얼굴이 자기 얼굴 바로 옆에 있었다. 갑자기 그는 아궁이 앞에서 일하는 사람을 향해 버럭 소리를 질렀다.

"그 불이 뜨거운가요?"

그러나 그 사나이는 아궁이에서 나는 소리 때문에 그의 말을 듣지 못했다. 듣지 못해도 상관없었다. 들었다 해도 무례하게 대답했을지도 모르는 일이니까 말이다.

아직도 더 다정스러운 기쁨의 파동이 그의 심장에서 뿜어나와 뜨거운 홍수처럼 그의 동맥 속을 굽이쳐 달렸다. 다정스러운 별빛처럼 아무도 모르는, 또 아무도 모를 두 사람만의 생활의 순간순간이 머리에 떠올라 그의 기억을 빛내었다. 이러한 순간을 아내에게도 상기시켜, 함께 보내온 무미건조한 세월을 잊어버리고, 다만 황홀한 순간만을 상기시켜주고 싶었다. 지나간 세월은 자기의 영혼이나 아내의 영혼을 고갈시킨 것 같지는 않았다고 느껴졌기 때문이다. 아이들도, 그의 집필도, 아내의 살림 걱정도, 그들 영혼의 모든 부드러운 불을 꺼뜨리지는 않았던 것이다. 그 시절에 그가 아내에게 써 보낸 어떤 편지에 이렇게 쓴 일이 있다.

'이런 말들이 나에게 이렇게도 무미건조하고 차게 생각되는 것은 웬일일까요? 당신을 부르기에 알맞은 다정한 말이 없기 때문일까요?'

멀리서 들려오는 음악소리처럼 여러 해 전에 그가 쓴 이러한 말들은 과거로부터 그에게로 되살아왔다. 그는 아내와 단 둘이서만 있고 싶었다. 다른 사람들이 다 가버리고 나와 아내만 이 호텔방에 있게 되면 부드러운 목소리로 그녀를 이렇게 불러주자.

"그레타!"

아마 처음에는 알아듣지 못할지도 모른다. 옷을 벗고 있는 중일 테니까. 그러다가 내 목소리를 알아차리고 정신을 차려 나에게로 돌아서서 나를 볼 테지…….

와인태번 가 모퉁이에서 그들은 마차 하나를 만났다. 마차의 덜컹거리는 소리 때문에 서로 대화를 나눌 수 없는 것이 그에게는 오히려 고마웠다. 아내는 창 밖을 내다보고 있었다. 지친 것 같아 보였다. 다른 두 사람은 어떤 건물이나 거리를 가리키면서 몇 마디 했을 뿐이었다. 말은 음산한 새벽 하늘 아래를 덜컹거리는 마차를 끌고 힘없이 달렸다. 가브리엘은 배를 타고 신혼여행을 떠나려고 아내와 달리는 마차에 다시금 타고 있는 것만 같은 기분이었다.

마차가 오코널 다리를 건널 때 미스 오캘러헌이 입을 열었다.

"오코널 다릴 건널 땐 반드시 흰 말이 보인다던데요."

"이번엔 흰 사람이 보이는군요" 하고 가브리엘이 말을 받았다.

"어디요?" 바텔 다아시 씨가 물었다.

가브리엘은 그 머리 위에 눈이 군데군데 덮인 동상을 가리켰다. 그러고 나서 다정스럽게 그쪽으로 고개를 끄덕이며 한 손을 흔들어 쾌활하게 외쳤다.

"안녕하시오, 댄!"

마차가 호텔 앞에 닿자 가브리엘이 껑충 뛰어내려, 바텔 다아시

씨가 굳이 말리는 것을 듣지 않고 마부에게 차삯을 치르고, 또 1실
링을 더 주었다. 마부는 절을 하며 말했다.

"새해에 다복하십시오."

"댁에도" 하고 가브리엘도 공손히 인사말을 보냈다.

아내는 잠시 그의 팔에 의지하여 마차에서 내려 보도 연석(緣石)
위에 서서 마차 안에 남은 사람들에게 잘 가라는 인사를 했다. 아내
는 몇 시간 전에 그와 춤을 출 때처럼 가볍게, 그의 팔에 매달려 있
었다. 그때 그는 자랑스럽고 행복하게 느꼈었다. 이 사람이 내 것이
라는 것이 기뻤고, 그 맵시가 우아하고 몸가짐이 아내다워서 자랑
스러웠다. 그러나 다시금 수많은 추억의 불이 켜진 다음, 음악적이
고 야릇한 향그러운 그녀의 감촉을 이제 비로소 느끼니 강한 욕정
이 심한 고통처럼 그의 몸을 지나갔다. 아내가 가만히 있는 틈을 타
서 그는 잠자코 아내 팔을 잡아다가 자기 허리에 꼭 대었다. 그리고
둘이서 호텔 문에 서 있노라니까 생활과 의무로부터 벗어나고, 가
정과 친구로부터도 벗어나고, 거칠고도 찬란한 마음으로 새로운 모
험을 향하여 함께 도망치는 것만 같았다.

한 노인이 현관에 있는 커다란 커버를 씌운 의자에 앉아서 꾸벅
꾸벅 졸고 있었다. 두 사람을 보자 사무실로 들어가서 촛불을 켜들
고 나와 그들 앞에 서서 계단을 올라갔다. 그들은 말없이 두꺼운 양
탄자를 깐 계단을 사뿐사뿐 밟으며 노인 뒤를 따랐다. 아내는 노인
뒤를 따라 머리를 숙이고서 계단을 올라갔다. 무거운 짐이라도 진
듯이 가냘픈 허리를 굽히고……. 스커트는 몸에 꼭 달라붙어 있었
다. 아내의 허리를 두 팔로 덥석 안고 아내를 꼭 껴안았으면 싶었
다. 팔이 아내를 붙들고 싶은 욕망에 부들부들 떨렸다. 손톱을 손바

닥에 꼭 박아서 몸의 세찬 욕정을 억제했다. 노인은 계단에서 걸음을 멈추고 서서 촛농이 녹아내리는 초를 바로 세웠다. 두 사람도 노인의 아래 층계에서 걸음을 멈췄다. 고요 속에서 가브리엘은 녹은 초가 쟁반 위에 떨어지는 소리와, 자기 심장이 늑골에 부딪치는 고동소리를 들을 수가 있었다.

문지기는 앞에 서서 복도를 걸어가더니 어떤 문 하나를 열었다. 그리고 나서 간들거리는 촛불을 화장대 위에 세워놓고서 아침 몇시에 깨우러 올까요, 하고 물었다.

"여덟시" 하고 가브리엘이 대답했다.

문지기는 전등 스위치를 가리키며 뭐라고 중얼중얼 변명의 말을 하기 시작했다. 그러나 가브리엘이 그의 말문을 막아버렸다.

"불은 필요 없습니다. 거리에서 들어오는 빛이면 넉넉합니다. 그리고……" 하며 촛불을 가리키며 말을 덧붙였다. "저 보기 좋은 물건도 가져가주면 좋겠어요."

그 말에 문지기는 또다시 그가 가지고 온 촛불을 집어들었으나, 이렇게 어이없는 말에 놀라서인지 동작이 느렸다. 그러더니 안녕히 주무시라고 중얼거리며 나가버렸다. 가브리엘은 곧 문을 잠가버렸다.

거리의 가로등에서 들어오는 창백한 빛이 창문으로부터 방문에 이르기까지 기다란 한 줄기 빛이 되어 가로누워 있었다. 가브리엘은 외투와 모자를 장의자 위에 던진 다음, 방을 가로질러 창 앞으로 걸어갔다. 격정을 좀 가라앉히기 위하여 거리를 내려다보았다. 그러고 나서 돌아서 빛을 등지고 옷장에 기대 섰다. 아내는 벌써 모자와 외투를 벗고, 앞에 걸려 있는 커다란 거울 앞에 서서 허리의 단추를 풀고 있는 중이었다. 가브리엘은 잠시 가만히 그녀를 지켜보고 있다가 낮은 목소리로 불렀다.

"그레타!"

아내는 천천히 거울로부터 이쪽으로 돌아서 기다란 광선을 따라 그에게로 걸어왔다. 아내의 얼굴이 너무나 심각하고 지쳐 보였으므로 가브리엘의 입에서는 하려던 말이 떨어지지 않았다. 아니, 아직 말할 때가 아니었다.

"당신 고단해 보이더군."

"좀 피곤해요."

"어디가 아프거나 기운이 없는 게 아니오?"

"아뇨, 그저 고단할 뿐이에요."

그녀는 창가로 가서 밖을 내다보았다. 가브리엘은 또다시 기다리다가 이렇게 수줍어하다가는 아무것도 안 되겠다고 생각하고는 갑자기 입을 열었다.

"그런데, 저, 그레타!"

"왜 그러세요?"

"그 맬린즈란 녀석, 당신도 알지?" 하고 그는 다짜고짜로 물었다.

"네, 그이가 어쨌어요?"

"그래도 사람은 좋은 녀석이야" 하고 가브리엘은 꾸민 목소리로 말을 이었다. "아, 글쎄 내가 꾸어준 돈 1파운드를 갚지 않았겠소. 주리라곤 꿈에도 생각지 않았는데, 정말. 그 브라운이라는 사람과 떨어지지 못하는 것이 탈이거든. 실상 나쁜 사람은 아냐."

이제 그는 짜증이 나서 몸이 부들부들 떨렸다. 왜 아내는 저렇게 시치미를 떼고 있는 것일까? 어떻게 말을 꺼내야 할지를 몰랐다. 아내도 무슨 일로 짜증을 부리는 것일까? 아내가 마음이 내켜서 나에게로 돌아와주기만 한다면! 현재대로의 그녀를 불쑥 껴안는다는 것은 잔인한 일이리라. 아니, 우선 아내의 눈에 얼마간의 정열이 떠오른 것을 보아야 한다. 그는 아내의 알 수 없는 기분을 파악하고 싶어 애가 달았다.

"언제 돈을 꾸어주셨는데요?" 하고 잠시 후에 아내가 물었다.

가브리엘은 그 주정뱅이 맬린즈와 그 꾸어준 돈에 관하여 욕설이 튀어나오려는 것을 억지로 참았다. 아내에게 진정으로 호소하고, 아내의 육체를 바싹 껴안고, 정복해 버리고 싶은 생각만이 간절했다. 그러나 말은 이렇게 나왔다.

"아, 크리스마스 때요, 헨리 가에다 그 친구가 조그만 크리스마스 카드 가게를 냈을 때야."

격정과 욕정이 복받쳐서 그는 아내가 창가에서 걸어오는 소리도 듣지 못했다. 아내는 그의 앞에 잠시 서서 이상한 눈초리로 그를 바라보았다. 그러다가 갑자기 발끝으로 서서 그의 어깨에 두 손을 가볍게 얹고서 키스했다.

"당신은 참 너그러운 분이세요, 가브리엘." 아내는 말했다.

아내의 갑작스런 키스와 그 기이한 말에 기뻐서 몸을 떨면서 가브리엘은 아내의 머리에 두 손을 얹어 손가락이 머리에 닿을락말락 뒤로 쓰다듬어주기 시작했다. 머리를 잘 감아서 보드랍고 윤이 났다. 그의 가슴은 행복감에 넘칠 지경이었다. 그가 그래주었으면 하고 바라고 있을 바로 그때 그녀가 자진해서 그에게로 온 것이 아닌가. 아내도 아마 나와 똑같은 생각을 갖고 있었는지도 모른다. 아마 내가 느낀 격렬한 욕정을 아내도 느끼고서 몸을 내맡기겠다는 기분이 생겼는지도 모른다. 아내가 이렇게도 쉽사리 오고 보니 왜 자신이 그렇게까지 쑥스러워했는지 알 수가 없었다.

아내의 머리를 두 손으로 맞잡고 서 있었다. 그러다가 재빨리 한 팔로 아내의 몸을 안아 당기며, 부드러운 목소리로 이렇게 말했다.

"그레타, 여보, 무슨 생각을 하고 있는 거요?"

아내는 대답도 안 하고 그렇다고 그가 끄는 대로 그의 팔에 아주 안기려고도 하지 않았다. 그는 다시금 부드러운 목소리로 말했다.

"무슨 일인지 내게 얘기 좀 해봐요, 응, 그레타. 내가 무슨 일인지 알 것도 같은데, 그렇지?"

아내는 당장은 대답을 못하더니 잠시 후 와락 울음을 터뜨리며 말했다.

"아, 그 노래 〈오그림의 처녀〉 생각을 하고 있었어요."

아내는 그를 뿌리치고 나서 침대로 달려가 침대 난간에다 두 팔을 걸치고서 그 속에다 얼굴을 파묻었다. 가브리엘은 어안이 벙벙해서 잠시 서 있다가 아내 뒤를 좇았다. 큰 거울 앞을 지날 때에 그 곳에 비친 자기의 전신과, 넓직하고 반반한 예복을 입은 앞가슴과, 거울 속에서 볼 때면 언제나 자신도 이상스러운 얼굴 표정, 그리고 번쩍이는 금테 안경이 보였다. 아내로부터 몇 발자국 떨어진 곳에 발을 멈추고 서서 그는 물었다.

"그 노래가 어떻게 됐다는 거요? 노래가 어때서 우는 거지?"

아내는 팔에 묻었던 머리를 들어 어린애처럼 손등으로 눈물을 닦았다. 생각했던 것보다는 더 다정스러운 어조가 그의 음성에 섞여 있었다.

"왜 그래, 그레타?" 하고 그는 물었다.

"옛날에 그 노래를 부르던 사람 생각이 나서요."

"옛날의 그 사람이란 누군데?" 가브리엘은 미소를 지으면서 물었다.

"내가 할머니하고 골웨이에서 살던 시절에 알던 사람이에요."

가브리엘의 얼굴에서 미소가 사라졌다. 무딘 분노가 그의 뇌리에 다시 뭉치기 시작하고, 가라앉았던 정욕의 불꽃이 다시금 그의 혈맥 안에서 펄펄 끓어올랐다.

"당신이 사랑하던 어떤 사람인가?" 그는 비꼬는 말투였다.

"내가 알던 소년이었어요, 마이클 퓨리라는. 그애가 그 〈오그림의 처녀〉라는 노래를 늘 불렀어요. 아주 몸이 약한 소년이었어요."

가브리엘은 가만히 있었다. 이 몸이 허약했다는 소년에게 자기가 관심을 가졌다고 아내가 생각하는 것이 싫어서였다.

"그 모습이 눈에 선해요." 잠시 후에 아내는 말을 이었다. "뭐라고 할 수 없는 크고도 검은 눈을 가지고 있었어요! 그리고 그 눈엔 뭐라고 할 수 없는 표정이 있었어요 —— 어떤 표정이!"

"아, 그렇다면 당신은 그애를 사랑하고 있었군?"

"같이 늘 소풍을 다녔어요, 골웨이에 있을 때."

어떤 생각이 가브리엘의 가슴속을 스쳐갔다.

"그래서 그 아이버즈란 여자하고 골웨이에 가고 싶어 한 거로군?" 차갑게 물었다. 이 말에 아내는 놀란 표정으로 그를 쳐다보며 물었다.

"뭘 하러요?"

아내의 시선에 부딪치자 가브리엘은 당황했다. 그는 어깨를 움츠려 보이면서 말했다.

"내가 어떻게 안담? 아마, 그 사람을 보고 싶어서겠지."

아내는 그에게서 시선을 옮겨 광선의 줄기를 따라 유리창 쪽을 말없이 보고 있었다.

"그 사람은 죽었어요." 아내는 마침내 대답했다. "겨우 열일곱 되던 해에 죽어버렸어요. 그렇게 젊어서 죽다니 끔찍한 일이 아니에요?"

"뭘 하는 아이였는데?" 가브리엘은 여전히 빈정거리며 물었다.

"가스 공장에 다녔어요." 아내가 대답했다.

가브리엘은 비꼬아준 말이 실패로 돌아가고, 죽은 사람들 가운데서 가스 공장의 소년공이라는 이 인물을 불러낸 자신이 부끄러웠다. 내 가슴에 우리 두 사람만의 생활에 관한 추억이 가득 차고, 사랑과 기쁨과 정욕에 가득 차 있는 때 아내는 마음속으로 자기를 다른 사람과 비교하고 있었구나, 하고 생각하니 자기라는 것이 새삼스레 의식되어 스스로 부끄러운 생각이 치밀어올랐다. 이모들의 심부름꾼 아이 노릇이나 하는 어리석기 짝이 없는 인물, 속된 사람들에게 웅변을 토하며, 광대 같은 욕정을 이상화하는 신경질적이며 악의가 없는 감상적인 사람, 거울 속에서 흘깃 보았던 불쌍하고도 얼빠진 꼴이 눈에 떠올랐다. 이마에 타오르는 치욕의 빛을 아내가 볼까 싶어 그는 본능적으로 더욱 광선 쪽으로 등을 돌렸다.

여전히 냉정하게 묻는 어조를 갖추려고 애썼으나 그의 말에는 말소리가 한풀 꺾이고 힘이 없었다.

"당신은 그 마이클 퓨리를 사랑하고 있었나 보지, 그레타."

"그때는 그애를 무척 좋아했어요."

아내의 음성은 감정을 한꺼풀 덮고 서글펐다. 가브리엘은 자기가 의도했던 곳으로 아내를 이끌려는 자기의 노력이 얼마나 헛된 것이었나를 느끼게 되자 아내의 한쪽 손을 쓰다듬으면서 자기도 역시 서글피 말했다.

"그런데 왜 그애가 그렇게 일찍 죽었지, 그레타? 폐병이었나?"

"나 때문에 죽은 것 같아요."

아내의 이 대답에 가브리엘은 막연한 공포를 느꼈다. 마치 자기가 승리할 것을 희망하고 있었던 그 순간에, 어떤 앙심을 먹은 정체를 분간할 수 없는 것이 그 몽롱한 세계에서 싸울 힘을 모아가지고 자기에게로 덤벼들려는 것만 같았다. 그러나 그는 이성의 힘으로 그 생각을 뿌리치고 그냥 자꾸만 아내의 손을 어루만져주었다. 다시금 아내에게 캐묻지 않았다. 묻지 않아도 아내가 술술 이야기해 주리라고 느꼈기 때문이다. 아내의 손은 따뜻하고 축축했다. 그 손은 쓰다듬어주어도 아무 반응도 보이지 않았지만, 그 봄날 아침 처음으로 아내에게서 받은 편지를 어루만졌듯이 아내의 손을 자꾸만 어루만져주었다.

"그땐 겨울이었어요." 아내는 말을 이었다. "내가 할머니네 집을 떠나서 이곳 수도원으로 오던 해의 초겨울이에요. 그때 그 아이는 골웨이에 있는 그의 하숙에서 앓고 있어 외출이 금지되어 있어서 우터라드에 있는 식구들에게 편지로 알려드렸지요. 병이 악화되고 있다는 소문이었어요. 난 무슨 병인지 잘 몰랐지 뭐예요."

여기서 잠시 말을 멈췄다가 한숨을 쉬더니 아내는 다시 말을 이었다.

"가엾게도 나를 무척 좋아하고, 퍽이나 얌전한 소년이었는데. 시골 사람들이 하는 것처럼 우리도 늘 함께 나가서 걸어다니곤 했어요. 건강만 아니면 노래 공부를 할 작정이었는데. 아주 훌륭한 음성을 가지고 있었어요, 가엾은 마이클 퓨리는."

"그래서?" 가브리엘이 물었다.

"내가 골웨이를 떠나서 수도원으로 올 때가 되니까 그 아이는 병이 더 심해져서 면회도 금지되었어요. 그래서 나는 편지를 보냈어요. 나는 더블린으로 간다는 것, 여름이면 돌아오리라는 것, 그리고 그때까지는 병이 낫기를 바란다는 사연의 편지를요."

아내는 잠시 목소리를 가다듬으려고 말을 끊었다가 다시 이었다.

"그런데 내가 떠나기 전날 밤 넌즈 아일랜드에 있는 할머니 집에서 짐을 싸고 있노라니까 누가 유리창에 돌을 던지는 소리가 났어요. 유리창이 비에 젖어서 눈에 아무것도 보이지 않아 그대로 아래층으로 달려 내려가서 뒷마당으로 나갔더니, 아 글쎄 그애가 덜덜 떨면서 마당 한구석에 있지 않겠어요, 가엾게도."

"그래 돌아가란 말도 안 했나, 당신은?"

"곧 집으로 돌아가라고 애원하며, 그러다간 비를 맞고 죽는다고 했지 뭐예요. 그랬더니 그만, 살고 싶지 않다는 거예요. 그때의 그애 눈이 지금도 보이는 것 같아요! 그애는 나무가 한 그루 서 있는 담 한 끝에 서 있었어요."

"그래 그앤 집에 갔소?"

"네, 가고말고요. 그리고 내가 수도원으로 가고 나서 일주일도 채 못 되어 그애는 죽어서 고향인 우터라드에 묻혔어요. 아, 그애가 죽었다는 소식을 듣던 날 생각을 하면!"

울음에 목메고 감정에 억눌려 아내는 말을 그치고 침대 위에 털

석 엎드려 이불 속에 얼굴을 파묻고 흐느껴 울었다. 가브리엘은 어
찌할 바를 몰라 아내의 손을 잠시 더 잡고 있다가 남의 설움에 자기
도 한몫 끼는 것 같아 손을 가만히 놓고 창가로 소리없이 걸어갔다.

아내는 깊이 잠들어 있었다.

가브리엘은 두 손으로 턱을 고이고서 잠시 동안 화난 기색도 없
이 헝클어진 아내의 머리와 반쯤 열린 입을 들여다보며 깊이 들이
쉬는 숨소리에 귀를 기울였다. 그래 아내의 인생에는 그런 로맨스
가 있었구나⋯⋯. 한 사람이 아내 때문에 죽었구나. 그가, 그녀의
남편인 그가, 아내의 인생에서 얼마나 미약한 역할을 했나를 생각
해도 이제는 그에게 거의 고통이 되지는 않았다. 자기들이 부부답
게 같이 산 일이 없었던 것처럼 잠을 자고 있는 아내를 그는 지켜보
았다. 호기심에 가득 찬 그의 눈이 오랫동안 아내의 얼굴과 머리에
머물러 있었다. 그리고 그 당시, 즉 처음 피어나는 아리따운 처녀
시절의 아내의 모습이 어떠했을까를 생각해보았을 때 아내에 대하
여 이상스럽고도 다정한 가엾은 생각이 그의 마음속으로 스며들었
다. 그는 아내의 얼굴이 이미 아름답지 않다고는 마음속으로라도
생각하고 싶지 않았으나, 그는 그것은 마이클 퓨리가 죽음을 무릅
쓰고 찾아왔을 때의 그 얼굴이 이미 아님을 알았다.

아마 아내는 이야기를 다 하지 않았는지도 몰랐다. 그의 눈은 아
내가 옷 몇 가지를 벗어 걸친 의자 쪽으로 움직였다. 속치마 끈 하
나가 마룻바닥에 늘어져 있었다. 장화 한 짝은 그 부드러운 상부만
이 꺾여 축 늘어진 채 똑바로 서 있고, 다른 짝은 가로누워 있었다.
한 시간 전에 복받쳐오르던 자기의 격정이 이제 생각해보니 이상하

기만 했다. 그것은 어디서 온 것이었을까? 이모댁에서의 만찬에서, 자기 자신의 어리석은 연설에서, 포도주와 춤에서, 현관에서 작별 인사를 할 때에 하던 농담에서, 강을 따라 눈 속을 걷던 기쁨에서 온 것이리라. 불쌍한 줄리아 이모! 그녀도 또한 패트리크 모컨과 그의 말의 그림자처럼 머지않아 하나의 그림자가 되어버리고 말리라. 아까 줄리아 이모가 〈신부로 단장하고〉를 부를 때의 이모의 얼굴에 순간 수척한 표정이 보였었다. 아마 머지않아 그는 검은 상복을 입고 실크 모자를 무릎 위에다 놓고 똑같은 응접실에 앉아 있으리라. 블라인드가 내려 있고, 케이트 이모가 그 곁에 앉아서 울며 불며 코를 풀어가면서 줄리아 이모가 세상을 떠난 경위를 이야기하리라. 이모를 위로할 말을 마음속으로 찾아보지만 서투르고 신통치 않은 말밖에 찾아낼 수가 없으리라. 그래, 그렇다. 이러한 일이 머지않아 일어나게 될 것이다.

방 안의 공기가 어깨를 으스스하게 했다. 조심조심 이불 밑으로 몸을 펴고 아내 곁에 누웠다. 하나씩 하나씩 사람들은 그림자가 되어 사라진다. 어떤 정열이 한창 불타는 영광 속에서 저 세상으로 대담하게 가버리는 것이 차라리 늙고 시들어 쓸쓸히 사라지기보다는 낫지 않을까? 그는 곁에 누워 있는 아내가 살고 싶지 않다고 말하던 때의 애인의 눈의 그 환상을 얼마나 오랜 세월 마음속에 깊이 간직하고 있었을까를 생각해보았다.

관용의 눈물이 가브리엘의 눈에 가득 어리었다. 그는 아직껏 어떠한 여자에 대해서도 그 자신 이런 감정을 가져본 일이 없었으나, 그는 이런 감정이야말로 사랑에 틀림없을 거라는 사실을 알고 있었다. 눈물은 더욱 글썽거리며, 희미한 어둠 속에서 빗물이 뚝뚝 떨어지는 나무 밑에 서 있는 한 청년의 모습이 보이는 것만 같았다. 다른 모습들도 그 곁에 보였다. 그의 영혼은 무수히 많은 죽은 사람들이 사는 영역으로 벌써 다가갔다. 걷잡을 수 없이 어른거리는 사자(死者)들의 존재를 그는 의식하면서도 붙잡을 수가 없었다. 자기라는 존재가 정체를 알 수 없는 뿌연 세계로 사라져가고, 그들 죽은 사람들이 한때 살던 현실의 세계 그 자체는 허물어져 점점 줄어드는 것만 같았다.

유리창을 서너 너더댓 번 가볍게 치는 소리에 그는 창 쪽을 돌아다보았다. 눈이 또다시 내리고 있었다. 졸린 눈으로 그는 은빛과 검은빛의 눈송이가 가로등불을 등지고 비스듬히 내리는 것을 지켜보았다. 나도 서쪽으로 나그네 길을 떠나야 할 때가 왔다. 눈은 검은 중부 평야의 구석구석과 나무 없는 언덕에 내리고, 또 앨린의 늪[아일랜드 동남부의 늪. 더블린에서 40킬로미터] 위에도 소리없이 내리고, 또 좀더 멀리 서쪽편, 샤논 강[아일랜드에서 제일 긴 강]의 검고도 거친 물결 위로도 소리없이 내리고 있다. 눈은 또한 마이클 퓨리가 묻혀 있는 언덕 위의 쓸쓸한 묘지의 구석구석에도 내리고 있다. 비뚤어진 십자가와 묘석들 위에도, 조그만 대문의 뾰족한 문설주 위에도, 마른 쑥덩굴 위에도 눈이 바람에 날려와 두껍게 쌓였다. 온 세상에 사뿐히 내리는 눈 소리, 그와 아내에게 내리는 죽음처럼 모든 살아 있는 사람들과 죽은 사람들에게 사뿐히 내리는 눈 소리를 들으면서 그의 영혼은 천천히 의식을 잃어갔다.

제임스 조이스 연보

1882년 2월 2일 더블린에서 출생. 제임스 어거스틴(James Augustine)이라 이름지어졌다. 부친 존 스태니슬러스 조이스(John Stanislaus Joyce, 1849~1931)는 대체로《젊은 예술가의 초상》에 나타나 있듯이, 무척 호인이며 사교적이고 정치를 좋아했으나 집안 살림에 관한 한 낭비가였으며 자기 일대에 가산을 탕진해 버렸다. 1880년 메리 제인 머리(Mary Jane Muray, 1859~1903)와 결혼했다. 조이스의 모친은 열렬한 가톨릭 신자로서 성격이 극히 온화했고 피아노를 잘 쳤으며, 모친의 음악성은 부친 존의 미성(美聲)과 더불어 조이스에게 유전되었다. 그의 작품에 나오는 음악성도 이에 연유했으리라 추측된다.《젊은 예술가의 초상》의 두 테마인 정치와 종교도 가정에서의 영향이 컸다.

1885년(3세) 동생 존 스태니슬러스(John Stanislaus)가 태어났다. 이 동생은 조이스 전기 집필에 크게 공헌했다.

1888년(6세) 더블린에서 멀지 않은 브레이라는 곳으로 이주했는데 이때부터 근시가 나타나기 시작했다. 여기서《젊은 예술가의 초상》에 나오는 댄티가 유모로 함께 살았다. 그녀의 본명은 콘웨이(Conway) 부인이며, 나중의 작품《율리시즈》에도 리오던 부인으로 등장한다. 9월, 예수회학교, 클론고스 우드 칼리지 (Clongowes Wood College)에 입학했다.

1891년(9세) 생활고로 클론고스교를 중퇴하고 일가는 다시 더블린으로 이주했다. 10월 6일 〈히일리야 너마저!〉라는 당시의 애국자 파넬을 옹호하는 정치 평론을 썼다. 이것이 조이스 최초의 저작이며 그후 2년간 휴학했다. 그동안 아버지의 고향 코크를 여행하며 그의 모교를 구경하기도 했다.

1893년(11세) 벨베디어 칼리지(Belvedere College) 3학년에 전입, 16세까지 다녔다. 작문으로 자주 상을 받았다.

1896년(14세) 호라티우스(Horatius)의 글을 영역(英譯)했는데, 이는 현존하는 그의 가장 오래된 글이다.

1898년(16세) W. B. 예이츠를 중심으로 한 아일랜드 문예운동이 일어나는 시기였으나 조이스는 비판적이었다. 그의 흥미는 대륙의 문학 및 고전에 있었고, 입센에 심취했다. 성적으로 들어오라는 교장의 권유에 응하지 않고 졸업했다. 유니버시티 칼리지(University College)의 영문과에 입학하여 고고한 태도를 지니고 학우와의 우정을 피하고는 학교 근처의 유명한 국민 도서관에 다녔다. 이 대학 재학중, 불어·독어·이탈리아어를 완전히 마스터하였다.

1902년(20세) 10월에 대학을 졸업, 더블린에의 혐오가 심해져 고국을 등지고 파리로 갔다. 도중에 런던에서 예이츠의 도움을 받았으며, 아더 시몬스(Arthur Symons)에게 소개받았다. 파리에서는 잠시 의과대학에 적을 두었으나 경제적 이유로 중퇴, 영어 개인교수로 근근이 생계를 유지했다.

1903년(21세) 4월, 모친 위독 전보를 받고 귀국하였으나 어머니 메리 제인

머리 사망. 그 당시 《더블린 사람들(Dubliners)》의 단편들을 쓰기 시작했다.

1904년(22세) 봄에 돌키의 클립톤 학교 교사직을 얻었으나 4개월 후 사임했고 그 당시의 생활이 《율리시즈》 모두의 전경을 이루었다. 이 해 시작(詩作)에 몰두하여 〈실내악(Chamber Music)〉을 제작하고, 《더블린 사람들》의 첫머리 두 편 〈자매〉와 〈이블린〉을 A. E.가 편집한 《아이리시 홈스테드(Irish Homested)》에 발표했다. 6월 10일, 뒤에 부인이 된 노라(Nora)와 알게 되었다. 바로 그 6일 뒤인 16일이 《율리시즈》에서 취급되었던 하루이다. 10월에 노라와 아일랜드를 떠나, 파리를 경유하여 취리히에 도착했으나 기대한 벨리스 외국어 학교의 교사 자리가 없어 트리에스테의 벨리스 학교로 갔다. 〈노트〉를 여전히 쓰고 〈진흙〉도 이때 완성했다.

1905년(23세) 3월, 트리에스테의 벨리스 학교 전임. 7월, 장남 졸기오 출생. 11월, 《더블린 사람들》의 13편을 완성하여 런던의 출판사 그란트 리치즈에 보내 출판을 의뢰했다.

1906년(24세) 2월, 출판사와 계약이 성립되었다. 4월, 《젊은 예술가의 초상》의 전신 〈스티븐 히어로(Stephen Hero)〉를 예정의 반인 914페이지까지 썼다. 7월, 리치즈사에서 《더블린 사람들》의 원고를 반송해 왔는데 이때부터 이 단편집의 출판을 에워싼 8년 여의 분규가 시작되었으며 생활고 때문에 로마의 은행으로 전직했다. 그러나 여전히 생활의 곤궁을 면할 길이 없었고 9월에 〈사자(死者)〉를 구상하고, 《율리시즈》 집필에 착수했다.

1907년(25세) 로마를 떠나 다시 트리에스테로 돌아와, 개인교수로 지냈다. 4월, 《실내악》을 출판했다. 가을에 더블린의 몬셀 출판사에서

《더블린 사람들》의 출판 교섭을 받았다. 홍채염(虹彩炎)에 걸린 이후 안질로 계속 고생한다.

1908년(26세) 〈스티븐 히어로〉의 원고를 불 속에 던져버리고 나서 새로운 구상 아래 다시 썼다. 그것이 현재의 《젊은 예술가의 초상》이다.

1909년(27세) 8월, 몬셀 출판사와의 분규 해결을 위해 더블린으로 돌아왔고 9월, 다시 트리에스테로 돌아갔다. 10월 영화 흥행 사업차 다시 더블린으로 귀환, 12월, 영화관 볼타 극장을 시작했으나 5개월 후 팔아버렸다.

1910년(28세) 1월, 트리에스테로 돌아갔다. 생활이 심히 어려워지고 몬셀 출판사에서 〈10월 6일의 위원실〉의 개작을 요청해 왔다.

1911년(29세) 이 문제로 당시의 영국 국왕 조지 5세에게 서한을 보냈으나, 관례가 아니라 하여 회답을 못한다는 답장만 받았다. 《젊은 예술가의 초상》 원고의 제목을 현재의 이름으로 결정하여 집필을 계속했다.

1912년(30세) 7월, 출판사와의 분쟁 해결차 가족을 거느리고 더블린에 귀환. 결국 9월에 출판은 중지되고 조이스는 스스로 영원히 추방자가 되어 고국을 떠났다.

1913년(31세) 런던의 그랜트 리치즈 출판사로부터 《더블린 사람들》 출판 교섭이 재개되었다.

1914년(32세) 1월, 《젊은 예술가의 초상》이 드디어 완성되었다. 초고부터 계산하면 11년이 걸렸다. 6월, 《더블린 사람들》의 원고가 그대로 출판되었다.

1915년(33세) 6월, 친구들의 진력으로 트리에스테에서 스위스 취리히로 이주했다. 생활은 극히 곤궁하였고 파운드 등이 이 소식을 듣고 진력한 결과, 영국 국고에서 원조금을 타게 되어, 오직 《율리시즈》 완성에만 진력했다.

1916년(34세)   12월, 미국 출판사에서 《더블린 사람들》과 《젊은 예술가의 초상》을 출판했다. 《젊은 예술가의 초상》의 영국판은 다음해 2월에 간행, 호평을 받았다.

1917년(35세)   미국 부호의 외딸 매코믹 부인으로부터 2년간 지속적으로 매월 경제적 원조를 받게 되었다. 또한 《에고이스트》지의 소유자 해리엇 위버 여사에게서도 경제적 원조를 받아 생계 걱정 없이 창작에만 진력할 수 있게 되었다.

1918년(36세)   3월, 뉴욕의 문학지 《리틀 리뷰(Little Review)》지에 《율리시즈》 연재를 시작했다. 이것은 1920년 2월 발매금지 사건이 일어날 때까지 계속되었다.

1919년(37세)   다시 트리에스테로 이주했으며 《율리시즈》 집필을 계속했다. 문단의 새로운 총아로서 문단의 주목을 한몸에 받았다.

1920년(38세)   6월, 파리로 이주. 파운드의 소개로 엘리엇(T. S. Eliot)을 포함한 많은 문인을 만났고, 10월, 《리틀 리뷰》지 편집자가 《율리시즈》 외설 시비로 고소당하는 일이 벌어졌다.

1921년(39세)   2월, 《율리시즈》 재판에서 유죄 판결을 받고 미국 출판을 단념했으나 미국의 부호 미망인 실비어 비치(Sylvia Beach)의 후원으로 파리에서 출판할 수 있게 되자 교정에 몰두했다.

1922년(40세)   2월 2일 자신의 생일에 《율리시즈》 초판본이 출간되었다. 8년간의 노력의 결산이었으며 문자 그대로 세기의 소설이 되었다. 왼쪽 눈이 녹내장에 걸려 실명 직전에까지 이르렀으나 그후 8년간 10회의 수술로 실명만은 면했다. 여름에 영국 서섹스에 휴양

차 여행하여 《피네건의 경야(Finnegan Wake)》의 첫 구상을 얻고 나서 가을에 니스에서 본격적인 작업에 들어갔다.

1923년(41세) 1월, 《율리시즈》 3판 5백 부를 출판했으나, 그 중 499부가 영국 세관에 몰수당했다.

1924년(45세) 4월, 파리의 *Transition*지에 《피네건의 경야》가 "Work in Progress"란 이름으로 연재되었다.

1928년(46세) 10월, 《피네건의 경야》의 일부인 〈Anna Livia Plurabelle〉를 출판했다.

1929년(47세) 8월, 역시 일부인 〈Tales Told of Shem and Shaun〉을 발표했다.

1930년(48세) 6월, 역시 일부인 〈Haveth Childers Everwhere〉 발표.

1933년(51세) 12월, 미국 법정에서 《율리시즈》가 외설문이 아님이 판결되어 미국 출판이 인정되었다.

1934년(52세) 미국에서 《율리시즈》가 출판되었다. 영국 출판은 1936년 6월. 《피네건의 경야》의 일부인 〈The Mime of Nick, Nick and Maggies〉를 발표했다.

1936년(54세) 12월, *Collected Poems* 출판.

1937년(55세) 《피네건의 경야》의 일부 〈Storiella as She is Syung〉 발표.

1938년(56세) 11월, 《피네건의 경야》를 완성했다.

1939년(57세) 2월 2일 생일에 《피네건의 경야》 초판을 출간하였다. 9월 2일 2차 세계대전 발발.

1940년(58세) 프랑스 패전 후 취리히로 이주.

1941년(59세) 복막염으로 장 수술 후 1월 13일 사망.

1944년 《젊은 예술가의 초상》의 〈스티븐 히어로〉가 출간되었다.

작품 해설

　단편집 《더블린 사람들》은 저작연보에서 본 바와 같이 출판에 이르기까지 기구한 우여곡절을 겪었다. 현 시점에서 볼 때에는 아무렇지도 않은 내용이 그 당시에는 더블린의 온갖 시민 생활의 침체성을 폭로했다는 이유 하나로 11년이라는 세월을 기다려야만 했던 것이다. 그 15편의 단편들은 언뜻 보기에는 담담하고 평탄하기 짝이 없는 일상생활의 자연주의적 묘사로 일관하고 있고, 고작해야 더블린 시민의 침체하고 마비된 일면을 잘 나타내고 있는 정도이다. 그러나 평범하게 보이는 주제의식에 오히려 조이스다운 작가의 의도가 매우 뚜렷하게 드러나 있다고 하겠다.

　조이스가 출판사에 보낸 서한에 따르면 그가 이 작품을 쓴 의도를 엿볼 수 있는 구절이 있다.

　　내 의도는 우리나라 윤리사의 한 장을 쓰려는 데 있었다. 그 무대로 더블린을 택한 것은 이 도시가 마비의 중심이라고 생각되었기 때문이다. 나는 네 가지 형상으로 그것을 대중에게 제시하려고 하였다. 즉 소년시대 · 사춘기 · 성숙기 · 노쇠기의 민중의 생활이 그것이며, 작품들은 그 순서로 배열되어 있다.

이들 15편의 단편은 말하자면 이 마비와 불안의 모습이 더할 나위 없이 찬찬하게 가라앉은 밑바닥을 부동의 심정으로 응시한 것이라고나 할까, 이들 15편의 단편에는 아기자기한 사건이나 클라이맥스가 조작되어 있지 않다는 의미에서 재미가 없을지도 모른다. 그러나 침체한 더블린 거리와 거기 사는 사람들, 방황하는 사람들의 사정과 모습을 그대로 지니고 있다.

첫머리의 단편 〈자매〉에 등장하는 마비되어 죽어간 늙은 사제의 그림자는 아일랜드의 가톨릭 교회를 상징하는 것이라고 볼 수 있고, 〈애러비〉는 꿈과 낭만이 결여된 더블린의 생활 가운데서 사춘기에 도달해서 느끼는 고민을 누구에게 호소할 길이 없어 혼자 파멸과 자조의 쓰라림을 마시고 있는 한 소년의 모습을 그리고 있다. 〈이블린〉과 〈진흙〉은 짓밟힌 인생들의 고달픔과 애수를 그렸으며, 〈구름 한 점〉과 〈분풀이〉는 현재의 침체된 생활에서 헤어나지 못하고 평범 속에 저회하는 소시민의 생활을 그려 그 자연주의적 수법의 극치를 보인 데 감명이 깊다.

〈끔찍한 사건〉은 그 감정의 깊이가 뛰어나고, 〈하숙집〉은 자연주의적 단편의 모범이라고도 할 수 있을 만큼 잘 된 작품으로 우리나라에는 벌써 1930년대에 최정우 씨 번역으로 소개된 바 있다. 〈분풀이〉도 1930년대에 양주동 씨에 의하여 〈샐러리맨〉이란 제목으로 전역(全譯)이 나온 바 있고, 〈구름 한 점〉도 1930년대에 우리나라에 이미 소개되었다. 이렇게 보면 조이스는 우리나라에 비교적 1930년대 초에 상당히 많이 소개된 것 같다.

〈10월 6일의 위원실〉은 정치 문제를 다루어 풍자와 애수가 두루 섞인 수작이고, 〈은총〉은 더블린의 가톨릭 세계를 그리는 데 목적이 있었던 것 같다. 이 중에서도 맨 나중의 중편 〈사자(死者)〉는 T. S. 엘리엇도 격찬한 전편 중의 주옥편이다. 삶과 죽음의 의미가 주제의식이라 할 수 있는 이 작품은 더블린 중산계급 어느 가정의 크리스마스 파티 모습을 담담한 필치로 그리고 있다. 여기서는 삶보다는 죽음에로의 회상이 중요하다. 영혼의 고독은 서로 사랑하는 부부간에도 어찌할 수 없게 개재(介在)하는 것이며, 그럴 때 죽음의 의미는 새로이 떠오르는 것이다.

이 작가의 죽음에로의 편향은 모든 작품을 통해 흐르는 공통된 주제의식이며, 첫머리의 〈자매〉에서 마지막 단편 〈사자(死者)〉에 이르기까지 조이스의 뚜렷한 관심사이다. 특히 〈사자(死者)〉 끝부분의 죽음에로의 가브리엘과 그 아내 그레타의 회상 부분은 압권으로 T. S. 엘리엇이 격찬한 것도 과장이 아니다. 게다가 그 문장의 아름다움에 있어서랴.

옮긴이

옮긴이 **김병철**

중국 국립중앙대학교 대학원을 졸업했고, 중앙대학교 영문과 교수를 지냈다. 한
국번역문학상, 3·1문화상(학술상) 등을 수상했다. 저서로《영미소설론》(공저),《미
국문학사》(공저),《헤밍웨이 문학의 연구》,《헤밍웨이 평전》 등이 있고, 옮긴 책으
로 월터 스콧의《아이반호》, 마크 트웨인의《톰소여의 모험》, 시어도어 드라이저
의《아메리카의 비극》, 솔 벨로의《희생자》,《우왕 헨더슨》 등이 있다.

제임스 조이스 단편선

더블린 사람들

1판 1쇄 발행 1977년 5월 30일
4판 1쇄 발행 2025년 5월 23일

지은이 제임스 조이스 │ 옮긴이 김병철
펴낸곳 (주)문예출판사 │ 펴낸이 전준배
출판등록 2004. 02. 11. 제 2013-000357호 (1966. 12. 2. 제 1-134호)
주소 04001 서울시 마포구 월드컵북로 21
전화 02-393-5681 │ 팩스 02-393-5685
홈페이지 www.moonye.com │ 블로그 blog.naver.com/imoonye
페이스북 www.facebook.com/moonyepublishing │ 이메일 info@moonye.com

ISBN 978-89-310-2502-6 04800
ISBN 978-89-310-2365-7 (세트)

• 잘못 만든 책은 구입하신 서점에서 바꿔드립니다.

❧문예출판사® 상표등록 제 40-0833187호, 제 41-0200044호

■ 문예세계문학선

★ 서울대, 연세대, 고려대 필독 권장 도서　▲ 미국대학위원회 추천 도서
● 《타임》 선정 현대 100대 영문 소설　▽ 《뉴스위크》 선정 세계 100대 명저

(뒷면 계속)